烏鴉幻咒

AN ENCHANTMENT OF RAVENS

瑪格莉特．羅傑森著　林欣璇 譯

MARGARET ROGERSON

獻給媽和爸
滿心的愛

1

我的客廳聞起來滿是亞麻仁油和穗花薰衣草的味道，畫布上有一抹鉛錫黃，賈弗萊絲綢外套的顏色在我筆下已經快臻至完美了。

畫賈弗萊困難的地方在於說服他每次讓我作畫時都穿同樣的衣服。要等每層油彩乾燥必須花上好幾天的時間，我無法依照他的喜好隨意變換他肖像的整套服裝，這點他老是不懂。雖然妖精愛慕虛榮，就如同「池塘通常是濕的」或者「熊很毛茸茸」一樣顯而易見，但就算是以妖精的標準來說，賈弗萊愛慕虛榮的程度仍然令人吃驚。說到底，這個特質讓我很容易就放低戒心，忘了他可是一個可以邊喝茶邊把我殺了的狠角色。

「我可能會在手腕上加點銀色刺繡。」他說，「妳覺得如何？妳應該可以加上去對吧？」

「當然沒問題。」

「然後如果我選另一條領巾的話……」

我在內心大翻白眼。臉上卻堆出彬彬有禮的假笑，過去兩個半小時以來都維持同樣的表情，裝得臉都痛了。無禮的代價我付不起。「我可以改您的領巾，只要大小差不多就好了，不過還得麻煩您再來一次才能完成。」

「妳真的太棒了。比我上一個肖像畫師好多了——前陣子那個傢伙。他叫什麼來著？賽巴斯欽．曼尼瓦茲？噢，我不喜歡他，他聞起來總有個怪味。」

我花了好一段時間，才恍然大悟賈弗萊指的是工藝大賽拉斯．曼里瓦特，他早已死了三百年有餘了，「謝謝您。」我說，「真是貼心的讚美。」

「看到這門工藝隨著時間改變真是迷人。」他把我的話當耳邊風，從長沙發旁擺的托盤上挑了一塊蛋糕。他沒馬上吃下去，而是坐在那邊盯著它看，活像名昆蟲學家找到了一隻頭長在屁股上的甲蟲。「有時候我會以為已經見識過人類最傑出的才華了，但忽然又出現了那麼一只釉瓷，或是這種裡面有檸檬蛋黃醬的美味小蛋糕。」

我現在已經習慣了妖精的阿諛奉承，依然目不轉睛盯著他左邊的袖子，繼續在畫布上點按出絲綢的黃色光澤。但是我記得自己從前曾經因為妖精的儀態而感到很不自在。他們移動的方式和人類不一樣：動作流暢精準，姿態僵硬得古怪，永遠都那麼端莊，哪怕只是一根手指也不會亂擺。他們可以連著好幾個小時動也不動，眼也不眨一下，更可以用快到讓人害怕的速度撲上來，你連詫異地驚呼一聲也來不及。

我往後坐，手裡拿著畫筆，掃視整幅肖像。就快完成了，畫布上有如石化般的賈弗萊和他本人一模一樣，容貌從未改變過。妖精為何對收藏人類工藝品這麼執著，我始終毫無頭緒。他們從未反思過自己永駐的青春，因為青春是他們唯一了解的概念，而等到妖精死的時候，他們的肖像早就腐朽殆盡了，如果他們真有死去的那一天。

賈弗萊看起來年約三十五，和他所有的族人一樣身材高䠷修長，而且俊美無比。他的雙眼如水晶般清澈，和雨水洗去暑熱的天空一樣湛藍，膚色宛如蒼白無瑕的陶瓷，頭髮是陽光照亮晨露時金銀交織的燦爛色彩。我知道聽起來很荒謬，但是妖精需要這些比擬，因為除此之外沒有其他方法可以形容他們。曾經，幻息鎮上有位詩人絕望而死，因為他發現自己無法用明喻來捕捉妖精的美貌。我是覺得他比較可能死於砒霜中毒，但反正故事是這麼說的。

當然，必須記得這一切都是表象，全都是幻術，只是他們的皮相。

妖精是技巧高超的偽裝者，卻無法明目張膽地撒謊。他們的幻術永遠都有破綻。賈弗萊的破綻是他的手指：跟人類比起來太長了，而且關節有時候看起來很奇怪。如果有人盯著他的手指看得太久，他就會將雙手交扣併攏，或是匆匆藏在餐巾下，彷彿那是一對見不得人的蜘蛛。他是我遇過的妖精中最容易親近的，繁文縟節比起他的其他族人少很多，不過盯著他們看仍舊不是個好主意——除非像我一樣，有個充分正當的理由。

最後，賈弗萊終於開口吃了蛋糕，吞下去前我沒看到他咀嚼。

「我們今天差不多了。」我告訴他，拿一條破布擦筆刷，放進畫架旁的一罐亞麻仁油中，「您想看看嗎？」

「這還用得著問嗎？伊索貝，妳明明知道我絕對不會錯過欣賞妳匠藝的機會。」

接著賈弗萊便神不知鬼不覺忽然站在我肩膀後方，他保持一段禮貌的距離，不過那股非人的氣味仍然包圍住我：春天的葉子散發青翠的蕨類芬芳，還有野花的香甜。除此之外，更隱隱有一絲原始狂野的氣味——屬於某個已經在森林裡遊蕩千年的東西，擁有蜘蛛腳般的修長手指，可以輕易捏碎人類的喉嚨，而它的主人臉上自始自終都掛著溫暖友善的微笑。

我的心臟漏跳了一拍。**我在這間屋子裡很安全**，我提醒自己。

「我想我還是最喜歡這條領巾，」他說，「精巧的好手藝，一如往常。話說，再提醒我一次，我該怎麼酬謝妳？」

我偷瞧了一眼他優雅的表情，一綹頭髮從他後頸的藍色緞帶中溜了出來，看似不經意，其實不然，我好奇他為什麼刻意這樣打扮，「我們之前談好了，要在我們家的母雞身上施個幻咒，」我提醒他，「牠們這輩子，每隻每個星期都要能下六顆品質良好的蛋，而且不能因為任何原因猝逝。」

「好實際喔。」他嘆口氣惋惜這個悲劇，「妳是這個世代最受讚譽的工匠，想想我能給妳的那些東西！我可以讓妳的雙眼落下珍珠而不是淚滴，還可以給妳征服天下男人心的笑容，又或者一件令人過目不忘的裙子。妳偏偏卻跟我要雞蛋。」

「我還滿喜歡雞蛋的。」我堅定地回答，非常清楚他剛剛提到的那些幻咒都會變質變調，最後甚至致人於死。而且，我要男人的心有什麼用？又不能拿來做蛋餅。

「噢，好吧，如果妳堅持的話。明天早上魔咒就會生效了。好了，我恐怕得走了，我還得去請人幫我做那個銀色刺繡呢。」

隨著椅子嘎吱一響，我站起來朝他行了個屈膝禮，他也優雅地鞠躬來回應。和大多數的妖精一樣，他很會假裝自己是出於自由意志才向我回禮，而不是因為一股無法對抗的強制力，那對他來說有如呼吸一樣非做不可。

「啊哈，」他補了一句，直起背脊，「我差點忘了，我們春季宮廷有閒言閒語說秋王子會來拜訪妳。真是難以想像！真想知道他能不能安分坐好，捱過一整節的作畫時間，還是會一抵達就立刻跳起來參加大狩獵。」

聽到這個消息，我沒辦法管好自己的表情，我目瞪口呆看著賈弗萊，久到他脣上掠過一個困惑的微笑，朝我的方向伸出一隻蒼白的手，或許是想確定我是否就這樣站在原地嚇死了，也不算毫無來由的擔心，對他來說，人類無疑連最輕微的刺激都承受不了，而且會當場身亡。

「秋王國的——」我的嗓音沙啞，只好閉上嘴輕輕喉嚨，「你真的確定嗎？我以為秋王子從來不拜訪幻息鎮。已經好幾百年沒有人……」然後我就啞口無言了。

「我向妳保證，他好得很。而且我昨天才在一個舞會上看見他。又或者那是上個月的事呢？無論如何，他明天一定會來的。記得代我向他問好。」

「我……我榮幸之至。」我結結巴巴說，因為自己反常的失態而暗自感到害怕。我忽然很需要新鮮空氣，於是大步跨過房間去開門。我送賈弗萊出門，站在那兒望著夏天的麥田，目送他的身影沿著小徑慢慢遠去。

一朵雲飄移過太陽，投下的陰影籠罩住我家。幻息鎮從來沒有季節更迭，但是小路邊的樹木掉落了一片葉子，然後又一片，我不禁感覺到有什麼改變正在醞釀，至於是好是壞，還有待觀察。

2

明天！賈弗萊說明天。妖精一向搞不清楚人類的時間觀念，如果他在午夜十二點半忽然現身，要求我穿著睡袍工作怎麼辦？而且我最好的裙子剛好破了，我不可能即時縫補好——只能穿藍色那件了。我一邊說，一邊用亞麻仁油按摩雙手，再拿一條抹布搓得手指都快脫皮了。通常我不會特別花時間清理身上的顏料，但通常我也不會替妖精皇室工作，我不太懂這些枝微末節會不會無意間冒犯到他們。「我的鉛錫黃顏料也快用完了，所以我今晚得進城一趟了——狗屎。狗屎！抱歉，艾瑪。」

我提起裙襬，免得沾到地板上擴散的積水，然後低頭躲過砸落水桶的把手。

「老天，伊索貝。沒事的，三月。」——我的阿姨壓低視線，瞇起眼細看，「不對，是五月。可以幫妳姊姊收拾一下嗎？她今天辛苦了。」

「『狗屎』是什麼意思？」五月狡詐地問，拿著一塊破布往我的腳一撲。

「就是妳不小心打翻一桶水時會說的話。」我說，知道她會發現真相可以給人諸多靈感，「三月呢？」

五月對我露出一個缺牙的笑容，「在櫃子上。」

「三月！從櫃子上給我爬下來！」

「她在那裡玩得很開心，伊索貝。」五月說，水花往我鞋子上噴得到處都是。

「等她摔死了就不開心了。」我回答。

三月高興地咩叫了一聲，然後從櫃子上一躍而下，撞翻了一張椅子，然後蹦蹦跳跳穿過房間。她朝我們直奔過來，我舉起手想擋住她，不過她的目標是五月，不是我，五月站起身，即時與她來個頭撞頭，她們在一陣頭暈目眩中搖搖晃晃了好一會兒，給我一點喘息時間。我嘆了口氣，我和艾瑪一直想改掉她們這個壞習慣。

我的雙胞胎妹妹其實不太算人類。她們出生時是兩隻羊寶寶，但後來有個妖精酒喝太多，出於好玩就對她們下咒，她們變成人類的進展有點緩慢，但我提醒自己至少還算有些進步。去年的這個時候，她們還無法好好待在房子裡，而且變形魔法其實對她們很有利，讓她們幾乎百毒不侵：我見過三月吃了一個破掉的鍋子、有毒的橡木、致命的顛茄，還有好幾隻不幸的火蜥蜴，卻一點異狀也沒有。對我來說，三月從櫃子上跳下來，有危險的其實是廚房用具，而不是她本人。

「伊索貝，過來一下。」我阿姨的聲音打斷了我的思緒，她從眼鏡上緣望著我，直到我照做為止，她拉起我的手，擦掉一塊我沒注意到的污漬。

「妳明天會表現得很好。」她堅定地說，「我很確定秋王國的王子和其他妖精沒兩樣，就算不一樣，妳只要記得自己在這間房屋裡很安全就好。」她把我的手裹在她兩掌間捏了捏，「記得這是妳替我們掙來的。」

我也捏捏她的手，也許那一刻，我可以放縱自己當個小女孩。我試著不要用哀嚎的哭腔說話：「我只是不喜歡完全無法預期的事情。」

「或許吧，但是以這件事情來說，妳比幻息鎮的人任何人都準備得更妥當了。我們都知道，妖精也知道。昨天在市集，我還聽見有人說，照妳這個速度，很有可能可以去綠意之井——」

我詫異地猛然抽回手。

「妳當然不想去。我知道妳不會做那種選擇。我想強調的重點是，如果妖精覺得哪個人類不可或缺，那絕對就是妳了，這是很大的肯定。明天一定**很順利**的。」

我呼出一大口氣，順順裙子，「我想妳說得有道理。」我說，內心卻還是有所懷疑，「如果我想在天黑前趕回來，現在就得出發了，三月、五月，我不在的時候，別把艾瑪阿姨逼瘋了。我回家時要看到這間廚房完好如初。」

離開房間時，我意味深長地看了一眼打翻的椅子。

「至少我們沒在地板上到處狗屎！」五月對我大喊。

我還是個小女孩時，進城一趟堪比一場華麗冒險。現在我只想趕快離開，只要有人經過店家窗外，我胃部那個死結就打得更緊一點。

「只要鉛錫黃就好嗎？」櫃檯後的男孩問，將粉彩條用肉販包肉用的紙張細心綑好。菲尼亞斯只在這裡工作了幾週而已，不過已經把我的習慣掌握得很清楚。

「等一下，再來一條泥綠色，和兩條朱紅。噢！還有全部的炭筆我都要了。謝謝。」我看著他準備我要的東西，一想到今晚有多少工作要做就感到絕望。我必須研磨混合那些顏料、挑選色盤，還要把新畫布拉開鋪好。很有可能明天的時段只能將王子肖像的草稿素描完畢，但是我忍不住要為所有可能作打算。

菲尼亞斯彎下腰不見人影時，我瞥了眼窗外，一層灰塵覆蓋著窗面玻璃，這家店位在兩棟較大的建築中間，看起來有點陰暗簡陋而隱密，沒有讓油燈燒得亮一點，或者讓角落不累積灰塵的簡單符咒。任誰都看得出妖精從不會多看這個地方兩眼，製造工藝品的原料對他們來說一點用都沒有，他們只想要成品。

對街的那間店就是另外一回事了。一名女子的裙襬消失在「芙絲與梅斯特」裁縫店門邊，雖然只有驚鴻一瞥，但我看得出那是名妖精。沒有凡人負擔得起這裡販賣的蕾絲長裙，也不會有人去隔壁的甜食店消費，甜食店的招牌推銷著杏仁糖霜花朵，杏仁做的甜點都是用高價而且冒著危險從彼岸世界進口來的。也只有幻咒才付得起這種等級的奢侈品了。

菲尼亞斯直起腰時，他的眼睛以我再熟悉不過的方式閃閃發光。不——不能說是「熟悉」，而是害怕透頂才對。他害羞地撥開前額的一抹頭髮，我的心臟往下沉、往下沉、往下沉，*拜託，我心想，別又來了*。

「伊索貝小姐，能麻煩妳看看我的工藝品嗎？我知道我比不上妳。」他急匆匆補上一句，想平撫自己的緊張情緒，「可是哈特佛師傅一直在鼓勵我——這是他僱用我的原因——而且我練習了好多年。」他將一幅畫作緊貼在胸前，不自在地把畫作正面隱藏起來，彷彿他害怕展示的不是畫布，而是他的靈魂。那種感覺我感同身受，但這並未讓接下來的差事變輕鬆。

他把作品遞給我，我翻過畫框，在商店昏暗的燈光中看見一幅風景畫。感謝上蒼，幸好不是肖像畫。這麼說聽起來一定自大狂妄的不得了，但是我的工藝獲得非常高的評價，除非我死了、灰飛煙滅了——而且還要等他們真的意識到我已經死了、灰飛煙滅的那天，妖精才會再委託其他人作畫，這可能得多花上好幾十年。我替那些在我成名之後才入行的肖像畫家感到絕望，也許菲尼亞斯還有一線希望。

「畫得很好。」我誠實地告訴他，把畫作還給他，「你對色彩的掌握與調配非常出色，繼續練習吧，不過與此同時，」我猶豫了一下，「你也許可以出售你的工藝品。」

他脹紅了臉，在我面前似乎長高了一吋，但我才放鬆沒多久，就又全身發冷。通常接下來的部分才是最棘手的，我準備好迎接最害怕的那個問題。「小姐，妳可以……可以介紹妳其中一個客戶給我嗎？」

我的目光又飄移回窗戶外，看見芙絲夫人正在芙絲與梅斯特裁縫店的櫥窗裡擺一件新裙子。我小時候，曾將她誤認為妖精的一員，她擁有無瑕肌膚，嗓音比百靈鳥還甜美，那一頭栗棕色的鬈髮光澤閃亮到不自然的地步。她實際年齡一定將近五十歲了，但看起來絕對不超過二十。直到我比較擅長辨別幻術之後，才發現自己錯了。隨著年歲增長，我對妖精幻術的美好想像也漸漸幻滅，那只是謊言罷了。不管措辭如何巧妙，就連最平庸、最實際的咒語都會隨著時間而變質。而措辭不當的那些則會毀了一生。芙絲夫人為了交換那二十二吋的纖腰，無法說出任何以母音開頭的字。去年十月，甜點店的首席烘焙師不小心為了一雙更湛藍的眼珠賠上了三十年的生命，害他太太成為了寡婦。然而財富與美貌的誘惑席捲過幻息鎮，而對綠意之井的想望宛如對天堂的追求，是眾人的終極目標。

菲尼亞斯察覺到我的心不甘情不願，快速的補上一句：「真的不用是什麼大人物喔！那個叫燕尾的傢伙看起來應該是可以打交道的妖精。我在鎮上看過幾次他在街上買工藝品。而且大家都說春王國的妖精在買賣時比較友善。」

事實上，沒有任何妖精是友善的，無論他們屬於哪個王國。全都是裝出來的。想到燕尾接近菲尼亞斯不到十碼，我就嚐到滿口膽汁的苦味。他遠遠不是我遇過最糟糕的妖精，但是他一定會玩弄各種文字遊戲，直到說服那可憐的男孩送出將來第一個出世的孩子，只為了消去臉上的幾顆痘痘。

「菲尼亞斯……你可能注意到我因為我的工藝，與妖精相處的時間比幻息鎮其他人更久。」我隔著櫃檯與他視線交會，他的臉垮下來，無疑是認為我打算拒絕他，但是我不理會他的悶悶不樂，繼續單刀直入，「所以，請相信我，如果你想跟他們做生意，務必小心謹慎。他們說不了謊沒錯，但不代表他們是誠實的。他們逮到機會就會企圖欺騙你。如果他們提出了什麼美好到不可能是真實的條件，那就代表的確不是真的。幻咒的措辭必須毫無破綻，不留**任何**可以搞鬼的空間。」

他的臉色亮了起來，我不禁害怕所有的口舌都白費了，「意思是妳會推薦我嗎？」

「可能吧，但不會推薦給燕尾。在你摸熟他們的習性前，別跟他交易。」我嚼著嘴脣內側，眼角餘光瞥見有人從芙絲與梅斯特店裡走出來。賈弗萊。可想而知，他一定會去那家店找人刺繡。雖然我站在對街這間昏暗小店裡，一定幾乎看不到，不過他卻直勾勾盯著我，燦爛地微笑，舉起一隻手打招呼。街上的眾人——包括在外頭等他的一群年輕女子——全焦急地拉長了頸項，看看是誰配得上他的注目禮。

「他可以。」我宣布，把金幣放在櫃檯上，背起包包，忽略菲尼亞斯臉上露出前所未有興高采烈的表情。「賈弗萊是我最尊貴的客人，而且他很喜歡當新工匠的貴人，你跟他來往最有機會。」

我這麼說其實有好幾層意思，菲尼亞斯和賈弗萊相處不會有危險。如果我小時候遇見的不是他，就算有艾瑪的幫助，我可能也活不過十七歲生日。儘管如此，我仍然擺脫不了我幫菲尼亞斯的忙是雙面刃的念頭，我幫他實現了心心念念的願望，到頭來卻很有可能毀滅他或令他大失所望。罪惡感糾纏著我走出門，讓我一句道別也沒說。

不過我的手按在門把上時，僵在原地。

門口旁的牆壁上掛著一幅畫，因為年代久遠而褪色，畫中的男子站在一座小丘上，周圍環繞著顏色怪異的樹木。他的臉孔模糊，但他手中握的那把劍在灰濛濛的光線裡仍然晶光閃爍。一群蒼白的獵犬湧上小丘，在畫面中凍結在半空。我雙臂上寒毛直豎，我知道這位是誰。他在三百年前的畫作中時常出現，卻忽然再也不造訪幻息鎮，而且沒留下任何解釋。在後來的畫作中，他總是一個遙遠的人影，總是在與大狩獵的魔物搏鬥。

明天，他就會坐在我的客廳裡。

我推開門，對賈弗萊屈膝行禮，低著頭快速通過好奇的圍觀者，他們在我身後大呼小叫。有人喊我的名字，可能想和菲尼亞斯一樣拜託我幫忙。他們正在觀望，等待我接受一個我寧願死也不願花半秒鐘考慮的邀請。我永遠無法向他們任何人解釋清楚：對我來說，綠意之井的獎賞不是天堂。而是煉獄。

回家途中夕陽西下，我的鞋子沿著麥田中的小徑敲擊，和著蚱蜢爭鳴的節奏，光線傾斜的角度讓暑熱更灼炙，我的後頸開始因為流汗而黏答答，只有在微風吹開髮絲時才會稍微涼爽些。城裡歪斜、漆成明亮色彩的屋頂在我身後消失，在起伏的丘陵後方隱沒，而我腳底的那條羊腸小徑像是女人的髮線般劃開丘陵。如果我走得夠快，就能在三十二分鐘內到家。

幻息鎮永遠都是夏天，這裡的季節並不會像彼岸世界那裡有更迭交替，我實在無法理解那樣的概念。當我繼續一成不變的路程時，畫作中那些顏色詭譎的樹木在我腦海中縈繞不去，彷彿是近日剛作的夢。書裡都將秋天描繪成一個可怕的時節，那是個枯萎凋零的世界，飛鳥消失，樹葉變色，好像死去一般從枝椏飄落。我們這樣一定更好、更安全吧。無窮無盡的藍天，永恆金黃的麥穗或許無聊，但我不止一次告訴自己：渴望別的事物很蠢。人還有比無聊更悲慘的下場，在彼岸世界，的確是這樣。

一股腐爛的味道讓我從這些令人沮喪的念頭中回過神來。小徑在這裡蜿蜒過森林邊緣，我警戒地望了陰影一眼。濃密的忍冬和荊棘在樹枝下繁茂地生長，就像一堵障礙物。在很久很久以前，那時律法尚未明文禁止使用鐵器，農夫會冒著生命危險，將鐵釘敲入最外圍的樹木，用來抵擋不懷好意的妖精。每次看見那些老舊彎曲的鐵釘已生鏽變形到幾乎無法辨認，總讓我感到一陣不安。

我的視線再次掃過叢生灌木，沒看見什麼動靜，我肯定是因為附近某處腐爛的松鼠而疑神疑鬼。我不情願地放心下來，大概第四或第五次檢查包包，確定沒把什麼東西留在店裡沒帶——老習慣了，我從不犯這種錯。抬頭的時候，有事情不太對勁。一隻生物站在下一座丘陵的頂端，就在那棵標記著還有一半路途就到家的橡樹旁邊。

我的第一個念頭是那是隻雄鹿，體型異常巨大，不過確實有著雄鹿的外型：四條腿、兩根鹿角。然後牠轉頭望向我，我立刻察覺牠根本不是什麼雄鹿。

就這樣，不對勁的感覺開始蔓延。微風瞬間凝住，空氣靜止，熱得令人窒息。鳥兒不唱歌了，蚱蜢也不再嗡嗡叫，就連麥穗都在悶滯的空氣中垂下頭。腐爛的臭味中人欲嘔，我立刻雙手雙膝著地趴在地上，不過已經太遲了。

那隻不是雄鹿的生物緊盯著我。

就算四周炎熱，一陣寒意仍竄過我的皮膚，在我胃部凍成冰晶。我知道那隻不是雄鹿的生物是什麼東西。我也知道自己死定了。沒人能跑得過或者躲得過妖獸。這生物是從墳塚裡冒出的，妖精魔法與古老人類遺骸的詭譎組合。這種東西有些是其主人的奴僕與守衛，也有些是從土裡不請自來。一隻這種怪物在我小時候殺了我的父母，他們死狀淒慘，艾瑪不讓我看他們的屍體，而我就要用同樣的方式死去。我的大腦一定無法好好理解這個念頭，因為我想到的下一件事竟然是我不該亂花錢買顏料，因為再也用不到了。

妖獸頭一低，咆哮聲穿過田野傳來，低沉、響亮又刺耳的聲音，好像有人在吹一把曾經精緻、現在卻塞滿腐爛青苔的古老狩獵號角。牠轉過沉重的身軀，犄角朝前從丘陵頂端直奔而下。

我用蹲姿往前一衝，拔腿就跑，不是朝向半哩之外家中那個安全的避風港，而是朝相反的方向往麥田裡狂奔。如果我活著的最後幾刻能有什麼貢獻，那就是把這東西引開，盡量距離家裡越遠越好。

麥穗在我拉起的裙襬邊一一分開，莖稈在我靴底碎裂，刺刺的種子甩過我裸露的手臂，割出一道道鞭痕。我的包包在大腿外側撞來撞去，很礙手礙腳，拖慢了我的速度。蚱蜢倏地蹦跳過我面前，彷彿有隻隱形的手將牠們從麥田中彈出來。起初我什麼也沒聽見，這一切都好不真實。我很有可能只是為了好玩而在原野上狂奔，在一片湛藍無瑕的蒼穹下，這天如此美好。

然後一道冰涼的陰影碰到我汗涔涔的後背，緊接而至的黑暗吞噬我。麥子像暴風雨中海浪般洶湧翻騰。一隻巨蹄在我身側重重踩下，深埋進泥土中，我踉踉蹌蹌往後跌，在一莖莖麥穗間連滾帶爬。妖獸俯視著我。

牠外表那英姿煥發的雄鹿偽裝像陽光在水面上的倒影般波動，幻象間黑暗之處有具骷髏形體，一根腐朽的樹幹，僅靠著肌腱般的藤蔓固定，一張空洞的骷髏臉龐，犄角也不是真正的犄角，而是纏著荊棘的扭曲枝椏。牠散發出疫病的氣息，用鼻孔噴著氣，抬起一隻顫抖的腳，樹幹分解滑開，掉落在地上滾動。一群閃亮的甲蟲噴灑出來，在我的褲襪上亂爬，四處逃竄。我因為嘴裡嚐到的那股腐爛味道而反胃作嘔。

妖獸用後腳站起來，擋住太陽，我以為我在這世界上最後看見的景象會是星羅棋布的白蛆在牠肚腹鑽進鑽出。因此，當妖獸就這樣倒在我跟前時，我不太確定該作何反應，牠變成一堆軟趴趴的蟲蛀木柴東倒西歪，比我手掌還長的蜈蚣蠕動到草地上，兩隻有斑點的巨蛾振翅而飛。蚱蜢又開始嗡嗡鳴叫，彷彿什麼事情都沒發生，不過我還是全身濕黏的躺在地上顫抖，聽著血液在耳裡砰砰鼓動。我發出一聲壓抑的哭喊，狂踢猛踹那堆木柴。破碎的骨頭和樹幹一起凌亂四散。賦予它生命的人類屍體已經被摧毀了。

「我追蹤這隻妖獸兩天了，如果不是妳吸引了牠的注意力，我可能追不上牠。」一個抑揚頓挫的溫暖嗓音說，「這種東西叫瑟恩，如果妳有興趣知道的話。」

我的目光從妖獸的殘骸猛然往上一抬，一名男子站在我身前，背對陽光的剪影讓我看不清他的容貌，只知道他身材高䠷修長，正將一把劍收回鞘中。

「吸引牠的──」我住嘴，滿心疑惑，而且甚感冒犯。他說得好像這是場遊戲，好像我的生命不值一顧，如此一來，我所需要知道的一切都昭然若揭了。這號人物看起來雖然像人類，但絕對不是人。

「謝謝你。」我倒退了幾步，硬是吞下不滿。「你救了我一命。」

「我從瑟恩手裡救了妳嗎？我猜應該是喔。這樣的話，千萬不用客氣，呃，我不知道妳的名字。」

一陣強烈的不安撼動我，彷彿三更半夜裡的轟然雷鳴。他不知道我是誰，由此可推斷他不常造訪幻息鎮，或甚至根本沒來過。不管他是誰，都比我平常應付的那些妖精更難以對付。而且如同他的其他族人，眼前這位也忍不住要探問我的真名。我停下來，感覺著自己的心智和感官，他應該沒對我施惡意的咒語，令我說話時比較沒有顧忌或者吐露不該吐露的秘密，我鬆了口氣。在幻息鎮，沒人使用出生時的真名。這麼做意味著將自己暴露在巫術的影響下，妖精可藉此永遠控制凡人的身體與靈魂，而且他們並不自知──只要透過那祕密的寥寥幾個字就能做到。這是最邪惡也最駭人的妖精魔法。

「伊索貝。」我說，匆匆爬起身屈膝行禮。

如果他發現我給的是假名，也面不改色，他邁開長腿跨過那堆朽木，深深鞠躬，牽起我的手舉起來輕吻了一下，我忍著不皺眉，如果他非碰我不可，那我倒寧願他扶我站起來。

「不必客氣，伊索貝。」他說。

他的嘴脣在我關節邊觸感冰涼，他的頭在我面前低垂著，我只看見他蓬鬆凌亂的頭髮——有點波浪狀，不算非常蜷曲的暗色髮絲，在陽光下閃著微乎其微的一抹紅色調。它那極其桀驁不馴的髮型讓我想到逆風吹亂的老鷹或者烏鴉羽毛。而且和賈弗萊一樣，我聞得到他：清脆枯葉的刺鼻芬芳、月光明亮的冰涼夜晚、一種野性、某種渴望。我的心臟怦怦跳，因為對於妖獸的恐懼，也因為在田野裡和妖精單獨見面，就如同撞見妖獸同樣危險。因此請原諒我的愚蠢，有一瞬間，我渴望著那股氣味，從未如此想要過任何事物。渴望強烈的令人害怕。那氣味代表的不是他，而是壯麗、神祕的改變——是一個承諾，保證世界上有某個地方**與眾不同**。

嗯，這絕對行不通。我找回暴躁的情緒，像在船桅上升起一面旗幟，「大人，我從不知道手背上的吻可以持續這麼久。」

他直起身，「對妖精來說，沒什麼真正算得上『久』。」他露出半個微笑作為答覆。依我看來，他比我大上一兩歲，儘管他的實際年齡肯定比我大上一兩百歲，他精緻高貴的五官和凌亂頭髮格格不入，那雙表情豐富的嘴唇令我一見就想拿起畫筆描繪。他嘴角的陰影、其中一邊的淡淡皺紋，他的微笑從那裡開始扭曲——

「我說，」他表示，「對妖精來說，沒什麼真正算得上『久』。」

我抬頭發現他疑惑又著迷地盯著我，微笑仍然僵在臉上：他眼珠的色彩是古怪的水晶紫色調，和他金棕色的皮膚對比鮮明，我想到午後斜陽在落葉上舞動的光影。怪異色調並不是他的雙眼讓我不安的唯一原因，儘管我努力思索，卻想不通到底是為什麼。

「抱歉，我是肖像畫家，壞毛病就是盯著人看，然後把其他一切忘得精光。我的確聽見你說的了，只是沒有回答。」

妖精的眼神瞥向我的包包，注意力又回到我身上時，微笑褪去了，「當然，我想我們的生命，大概超過了凡人可以理解的範圍。」

「你知道為什麼瑟恩會離開森林來到幻息鎮嗎？」我問，因為感覺他好像在等我針對他的神祕作出評論，而我想盡量讓談話保持簡短實際，這裡鮮少有妖獸的行蹤，而牠的出現實在令人憂心忡忡。

「我不太確定。或許是大狩獵將牠趕出來，也或許是牠想到處遊蕩。最近出沒的妖獸比較多，到處闖禍，搞得一片狼籍。」

「最近」在妖精的概念裡有很多種意思，他所指的那段時間，也可能涵蓋我父母慘死的時候，「是啊，死去的凡人通常都一片狼籍。」

他的眉毛略微移動，眉心出現一點點皺褶，眼神凌厲起來審視著我。他知道他莫名地惹我生氣了，但正如同任何一名妖精，他想不通為什麼。他無法理解凡人死亡的哀傷，一如狐狸無法哀悼牠殺死的老鼠。

我只確定一件事：我不想繼續逗留，等他決定我造成的困惑深深冒犯了他，並且覺得必須對罪魁禍首下惡咒以茲報復。

我垂著頭並再次屈膝行禮，「幻息鎮的人很感激有你的保護。我永遠不會忘記你今天對我的大恩大德。大人，祝你有美好的一天。」

我等到他也再度對我鞠躬後，才轉身回到道路上。

「等等。」他說。

我僵在原地。

我身後傳來麥穗窸窣分開的聲音，「我說錯了話。我向妳致歉。」

我慢慢撇過頭望向肩後，他正瞧著我，一臉不確定，我不知道該怎麼理解他的話。妖精的確偶爾會道歉——因為他們十分重視禮節——然而大多時候都有雙重標準，並預期凡人是展示禮貌的一方，同時使出渾身解術不承認自身的錯誤。我詫異極了。

所以我只好說了腦中冒出的唯一一句話：「我接受你的道歉。」

「哦，太好了。」他那要笑不笑的表情又出現了，忽然間，他臉上猶疑的神色變成志得意滿，「那麼，明天見囉，伊索貝。」

等我消化理解了他的話時，已經邁步走開了。我猛然旋身，不過那個除了秋王子外不可能另有其妖的傢伙已經消失了：麥穗在空蕩蕩的小徑邊搖動，整片遼闊麥田中唯一的動靜是單獨一隻烏鴉，朝森林的方向振翅飛去，雙翼的羽毛在逐漸黯淡的光線中，反射出一絲隱約的紅色光澤。

3

對於秋王子可能抵達的時間，我仍然毫無頭緒，而我阿姨到鎮上去幫一戶人家看病了。將小羊孩趕出廚房的責任就落到我頭上。說的比做的容易。

「他說我們的名字很怪！」五月尖叫，三月則在爐台邊靜靜啜泣，我從來沒這麼痛恨過麵包店的男孩，雖然事實上他人滿好的，而且說得的確有幾分道理。

我蹲下身，抱住她們倆的肩膀，「我和艾瑪阿姨替妳們取名字的時候，」我企圖講道理，「妳們還是小羊，而且已經認得三月和五月這個名字了，我們也不確定這個幻咒會不會持續下去，所以才決定繼續用這兩個名字。」

三月發出一聲壓抑的嗚咽，我需要換個方法，「聽著，我有個很重要的問題。妳們最愛的事情是什麼？」

「嚇人。」五月思索了一會兒後說。

三月張開嘴巴，往裡頭指了指。

噢，天啊。「這些事情很怪，對吧？」

五月警戒地看著我，「可能喔……」

「對，就是很怪沒錯。」我堅定地說，「所以，怪，不一定不好，對吧？怪很好呀，嚇人或吃火蜥蜴都很好。哈洛德其實是在讚美妳們呢！」

「嗯哼。」五月說，看起來不太信服，但至少三月不哭了，所以為了我的理智著想，我決定宣告自己這回合獲得部分勝利。

「好，來吧。客人走之前，妳們兩個必須在外面玩耍。記得喔，不要越過麥田邊緣。」我把她們兩個推向門邊，胃裡卻有一絲不安開始翻攪。如果森林裡又冒出另一隻妖獸……

這種事很罕見，而我也忘不了王子昨天是怎麼輕鬆擊退怪物。有他來訪，我們肯定很安全吧。然而不安的感覺還是縈繞不去，所以我加了一句：「如果妳們聽見蚱蜢安靜下來，就立刻進屋。」

五月多疑地揚起眉毛盯著我看，「為什麼？」

「照我說的做就對了。」

「為什麼我們不能留在屋子裡玩？」

我把她們趕下板凳，搖搖晃的廚房門在我們身後關上，我欣慰地發現外面看起來非常平靜。雞群咕咕自言自語，漫步過庭院，樹葉在徐徐微風中波動，雲朵的影子在起伏的丘陵地上相互追逐。但是五月繼續盯著我看，我發現我的胃部仍然像一隻緊握的鐵拳，而且我的表情一定顯露出來了。

「原因妳們早就知道了。」我簡短地說，壓下罪惡感。

老實說，原因有很多。五月不只一次打翻了我的畫架，三月怎麼吃普魯士藍顏料也吃不膩。不過，最主要的原因是，妖精不喜歡有她們倆在旁邊，我推斷那是因為雙胞胎身為他們犯錯的證據，會令他們難為情，而且還是他們意外留下、強而有力的證據。我知道她們不受幻咒影響：三月和五月是她們的真名。如果妖精能用這個知識對她們不利，早就做了。

三月發出一聲開心的咩叫，蹦蹦跳跳走到柴堆邊，但是五月沒移開視線，「別擔心，我們不會受傷的。」她終於說，一本正經，然後拍拍我的膝蓋，然後跟在姊姊身後跑開。

淚水刺痛眼睛，我順直裙襬，把幾綹散落的髮絲撥到耳後，我不想要她們看見我為此心煩意亂，也不想承認自己受到影響。當我專注在把一切打理得井井有條時，就不用去想我父母發生的事，也不必納悶為什麼十二年過後，那椿意外還是讓我手足無措，我當時甚至不在場，沒看見或聽見什麼，然而我顯然沒將恐懼藏好。就連五月也看得出來。

一隻烏鴉在庭院中一棵綠蔭搖曳的樹上沙啞地嘎嘎叫。

「走開！」我說，幾乎沒抬頭。烏鴉總把在灌木裡築巢的百靈鳥嚇跑，我和艾瑪會以牙還牙。

我看著三月和五月笨手笨腳爬上乾柴堆，不安在午後斜陽中慢慢消減。從遠處望去，唯一能分辨她們誰是誰的方式，是透過她們粉紅皮膚上白斑的形狀：五月左頰和鼻子的一半有都覆蓋著一塊白斑。她們的黑色鬈髮和門牙間的齒縫都一模一樣，還有那兩對看起來很邪惡的眉毛。她們宛如兩隻喜歡拿真的弓箭射人的愛神邱比特。這兩個小女生糟透了。而我好愛她們。

但是我不能忘記王子計畫今天來訪，不祥的預感在我的潛意識邊緣作祟，像是持續拍打著黑暗海岸的潮水。

烏鴉又嘎嘎叫了一聲。

這次我抬起頭，烏鴉來回轉頭，瞧著我緊蹙的眉心，抖動了一下全身羽毛，敏捷地沿著樹枝跳躍。牠進入光線中時，我一口氣哽在喉嚨裡。牠的背部泛著一層紅色光澤，而且牠眼睛的顏色似乎也不太尋常。

我飛快地屈膝行禮，然後低頭躲到屋內，我很掙扎，不知道是否該希望那隻鳥就是秋王子。如果不是，就表示我剛才對一隻鳥行了屈膝禮，還落荒而逃。沒關好的廚房門在我背後發出鳥喙敲出的喀、喀、喀三聲。

又傳了第四聲，不過這次不是喀喀響，而是人手敲門的聲音。

「請進！」我喊道，回頭張望，忽然希望自己沒出聲。

我隨手抓起一個鍋子塞進水槽裡，其實不確定它到底髒不髒，不過門打開、秋王子踏進屋裡之前，這是我唯一來得及做的事。門框是按照一般人的身形做的，他必須低下頭，免得撞到門楣。

「午安，伊索貝。」他說，彬彬有禮地一鞠躬。

從沒有妖精出現在我的廚房裡過，這是個四面都是粗糙石牆的小房間，地板因為年代久遠，中央微微凹陷，高處有一扇窗戶微微透進光線，剛好照亮碗櫥旁那疊沒洗的碗盤，還有我們齊胸高的壁爐裡有一小截看起來很可悲的煤炭正在冒煙悶燒。

與此同時，秋王子那雍容華貴的模樣看起來好像剛踏下由十二匹白色駿馬拉的鍍金馬車，我想不起來前一天他穿什麼，不過如果跟現在的是同一套，我應該會有印象。那一襲合身的黑色絲外套下緣幾乎碰觸到長靴後端，斗篷狀剪裁，還裝飾著一圈古銅色天鵝絨滾邊，與他額前配戴的古銅色冠冕搭配成套，雖然一頭亂髮彷彿有自己的生命，吞沒了大部分的冠冕，我還是能看出它的形狀像交纏的樹枝，還有零星的銅綠色點點。他的斗篷衣領上別有一枚烏鴉形狀的別針，想必是來自上一個世代的紀念品。他腰間懸掛著昨天用的那把劍。

是的，他來了，就站在那裡，距離我早上來不及掃起來的一片發霉洋蔥皮只有幾寸之遙。

我已經觸犯了禮儀禁忌，接下來說出口的話必須格外深思熟慮又沉穩才行。但脫口而出的卻是：「如果你不能鞠躬回禮會發生什麼事？」

我剛剛試著冷靜下來的時候，秋王子正轉身盯著一根湯杓看，他的目光重新回到我身上。**妳是什麼傢伙？**他神祕的水晶紫雙眼似乎這麼說。「我好像不太懂妳的意思。」

鬆動的樓板最後一定會垮掉，也許它們願意行行好，現在就給我一個解脫。

「如果有人對你鞠躬或行屈膝禮，你卻無法回禮的話。」我聽見我自己解釋道。

他的臉色因為理解而亮了起來，要笑不笑的熟悉表情又出現了。他傾身向前，對上我的雙眼，好像即將吐露一個天大的祕密。可能真的是。「會非常非常不舒服。」他低聲說，「我們必須到處找是誰對我們行禮，非找到不可，在那之前完全無法思考別的事情。」

噢，「我剛剛好像這麼做了。抱歉。」

他直起身，好像立刻忘記了我的存在，「能找到妳實在是我的榮幸。」他溫暖地說，不過說時遲那時快，就舉起一把肉串叉，「這是武器嗎？」

我小心把肉串叉從他手中拿走，物歸原位。「不是設計來當成武器的。」

「原來如此。」他說，在我能阻止他之前，他又邁出三大步來到廚房另一頭，檢視牆壁上一根釘子掛的一個長柄煎鍋。「這十之八九是武器吧？」

「也不是……」我第一次在妖精面前這麼詞窮，「嗯，確實可以當作武器使用沒錯，不過主要的用途是烹飪。」他回頭看我，「烹飪是製作食物的工藝。」我解釋，因為他的眉毛緊皺在一起，露出有禮的驚愕表情，幾近警戒。

「對，我知道烹飪是什麼。」他說，「我只是很訝異，你們製作工藝品用的許多工具也能當成武器。有什麼東西是你們人類不能拿來彼此殘殺的嗎？」

「應該沒有。」我承認。

「真奇特。」他停頓了一下，抬頭張望天花板，我很不安地等著他下一個評論，清清喉嚨，再次屈膝行禮。

他微微蹙眉，把頭轉回來鞠躬行禮。

「通常我都是在客廳接待客人，從這邊走。我們是否該開始了呢？我不想佔用你太多時間。」

「好的，沒問題。」他回答，不過我們穿越走廊時，他仍舊抬頭看個不停，很快地又完全停下腳步，舉起手按在白色泥漿牆面上。我也停下腳步，臉上掛著緊繃的微笑等他說完，這個微笑純粹只是為了預防我發出惱怒的尖叫。

「這屋子有很強大而且很奇怪的幻咒保護。」他終於開口評論道。

「對。」我繼續往前走，很慶幸聽見他外套的窸窣聲跟上來，「我開始畫肖像時，這是我努力的第一個目標——我花了整整一年才得到。沒有妖精——」

「沒有妖精可以在這棟屋子裡傷人，只要妳活著，幻咒就有效。」他說完時已接近喃喃自語，「咒施得很出色。是賈弗萊的手筆？」

我點點頭，克制回頭看的衝動，當客廳的特殊氣味淹沒我時，出於習慣，我換上比較專業的口吻，「我有幸承蒙他惠顧已經許多年了。可以告訴我為什麼你覺得這個幻咒很怪嗎？」

「我從沒見過這樣的幻咒，原本也沒有料到賈弗萊會施這種咒。」

輪到我差點停下腳步了，我勉強自己繼續移動，來到客廳，機械式地整理當天需要用到的炭筆。幻咒變質了嗎？那麼多年前，我對賈弗萊說錯了什麼話嗎？是不是在我們的交易中留下了什麼破綻？種種可能性讓我作嘔，我的雙手雙腳開始發麻。

「身為王子，我可以摧毀幾乎任何我想摧毀的魔咒。」他繼續說，仍然四處張望著我看不見的東西，「我說這個魔咒很強，意思是它真的很強，遠超過我的能耐。賈弗萊一定費了不少精力才能達成吧，這很不尋常，因為我總見他一副從椅子裡爬起來都懶的樣子。他一定很喜歡妳的工藝品。我開始了解他為什麼這麼堅持我也來畫一幅肖像了。」

我呼出一口漸趨平穩的氣息。

王子說的有件事怪怪的——賈弗萊一直讓我覺得他和這個委託一點關係也沒有——不過我實在太過大鬆一口氣，轉眼就忘了這個念頭。

「我不知道。」我說，「你是第一個告訴我的人——其他人從沒提起過。」

王子從我身邊走過，衣袖掠過我的手臂，似乎對客廳產生了莫大的興趣。這是我家最大卻也最擠的房間，雖然我們很努力要將這裡保持整齊。現在唯一沒放東西的傢俱是窗戶邊的靠背長椅。我左邊的角落還有一張塗著亮光漆的邊桌，桌面擺的水晶花瓶裡插著兩根孔雀羽毛、一組進口瓷器、一疊皮革裝幀的書籍，還有一只空鳥籠。桌邊的錦緞椅上高高堆著各式各樣的綢緞、地毯和簾幕，想要什麼顏色和花樣都有。房間其他部分看起來則差不多，每個凹洞和縫隙間都擺著不一樣的奇珍異寶，好像客廳是個袖珍博物館，有著豐富的人類工藝品館藏。我的椅子和畫架不起眼地擺在房間正中央。

王子很心不在焉，沒回答我的話，所以我繼續說：「替凡人客戶工作的時候，肖像畫師通常會到客戶家裡去，在那裡作畫。當然了，如果是妖精客戶的話，我就無法比照辦理，所以我們就在這房間裡選家具和裝飾品，以你喜歡的樣子擺設。」

「這束縛了我們。」王子喃喃自語，指尖輕輕觸碰鳥籠，沿著纖細的金屬鐵桿滑落。我想起剛才屋外的烏鴉，不禁希望自己能有先見之明，早一步將鳥籠搬到別的房間，雖然我仍然納悶他的話是什麼意思。在我家客廳各種華而不實道具的包圍下，從來沒有妖精不開心的。

他抽走手指，轉過身，若有所思的模樣消失，換上一個微笑，就像晨霧在陽光裡消散。「我是說賈弗萊的幻咒。為什麼之前沒有妖精向妳提過，感覺好像腕上戴了枷鎖，和蜘蛛絲一樣輕盈，卻和鐵一樣無法掙脫。沒有妖精喜歡評論自己的弱點。」

「但大人你卻是例外嗎？」

「噢，並不是，我也不喜歡。」他的微笑更燦爛，臉頰上又露出歪歪的酒窩，「我只是不喜歡守口如瓶，妳可能已經看出來了。」

我確實看出來了。他和我從前遇過的妖精截然不同。

「要怎麼稱呼你王子的身分會比較好呢？」我轉移話題，走到房間另一頭挑選可以襯托他服裝的布料作為背景。

「我們不用拘泥這種禮數。」他說，瞥了我一眼，「我還以為妳已經知道了。」我怎麼知道？我納悶。又不是說時常都有妖精貴族跑來家裡吃飯。「無論如何，我的名字叫風鴉。」

我不禁微笑，「大人真是名符其實。」

他的視線在我臉上梭巡，我似乎更熟悉他那個微笑了，彷彿我們有什麼共同的祕密，我從來不知道妖精能露出這種表情，站在他身旁，我發覺我的頭只和他的胸膛齊高。我的雙頰變得暖烘烘。

天啊！我還有工作要做。

「我覺得這匹錦緞會很適合你。」我說，舉起沉重的鏽紅色絲緞，上頭有古銅色刺繡。

他看了一會兒，幾乎顯得不耐煩，我一直覺得這步驟很有趣。關於妖精，一般人所知道的少之又少，不過偶然會發現他們在藝術上的選擇，可讓人一窺他們的靈魂（當然，前提是如果他們有靈魂的話，這一直是教堂裡備受爭議的話題。）賈弗萊很喜歡在肖像中塞滿看起來很昂貴的小東西。另一名客戶，燕尾，就偏好已經使用過的實用物品，例如燒了一半的蠟燭和書背破裂、邊角磨得圓滑的典籍。

風鴉對著錦緞搖搖頭，彎腰細看一排吹製玻璃花瓶。接著又審視各種雕像和鏡子、一籃蠟製假水果、藥瓶藥罐、羽毛筆。似乎在沉默與凝重的專注中出了神。我無法想像他在思索些什麼。終於，他回到鳥籠邊，抬起頭發現我在看他，那抹變幻莫測的微笑又回來了。

「我決定，我的肖像裡不想出現任何物品。」他宣布，走到靠背長椅邊坐下，一隻手臂橫在椅背上，臉上那心知肚明的表情透露了他知道我為何盯著他瞧。「如果妳得連續好幾個小時盯著什麼東西看，那麼我想要焦點只有我而已。」

我努力保持正經肅穆的表情。「大人，你真是太慷慨了。如果只需要畫你本人，我可以節省許多完成肖像的時間。」

他坐直了一點，皺起眉頭，一絲不悅的陰影籠罩著他尊貴的五官。

我在做什麼？要惹妖精惱羞成怒很容易——太容易了。這不像我，花了這麼多年小心翼翼，卻在幾分鐘內失誤。我把話吞回去，走到椅子邊，理理裙襬，挑了一支炭筆，把其他念頭都推到一邊。

很難解釋我每次拿起炭筆或筆刷時，到底發生了什麼事，我可以告訴你世界改變了，不工作時，我看到的世界是一回事，而畫畫時，卻變得截然不同。臉孔變得不太像臉孔，而是光影組成的結構、形狀、角度與紋理。窗外流瀉進的光線撞擊瞳孔後折射的深沉光暈，精緻的令人著迷。我渴望斜斜橫過我肖像主角衣領的那道影子，他顏色較淡的幾綹細細髮絲宛如著火的燦爛金線。我的思緒和執筆的手都著了魔。我畫畫不是因為我想畫，也不是因為我很能畫，而是因為我必須畫，因為那是我的生命與呼吸，也是我之所以為我的理由。

我的煩惱隨著紙面的一片片炭筆碎屑剝落消失，我沒注意到那柔軟細小的黑雪花飄落在我膝頭。紙面上先形成一個圓，鬆散但有活力，描出風鴉臉旁的輪廓。然後以更強勁的線條繪出他髮絲誘人的狂放，還有王冠。

不對。

我把紙從畫架上撕下來，任由它飄落地面。臉、頭髮、王冠、眉毛，漆黑彎曲。歪斜的隱約微笑。結實的肩膀輪廓。很好。好多了。現在房間裡有兩個風鴉，他們雙雙注視著我，同等真實。

畫架那端，風鴉正歪著頭，在坐著的地方移動身體，我感覺得到他在觀察我，可是並不在乎，我沉浸在工藝中。不過我心中有暇多想的那一小部分告訴我，他越來越躁動不安，然後想起賈弗萊前天告訴過我的——關於風鴉坐不住的評語。

「等等。」他說，我刷動的炭筆停了下來，望著他，雙眼調整回現實世界，彷彿我剛剛盯著海市蜃樓看了太久。他似乎有什麼煩心事。在那短暫的瞬間，我擔心他會取消這次作畫。

「已經——」他皺眉，尋找合適的字眼，「定稿了嗎？肖像完成了嗎？還能不能改？」

我呼出剛剛憋住的一口氣，就這樣而已，「在現在這個階段，你想怎麼改就怎麼改。我開始用顏料上色之後會比較難，不過到最後定稿之前，都還有調整空間。」

風鴉沉默了好一會兒，他看看我，撇開視線，然後拆下衣領上的烏鴉別針收進口袋裡，「太好了，」他說，「就這樣。」

如果說我不好奇，就是在騙人。那枚別針顯然是人類工藝品，正如他身上穿戴的所有其他東西。很久以前，風鴉在幻息鎮上很有名。不過有一天卻忽然再也不來訪了。妖精對於工藝品的渴望勝過一切。發生過什麼大事，讓他根除了這個習慣？會和他配戴的那個小飾品有關係嗎？

又或者——很有可能，幾乎是百分之百確定——別針只是退流行了，或者他戴膩了，又或者他單純決定它和鈕扣的顏色不搭調，想請人重新製作一個。他是妖精，不是凡人男孩，我不能中計同情他，這是妖精最古老的把戲，他們最熱愛也最危險的招數。

我的心思回到畫作上，素描越來越像他了，不過隨著我畫得越細，就不禁注意到畫中人物的眼睛怪怪的，我拿起邊桌一小塊沾濕的麵包點點炭筆痕，重新畫一次，但不管怎麼重畫，那雙眼睛總是無法盡善盡美地呈現。從他眼皮的皺褶到眼睫毛的弧度，每個細節都跟他本人一模一樣——不過全部加起來卻無法捕捉他的……嗯，他的靈魂。為其他妖精作畫時，我從沒遇過這樣的問題。我今天到底是哪裡不對勁？

我的炭筆斷了，一半在地板上滾動，消失在躺椅下方。我開始站起身，不過風鴉彎下身幫我撿起來，他回座位前，先停下來看看我的進度。我似乎聽見了微乎其微的抽氣聲。

他俯身看得更仔細，「我在妳眼裡是這個樣子嗎？」他問，低沉的嗓音讚嘆道。

我不太確定要怎麼回答，對我來說，那個我說不清到底是什麼的瑕疵覆蓋了整張畫作，讓它無法見人，「這就是你的樣子。」我最後只好這麼說，「不過還是需要諸多調整。今天結束前，我想再多加把勁。」

風鴉摸摸他的王冠，幾乎有點不太自在，他猶豫了一下，把手臂放回先前擺的地方，停頓了一下後，又稍微調整位置，好擺得跟之前一模一樣。

接下來的時間在安靜中度過，不是那種有妖精相伴時通常會感覺到的拘束沉默，比較像是互相試探的沉默。讓我回憶起有次曾經想去坐在城裡一棵樹下乘涼看書，到達時卻看見另一名女孩已經在做相同的事了。我們簡單互相問好後，就一起度過了幾個小時，回家的時候，我感覺我們兩個已經成為了朋友，儘管起初只害羞地說了兩個簡短的字。後來，我發現她和父母一起到彼岸世界去了。

兩顆頭髮蜷曲的頭從窗框外冒出時，我才發現現在多晚了。風鴉沒注意到雙胞胎在偷看，直到五月把臉緊貼在玻璃上，像吸盤一樣黏著，然後鼓起雙頰。他轉身，但只來得及看見兩人倏地縮回頭之後，在窗櫺上留下的一圈逐漸縮小的霧氣。太陽幾乎下山了，我卻還沒想出來風鴉的雙眼到底是怎麼回事。

我告訴他今天的時段結束時，他眉宇間掠過一抹失望之情。

「我明天可以再回來嗎？」他問。

我本來在鬆開圍裙的綁帶，聞言抬頭看他：「明天賈弗萊已經排好時段了。後天呢？」

「好吧。」他說，我感覺到他有點惱怒，幸好不是針對我。

我不知道接下來自己是怎麼沖昏頭的。他開門時，並沒直接走出去，反而逗留在原地，好像想講些什麼，但不確定內容。我也有同樣的感覺。我們四目相對，隔著房間感覺到隱約的連結，我在心中連篇教訓自己，然後吸了口氣，大膽地說：「你要變成烏鴉回去嗎？」

「我想應該會。」

「你離開前，我可以看你變身嗎？」

他沒料到我會這麼問，臉上交雜著好多情緒：希望、謹慎、開心。看起來和人類顯露的情緒還是有段差距，有些妖精會像試戴帽子般，將各種情緒掛在臉上，彷彿漠然的臨摹，這種拙劣的模仿和他們的幻術一樣虛假，相比之下，我不禁覺得風鴉的表情倒有幾分真實。

「不會嚇到妳嗎？」他問。

我搖搖頭，兩人都沒移開視線，「我沒那麼容易嚇到。」

風鴉眼裡閃過一絲光芒，屋裡充滿窸窣聲，像遙遠的風聲穿過樹梢枯葉，風越來越強，直到我感覺到冰涼的空氣包圍我的身體，拉扯著衣服，風裡有夜晚森林醉人的刺鼻芬芳。一張張撕下的素描畫作鼓動著，滿屋子亂飛，太陽滑落地平線時，有瞬間鳥籠閃爍著眩目金光，接著我的客廳便沉入幢幢陰影中。

風鴉似乎變得更高、更黑暗也更兇猛。他紫色的雙眼燃起暴烈的光，儘管嘴邊仍掛著若隱若現微笑，眼裡卻無絲毫笑意。地板上颳起一陣黑色羽毛旋風，吞沒了他。

我一定在關鍵時刻眨了眼睛，因為下一秒鐘，四散的紙張靜靜堆積在牆邊，一隻翅膀半張的烏鴉從鳥籠上方看我。

剛剛那陣狂風颳得我喘不過氣，我不知道該怎麼用文字形容看見的一切，「太驚人了。」最後我輕聲說，對烏鴉屈膝行禮。

烏鴉饒富興味地低低頭，然後飛出門外。

4

九月過得好快，彷彿是我做的一場夢。我完成了賈弗萊的畫像，然後又獲得了另一名客戶：夏王國的馬鞭草，不過感覺起來我的時間都花在風鴉一個人身上了。

月中時，我盡可能拖延收款的時間，通常先採取行動的會是我的客戶，很急切地想用各種難以抵抗的條件誘惑我，但我猜想王子已經很久沒跟凡人打交道，所以手法生疏了。我必須自己開口提這件事，感到百般緊張，我假裝是因為和平常的習慣不同，所以才這麼焦慮。但真正的原因是，我不想聽風鴉說要給我香味能使我忘記童年回憶的玫瑰花，或是從今而後讓我除了寶石再也看不上其他東西的美鑽，或者會偷走我的夢境的羽絨被。我知道他存在那樣的一面，只是我不想看見。這種想法遠比他能給予的任何幻咒加起來都還要危險。

我放下筆刷張開嘴，大概重複了三次，第四次才鼓起勇氣把話講出來。他抬起頭聽我說，原本他正滿臉狐疑地審視手中的一杯茶。

「好，沒問題。」我說完後他表示，接下來的回答讓我很詫異，「妳想要什麼樣的幻咒？」

我停下來思考，也許他偏好看凡人自作聰明，那樣一來我必須更加小心，我在舌尖上衡量每個字眼，「當我或者我的家人之一遇到危險時可以預警的事物。」我花了點時間檢視這個要求有沒有什麼弱點，繼續說道：「這個幻咒示警的範圍涵蓋我家裡所有人，包括我阿姨艾瑪，還有收養的妹妹三月和五月。用來示警的徵兆必須要不著痕跡，免得引來不必要的注意力，但也要夠清楚，這樣警告出現的時候我才不會錯過。」

他把茶杯往邊桌一擺，彎起手臂，給我一個歪斜的微笑，我作好準備等待他的答覆。「烏鴉。」他提議，再次讓我啞然失色。

烏鴉？我無法斷定這個主意是因為他愛慕虛榮，還是因為毫無創意，又或者兩者皆是。

「請原諒我的直白。」我回答，「但是烏鴉有時候很吵，如果我正在躲——」我揮著手，臨時改了口，「躲搶匪之類的，我不認為一群鳥在我藏身處上方吱吱喳喳會對我有什麼幫助。」

「啊，我懂了，這樣的話，就用乖巧的烏鴉吧！牠們會注意禮貌。」

「大人，你的堅持真奇特。這些烏鴉有什麼特色，會使我將來後悔嗎？」我的聲音隨著挫敗感嚴厲起來，我搞不懂他，**一定有**什麼我沒注意到的陷阱。拜託老天幫幫我，**必須要**有陷阱才行，這樣一來才能提醒我他是誰，「牠們不會因為我這輩子終究難逃一死，就不停折磨我，或害我晚上睡不著覺，也不會在我快撞到腳趾的時候，就成群結隊飛來，對吧？」

「對！」風鴉大呼，半從椅子上起身，推開擋住他去路的長劍，然後又撲通坐下，看起來心神不寧，我盯著他看，「我不打算惡作劇。」他繼續說，聽起來和我一樣挫敗，「反正就算我試著這麼做，妳似乎也不會中計。」

我說不出口的話梗在喉嚨裡，妖精無法撒謊，我從他身上扯開視線，不去看他的眼神，那個我無法意會也無法以畫筆傳達的眼神。

「對，我不會中計。既然有你的保證，烏鴉——我就勉強接受吧。」我駭然發現自己聽起來如此僵硬，於是捏緊拳頭，指甲深陷進掌心內。「詳細條件我們可以明天再討論。」

他聽見「明天」，臉色一亮，低頭表示同意，「我很期待。」他迫切地回答，就這樣，前嫌盡釋。我忍住不露出微笑，還把畫筆錯拿成調色刀。

他離開之後，我左思右想，就是擺脫不了他挑選烏鴉別有用意的念頭，直到我差不多收拾完畢時，才想出解釋，雙頰溫暖起來。答案其實很簡單。他不想要我在他離開後忘記他。

接下來的幾週模糊在一起，無盡夏日依舊永恆不變，儘管外頭的燦金陽光照耀著麥田，但在家裡客廳中，我經歷了重大的改變。風鴉不在時，我時常想起他，作畫時，我的心臟怦怦跳，彷彿剛狂奔了一哩。夜裡我輾轉難眠，因為解讀不了他畫不出來的那雙眼睛，窗外透進的月光讓我躁動難安，失去了一半理智，很確定那天的月亮比前幾天都還明亮。我猜這一定是冬去春來的感覺，我活得比從前任何時候都還鮮明，世界感覺再也不凝滯陳腐，而是充滿了令人屏息以待的沉默。

噢，我知道我對風鴉的感覺很危險。難以置信的是危險反而讓它感覺更好。也許這些年來，我總滿臉堆著禮貌的假笑，因此矯枉過正了，直到我嘗到一點新鮮滋味，才能體會到這樣的行為很瘋狂。每次我們對彼此屈膝和鞠躬行禮如儀時，都彷彿在刀刃邊緣行走，知道自己如果踏錯一步就有可能萬劫不復的念頭讓我熱血沸騰。我因為自己的小聰明沾沾自喜，幻息鎮所有工匠中，最了解妖精的莫過於我。日子一天天過去，流水般從我指縫流逝，不管我多努力抓緊都沒用。將我推向那終將到來、而我卻希望永遠不要結束的一刻，我堅信自己知道怎麼和風鴉相處，如鐵一樣堅定。

我可能這麼繼續相信下去，如果我沒在最後一次作畫時想出他的眼睛到底哪裡不對勁。

「賈弗萊告訴我，妳第一次畫他時，腳尖還搆不著地板呢，」風鴉說，事情就是從這句話開始，「他說的好像妳只有——伊索貝，妳幾歲？我之前從沒想過要問妳。」

「十七。」我回答，從畫布上移開注意力，觀察他的反應。

最初幾個作畫時段，他和紙板一樣僵硬，顯然覺得就算移動了一根頭髮都會干擾到我工作。不過我後來向他保證，畫作已經接近完工，他的動作已經不要緊了，因此他便側躺在躺椅上，偶爾可以瞥向窗外，好像錯過一片雲朵或一隻鳥兒都很痛苦。儘管如此，他多半時間都在回望我。兩人之間的融洽相處已隨興到危險的程度。

他的反應和我預期中不太一樣，盯著我看了很久，表情接近震驚或不著頭緒，「十七歲？」他重複，「以工藝大師來說，年紀會不會太輕了？妳已經長大成人了對不對？」

我點點頭，如果不是因為他臉上的表情，我應該會露出微笑，「很年輕沒錯。跟我同年的人大多都還沒開始執業。我剛拿得起筆刷時，就開始畫畫了。」

他搖搖頭，眼神飄向地板，心事重重地摸摸自己的口袋。

「你幾歲？」我問，因為他的陰鬱而大惑不解。

「我不知道。我不記——」他望向窗外，下顎有條肌肉在抽動，「妖精對歲月幾乎完全不留意，時間過得太快，就算我告訴妳，妳可能也無法理解。」

那是什麼樣的感覺？認識了一個人，建立了某些連結，全都發生在一個金光燦爛的下午——轉眼卻發現你的一分鐘是她的一年，你的一秒是她的一個小時。她會在隔天早晨的太陽升起前死去。一陣銳利而壓抑的疼痛擰著我的心臟。

我就是在這時看見他雙眼裡深埋的祕密。那是哀傷，雖然不可能，但千真萬確，並非妖精轉瞬即逝的遺憾，而是**人類**的哀傷，荒涼且永無止境，彷彿他靈魂中裂開的一道深淵。難怪我看不出他的破綻，那樣的情緒不屬於妖精，他們感受不到。

時間停止了，就連空氣中發光的細小粉塵似乎都凍結了。

我必須確定我剛剛看見了什麼，我彷彿著魔般越過房間，伸出手輕輕扶住他臉頰，輕得幾乎沒碰到，他原本沒在注意我，微微動了一下，幾乎可說是瑟縮，然後才看著我。對，果真是哀傷，還夾雜著受傷與困惑，深刻到我不禁納悶他是不是能夠理解自己的感受，也納悶這種感受對他來說，是不是如同妖精的諸多層面對人類而言一樣陌生。

「我冒犯到妳了嗎？」他問，「抱歉，我不是故意要暗示……」

「沒有，你沒冒犯我。」不知為何我的聲音聽起來很正常，「我正巧注意到肖像完成前必須再畫精細點的東西。你的頭可以維持這樣幾分鐘不要動嗎？」

我注意到自己完全沒了規矩，卻還是舉起另一隻手捧住他的臉，溫柔轉向畫架的方向，讓光線以剛好的角度照亮他的眼睛，他安靜地任由我擺布，氣息溫暖我的手腕，兩隻眼睛滴溜溜看著我。

這是我們能相處的最後一天了，也是我第一次和最後一次碰他，這個事實在我們之間宛如心跳般搏動。我們視線交會時，另一件事實也昭然若揭，我感覺到我和他之間的連結，如同有人握我的手或肩膀一樣確切。我知道他也感覺到了。

我頭暈目眩地撤退，趁這個感覺成形之前，猛力對它關上門。我的視線邊緣有黑點在游動，冰冷的驚慌緊捏著我的肺，擠出所有的空氣。不管這是什麼，都必須結束。立刻結束。

遊走在刀鋒邊緣很好玩，直到刀鋒不再只是比喻，而成為貨真價實的危險為止。

凡人對良法中的謎樣條文不甚在乎，不過有一條規範適用於任何人：不准許妖精和人類相愛。老實說幾乎是個笑話，工匠會為這個主題寫歌，或織成掛畫。這從來沒發生過，也不能發生，原因是妖精儘管愛調情也愛引人注意，但不可能感受到愛這種真實的情緒。至少我是這樣以為的。現在我懷疑自己所有對於風鴉族人的認知，懷疑我觀察到的一切，也懷疑我這輩子都覺得理所當然的那套井井有條又有理的規定。一條律法的存在肯定事出有因——或者說有過犯例。

而違法的罰則呢？噢，你知道故事是怎麼說的。當然是死路一條，但凡事也都有個除非，除非凡人喝下綠意之井的水，才能保住她——他們的命。不過前提是喝下井水前還沒被妖精逮到。

「請不要動，拜託了。」我說，我的要求聽起來雲淡風輕，身體底下椅子發出的吱嘎聲似乎隔了好幾哩遠，我抬起筆刷時，不敢看風鴉，不敢看他對我驀然改變的態度有什麼反應。

當世界讓我失望時，我總能沉浸在工作中，躲入它的庇護，在那裡，所有的憂慮都會褪去，只剩下對工藝的執著。我把焦點縮小到風鴉的雙瞳、馥郁濃醇的油彩氣味，還有我的畫筆刷過帆布紋理那條醉人的晶爍痕跡，除此之外的其它事物都不存在。這是我的工藝，我存在的目的。工藝是我們置身於此的唯一理由。他那封閉的表情只有高手能做到，我決心要如實畫出。需要技巧的地方在於他瞳仁的陰影——深邃、神祕又陰沉，像船隻在清澈湖泊底部投下的影子。我不是要畫出那事物本身，而是勾勒失去之後所留下的陰霾。

我工作時，淹沒在狂熱之中，我的天分所帶來的興奮感，意識到我即將完成的這幅肖像，會和先前的作品完全不同。我忘了我是誰，一股力量同時從內外夾擊我，我只能隨波逐流。

光線逐漸流逝，直到房間裡黯淡到讓畫布上的顏色失了真，艾瑪在家，她在廚房裡移動，發出輕微聲響，她把雙胞胎夾帶上樓時，盡量不打擾到我。我的手腕疼痛，散亂的幾綹髮絲黏著我出汗的太陽穴。毫無預警的，我停下來重整筆刷的毛流，這才發現肖像其實已經完成了。風鴉從畫布上回看著我，色彩和線條捕捉了他的靈魂。

遠處傳來號角吹響的聲音。

風鴉從幽影幢幢的房間對面跳起來，全身肌肉緊繃，手伸向長劍，我第一個混沌的念頭是又有另一隻妖獸出現了，但是那聲音不對：高亢和鼻音濃濁，只有單一個音，號角響了第二聲時，我更確定了，顫音持續了一會兒後就消逝了。

我的背脊竄過一陣寒意，雖然在幻息鎮很少聽見這樣的聲音，不過沒有人會忘記大狩獵的呼喚。

「伊索貝，我得走了。」風鴉說，把長劍扣在腰帶上，「大狩獵闖進了秋王國的領地。」

我迅速站起身，把椅子都撞倒在地，發出像火槍一樣響亮的撞擊聲，但是我不為所動，「等等，你的肖像完成了。」

他一手放在半開的門上，糟糕的是，他不看我，不——他無法看我。那時我就知道了，我毫不懷疑地確定，他打算再次從人類世界消失，徹底消失，而且在我時間有限的人生中，他都不會再出現。無論是他或是我，都無法承擔挑弄命運的後果。他離開之後，我們就再也不會相見。

「準備把它送到秋季宮廷。」他用空洞的嗓音說，「一名叫做芬蕨的妖精會在兩週內來取貨。」他猶豫了一下，然後號角又響了，而他只說：「一隻烏鴉代表不確定的威脅，六隻代表危險一定會到來，十二隻代表躲不過就會喪命。幻咒生效了。」

他低頭穿過門楣，快步出門，就這樣永遠消失。

現在我得告訴你我有多愚蠢。我還沒經歷風鴉離開後那些灰黯又死氣沉沉的日子之前，對描述少女思念不在的心上人的故事，總是嗤之以鼻，他們認識不到一週，而且沒什麼要對彼此傾心的理由。她們沒發現除了一名蠢笨年輕男子的感情之外，生命還有其他價值嗎？沒發現這個世界並非以她們的心碎為中心旋轉嗎？

直到這事情發生在自己身上，才了解原來自己和那些女孩其實沒差多少。噢，還是會覺得她們很荒謬啦——只不過妳也成了她們的一員了。但荒謬不就是人之所以為人的一部分嗎？我們不是長生不死的生物，看著一世紀又一世紀飛逝。我們擁有的世界很渺小，壽命很短暫，而我們倒地之前能流的鮮血也只有那麼一點。

兩天後，我在心裡列出清單，舉出風鴉各項不討人喜歡的特質，準備沉溺於一些惡毒的批評中。他很驕傲、自我中心又遲鈍——各方面來說都配不上我。然而我還是怒氣沖沖想著我們第一次見面，我不禁想起他向我道歉的速度有多快，就算不知道自己到底為了什麼而道歉。我能清清楚楚回憶起他臉上的表情，這個小活動結束時，我只感覺更加痛苦。

三天後，我將五六張為風鴉打草稿用的素描畫疊起來，壓在蠟紙中間綑好，藏在衣櫥最深處，想看他臉孔的渴望彷彿想去戳弄新傷的瘀青，在那之前，我打定主意不去看。那個金光燦爛的下午已經結束了，等到風鴉再次想起我，我早已經死了。

我吃飯、睡覺、一大清早起床，我畫畫、洗碗、照顧雙胞胎。每一天都亮麗湛藍，在炎熱的午後，蚱蜢的嗡嗡聲模糊成一團單調的痛楚。我告訴自己這樣才是最好，把這句告誡當作一條苦澀的麵包吞下。

這樣才是最好。

兩星期後，芬蕨依約抵達，將肖像裝在塞滿布料與乾草的板條箱中帶走。第三個星期後，我感覺好像恢復成從前的自己了，但生活感覺悵然若失，我猜我應該不可能和從前的自己一模一樣了。也許那就是長大必經的路程。

有天晚上，我在天黑後進到廚房，發現艾瑪在桌邊睡著了，一隻手握著一只藥酒瓶，看起來快翻倒了，研缽裝著磨到一半的藥草，散發刺鼻氣味，看見她這樣很不尋常。

「艾瑪。」我輕聲說，碰碰她肩膀。

她發出聽不懂的咕噥聲回應我。

「太晚點。妳得去睡了。」

「好吧，我這就去。」她貼著手臂說，聲音聽起來悶住了，但是動也不動。我把藥酒瓶從她手中拿走，聞了聞，找到瓶塞後蓋好放到一邊。如果我去聞艾瑪的呼息，我知道我會嗅到什麼。

「來吧。」我將她癱軟的手臂繞過自己肩膀，扶著她站直，她轉動著腳踝，然後才站穩腳步。上樓梯的過程和我想像中一樣滑稽。

很多人常常把艾瑪錯當成我母親，大部分是小孩或不住在鎮上的人——他們不知道我父母出了什麼事，也不知道鎮上的醫師艾瑪曾經竭盡全力想挽回我父親的性命，後來卻失敗了。他沒像我母親當場死亡，大家都說，當場死了還比較好。

所以我猜我不能氣艾瑪的壞習慣，雖然我常常必須因此照顧她，而不是相反過來。今天一定有病人去世，我很早前就學會別去問她這樣的聯想是否正確。最重要的是，我忘不了我是她仍然留在幻息鎮的唯一原因，如果不是因為我，如果不是因為她覺得自己有責任照顧姊姊的女兒、死在她臂膀中那名男子的女兒，艾瑪早就啟程前往彼岸世界了。在這裡，幻咒具有至高無上的力量，而拿幻咒作交易的生物一點也不需要人類的醫藥……嗯，她得去別的地方追尋理想生活才行。

艾瑪也失去了某些東西，我得好好記在心裡。

「妳可以把鞋子脫掉嗎？」我問，將她放在床緣。

「窩沒事啦。」她閉著眼睛回答，所以我幫她脫了鞋，塞進床單下襬裡，她才不會在半夜醒來時絆倒。然後我俯身親親她的額頭。

她的眼睛睜開一條縫，艾瑪的眼珠是接近黑色的深棕色，和我一樣神情迫切的大眼。她蒼白的肌膚也布滿一樣的雀斑，麥金色頭髮同樣濃密。一切發生之前，我記得她和我母親開玩笑說家中女人的血統很厲害，不管和什麼樣貌的男人生小孩，都能將自己的模樣傳給下一代。

「風鴉的事，我很遺憾。」她說，往上伸出手，充滿感情地拉拉我和她一模一樣的一綹頭髮。

我僵在原地，思緒翻騰，彷彿在懸崖邊緣搖搖欲墜。「我不知道該怎麼──」

「伊索貝，我不是瞎子，我看得出來發生了什麼事。」

胃酸腐蝕我的胃，擠出口的聲音細小緊繃，準備好加大音量來替自己辯護，「妳為何什麼都沒說？」

她的手滑落在床單上，「因為我想說的，妳都已經知道了。我相信妳會做出正確的選擇。」看見艾瑪理解的表情，罪惡感刺穿我的身體，原本的敵意也隨之消散，但留下的空洞反而糟糕百倍。「而且，我很擔心妳。妳的工藝讓妳好忙碌、好孤獨，甚至沒有機會可以體驗……嗯，很多事。如果沒有幻咒，我們的日子一定很難過。但是我希望……」

天花板發出碰的一聲，接著傳來瘋癲的咯咯亂笑。我很高興有雙胞胎打岔。艾瑪說的越多，我就必須越努力抵抗刺痛眼睛後方的淚水。

「噢，討厭，這兩個鬼靈精。」她的聲音宛如砂紙般粗嘎，用投降的眼神看了看屋頂。

我迅速站起身，「別擔心，我會看著她們。」

通往閣樓的老舊階梯在我的腳步下嘎吱亂叫，進入雙胞胎的臥室，這裡只是傾斜天花板下方的一個小空間，放了兩張床和一張梳妝台後就沒剩多少位置了，她們已經開始裝睡，就算沒聽到她們憋住的笑聲，我也不會輕易上當。

「我知道妳們在打鬼主意，快點說出來。」我走到五月旁邊搔她癢，沒經過嚴刑拷問，她往往什麼都不會說。

「三月！」她尖叫，在被單下扭動，「三月想給妳看一個東西！」

我暫時手下留情，雙手拄在腰臀間等著，試著擺出一副堅忍的表情，看她雙頰往外鼓的樣子，我想她大概是要噴個我滿臉水，或是更糟糕的東西。我不能示弱，我一腳拍著地板，不耐煩地揚起一邊眉毛。

「叭啦。」她說，往百納被上吐出一隻活生生的蟾蜍。

我在五月歇斯底里的大笑中搖頭，「嗯，至少妳沒吞下去啦。」我理論道，撲上去搶救那隻濕搭搭又驚魂未定的生物，趁牠朝階梯一躍而下追尋自由前先抓住牠。「現在可以乖了吧？艾瑪心情又不好了。」她們不知道那是什麼意思，只知道事態嚴重，而且我會賄賂她們來交換她們最好的表現。

「好吧。」五月嘆氣，在床上撲通翻過身，她用一隻眼睛看著，「妳要帶牠去哪裡？」

「去遠離三月嘴巴的地方。」*並且祝福牠從這場夢魘驚魂記中康復過來。*我心想，把門在身後帶上。

我在屋裡晃悠，月光在客廳中凌亂的雜物上映照出奇怪的光影輪廓，畫到一半的馬鞭草從畫架上對我冷笑，表情說是假髮工匠的模特兒臉上刻出來的也不為過。在風鴉之後接著與她合作感覺衝擊很大，雖然我知道和她的互動不過是重返常態。

我躡手躡腳經過廚房，來到屋外潮濕的草地上，放走了那隻蟾蜍，牠蹦蹦跳跳躍入雜草中，往森林的方向而去，這裡和森林之間隔著一片月光染成銀色的原野，樹海頂端突出地平線，像一片低矮的雲朵。

一陣微風撫過麥田，在草葉間發出嘆息，冰涼了我腳趾上的露珠。風從森林往這裡吹，有瞬間我彷彿聞到了一絲沁爽、狂野、惆悵的氣味，風鴉的氣味，狠狠抓住我的心臟不肯放開的味道。我知道那是什麼。秋天。

忽然間我胸臆間充滿無以名狀的渴望，那股疼痛堵在我喉嚨深處，像無聲的吶喊。那裡有沒活過的人生等我去經歷，遠離我熟悉又安全的家園和侷限的行程。全世界都在等著我，渴望的感覺貫穿我全身。噢，如果我是那種會尖叫的人就好了。

我用草葉擦擦抓過蟾蜍的手，往後退了一步。

老橡樹那兒傳來一陣翅膀拍動的聲音。

微風揚起我的髮絲，我轉身看見樹上有隻烏鴉，不過牠是哪種烏鴉呢？表示有危險接近的一隻烏鴉，或者是我愛的那隻烏鴉？

在我能移動之前，風鴉就站在我眼前。我只有時間想：*兩者皆是*。因為這不是我認識的那個風鴉。羽毛從他的形體上脫落，幻化成一件飄揚的外套，露出他因盛怒而臉色鐵青的臉龐。沒有似笑非笑的表情來柔緩這僵硬冰冷的面具，那雙紫色的雙眼像烈焰一樣灼炙。

「妳做了什麼好事？」他怒吼。

5

風鴉莫名所以的問題讓我全身發涼入骨，我啞口無言地搖搖頭，我得躲進屋裡才行。

他預測到我的下一步，將我逼到房屋邊緣，困在那裡，他沒碰我，但是他左右框住我肩頭的雙臂，以及在我臉頰邊抓住木頭的強壯手掌都散發出明顯的威嚇。無處可逃之下，我不得不看向他。他平常表情豐富的嘴緊抿成一條毫無血色的線，等著我回答，我一心想要他換掉臉上那冰冷的表情，就算更兇惡也可以，只要給我一點他腦海中到底在想些什麼的提示就好。

「風鴉，我不知道你在說什麼。」我說，聲音和我實際上的感覺一樣害怕不已。「我什麼也沒做啊！」

他挺直身體，我都忘了他到底有多高了——我得竭力把頭往後仰才能勉強看清楚他的臉，「別裝傻了，我知道妳在畫像裡動了手腳。為什麼？妳替另一個妖精工作嗎？他們給了妳什麼好處，利誘妳背叛我？」

「給我——你在說什麼啊？」

他眼中閃過一抹火花，就算他聽進了我的話，也很快地再次硬起心腸，把疑慮拋諸腦後，「妳對肖像做了某些事，在最後一次作畫和它送來給我這段時間當中。它現在不太對勁，每個人都看得出來。」

「我畫出你的樣子。就這樣而已。那就是我的工藝牽涉到的範圍，怎麼會……」

噢。噢，不。

「妳動了手腳。」他嘶聲說，手指在牆壁上拱起來。

「不！我的意思是，我的確做了一些事，但那不是——陰謀，或、或者動什麼手腳。我發誓。我把你原原本本畫出來罷了。我看到了，風鴉，我看到一切，雖然你很努力要隱藏。」

嗯，我有可能是繪畫奇才，但我從來不覺得自己是智力出眾的天才。這時我才想到，風鴉會將悲傷保密，是有原因的。可能對他自己來說，都算是祕密，

「妳看到一切？」他的聲音忽然低的嚇人，俯身逼視我，用他的身體從四面八方將我困住，「伊索貝，妳以為自己用那雙凡人的雙眼看見了什麼？妳看過夏季宮廷的

金碧輝煌嗎？目睹過和大地一樣古老的妖精在冬境的玻璃山脈慘遭屠殺嗎？妳曾在一吸一吐之間就見證一整個世代的生物成長茁壯然後又凋零嗎？妳想起我**是什麼**了嗎？」

我抵著陷入背脊的木板縮起身體，「我可以幫你改。」我說，想知道我剛剛是否對他撒了謊，雖然能不能保住一條小命就看這個，我仍無法想像要毀了自己完美的作品。這是全世界絕無僅有的一幅畫。

風鴉迸出一聲酸苦的大笑，「肖像在秋王國的宮廷上揭幕，我的王公大臣全都看得一清二楚了。」

我腦中一片空白，「狗屎。」停頓了一會兒後我措辭生動地同意道。

「等等——」

風鴉往後退，月光忽然刺進我眼中，讓我頭暈目眩，我跟著他穿過庭院，走向及肩的麥田，步伐突兀抽搐，像操偶師控制的木偶，盲目的慌亂攫住我，不管我怎麼猛力掙扎對抗背叛我的身體，仍然停不下腳步。

「風鴉，你不能這樣做，你不知道我的真名。」

他說話時連頭都懶得轉，我只看得到他翻飛的外套，「如果妳被巫術操控，根本不會察覺——妳會心甘情願跟著我，並且深信這是妳自己的選擇。這不過是一個雕蟲小技的咒語罷了。妳似乎真的忘了我是誰，世界上只有一個妖精比我更強大、只有兩個妖精和我一樣強。」

「古木妖王。」我喃喃說，遠方的樹木騷動搖擺。

風鴉猛地停下腳步，左右轉頭張望，讓我瞥見了他的臉，雖然他沒正眼看我，彷彿不願意從別的什麼東西上移開視線，「我們進入森林之後，」他說，「不要說那幾個字。連想都不要想。」

我全身發冷，關於古木妖王，我只知道他是夏季宮廷的王，統治妖境大概有永遠那麼久。他的影響力無遠弗屆，將幻息鎮困在永恆的夏季中。那瞬間，樹木似乎都湊在一起交頭接耳，等著我經過它們鏽蝕而扭曲的手指、走進樹蔭下，這樣它們就能窺視偷聽。我幾乎走到了家中庭院的邊緣，感覺好像要跨出一窪燈籠散發的光亮，進入充滿恐懼的無盡黑暗汪洋中。不，這不只是感覺而已——事實也的確如此。

我不能尖叫。如果艾瑪跑出來，我不知道她會出什麼事，一想到雙胞胎可能看到這一幕，我就作嘔反胃，但是我也不能像個溫順的木偶一樣毫不抵抗就跟他走，直直闖進眼前幽影幢幢的森林裡。

我用力吞嚥，雙手緊緊揑著裙襬，朝他的背影行了一個其實只有點頭的屈膝禮。

他立刻旋身，鞠躬回禮，怒目瞪視我，似乎想將我就地格殺。他轉回去又踏出一步時，我再次屈膝行禮。我們重複了這個奇怪的小儀式整整四次，他的表情越來越憤怒，然後我感覺到控制我雙腿的咒語往上蔓延到身體，將我的腰凍結得和瓷娃娃一樣僵硬，我的計畫就此失敗。

我們沉入田野中，麥子在我四周咻咻揮動，對我又是搔癢又是刮擦，勾住我衣服粗糙的布料。我回頭看時，已經見不到家裡的燈光，這會是我最後一次看到我家還有我的家人嗎？那綴著銀邊的牆板和屋簷，廚房後門旁古老的巨大橡樹，我忽然之間好想念它們，眼淚不由自主的汩汩冒出，風鴉沒注意到我的挫敗。如果他看到我啜泣，會在意嗎？也許會，也許不會。無論如何，試試看不吃虧。

我動動手指。很好——我的手臂還能自由移動，我找到隱沒在寬鬆裙襬中的口袋，開始用指甲猛戳一道縫線。

「風鴉，等等。」我說，另一滴熱辣辣的眼淚滑落我臉頰，滴進衣領內，「如果你對我還有一絲一毫的在意，或者曾經有過，拜託停下來一下，讓我冷靜。」

他慢下腳步，直到完全駐足。我的雙腳仍逕自繼續向前，走到他旁邊才停下，這正是我希望的。

「我——」他開口，我沒機會聽到他接下來想說什麼。

我一把抓住他的手猛捏，確定我從口袋縫線裡撈出的戒指緊緊貼住他裸露的皮膚，這不是普通的戒指，而是由冰冷的純鐵鍛造的。

他在原地晃動，好像腳下的地面忽然崩垮了，然後把手抽開，齜牙咧嘴逼近我，我的胃一震。這麼多年來，我觀察過許多妖精幻術的各種破綻，大概拼湊出他們的真面目會是什麼樣子。結果我對眼前的景象還是毫無心理準備。

風鴉的真實形體宛如從森林的心臟竄出的一隻魔鬼般的生物——確切說來並不醜陋，但是不像人的程度非常可怕。他古銅金的皮膚彷彿流失了所有生命力，只留下病懨懨的蠟灰色，他的雙頰凹陷，毛髮像叢生的荊棘一樣在臉頰邊糾結。他熒熒發光的雙眸讓我想到可以看穿靈魂、毫無憐憫，亦無任何感情的鷹眼。他修長又多節的手指看起來詭異至極，從衣物掛在他身上的模樣判斷，我看得出他的身軀變得和一具枯骨般乾瘦。然而最糟糕的是他往後掀開的嘴脣下方的牙齒，每根都和針一樣尖銳。

他的幻術幾乎在轉瞬間就重新湧上他的臉頰，撫平了他的亂髮，也往他槁木死灰的容顏增添了血色。不過那可怕的圖像已經深深烙進我的記憶。

我努力想保持聲音平穩，不聽使喚的心臟則猛撞我的肋骨，「我知道你們妖精一諾千金。你們很看重公平。如果你因為我隨身攜帶鐵就將我殺了，那麼每個犯了相同罪行的人，不也都得接受相同的懲罰嗎？」

他猶豫了一下，盯著我，然後點點頭。

「那麼如果非殺了我不可，幻息鎮的所有人也必須死，包括小孩在內。我們從出生那一天，一直到死，都偷偷把鐵帶在身上。」

「妳這個可怕的——」如果不是在生死關頭，他火冒三丈的樣子會很滑稽，「妳先是背叛了我，現在——現在又告訴我——」他努力思考用詞，顯然不習慣在自己的遊戲中落敗，當然了，妖精無法隨隨便便就將幻息鎮的人殺光，他們太想要我們的工藝品，絕對不會動這個念頭。

我吸了口氣鎮定下來，「我知道我沒辦法從你手中逃走。大可不必用咒語操控我跟著你走，不過是浪費你能用在別處的精力罷了。」我承認，這完全是個賭注，不過從風鴉嘴唇緊抿的模樣看來，我說得有理，「所以讓我自己走路吧，也讓我留著我的鐵，我會自願跟你走，儘管不是真心願意，至少我的身體會照做。」

他在麥穗中往後退了一步、兩步、三步，然後轉身朝樹林踱步而去，我踉踉蹌蹌跟在他身後，消散的咒語就是他唯一的答覆。

我內心大喊著想逃走，不過我知道我早就降低了自己逃跑成功的機率，也許還永遠毀了逃跑的機會。我別無選擇，只能跟隨他穿越麥田，一路撥開雜草進入在遠方等待的森林，那裡只有寥寥幾個人類涉足過——但從來沒人回來過。

我渾身上下每束肌肉都繃到最緊，預期還會有更多妖精的暗黑法術，不過令人訝異的是，我首先碰到的障礙其實平凡到令人厭惡。我跋涉過地上低矮的灌木，氣喘吁吁得很刺耳，裙擺緊黏著腳上的汗水，鬼針草深深埋進我的長襪裡，我走兩步就會被樹根或石頭絆倒。與此同時，風鴉彷彿根本不存在似的，他毫不費力地悠悠穿過林間植物，偶爾他的肩膀會卡到樹枝，順勢把枝椏往後拉，鬆開後恰巧打在我臉上，我認為他是故意的。

「風鴉。」

他什麼也沒說。

「越來越暗——月光也消失了。我什麼看不到。」

一朵妖精光暈從他舉起的手中綻開，那是紫色的，和他雙眼的顏色如出一轍，大小和手掌差不多，霧濛濛的，還閃閃爍爍。它往下飄，貼著地面浮動，將草葉邊緣染上一層幽微光亮。我母親告訴過我，千萬千萬不能跟著這些光暈走，那是我最早的記憶之一。

我們繼續往前邁進。

「呃。」我已經憋夠久了，現在不得不提，「我要處理一下內急。」他一副好像沒聽見我說話的樣子，我只好又補了一句，「現在就要。」

他的頭稍微往回轉，妖精光暈照亮他臉旁的輪廓，「動作快一點。」

在一座黑暗的森林裡，旁邊還有一名妖精王子，我當然不會維持沒穿內褲的狀態太久。他似乎認為我會就地蹲下尿尿，我猜根本沒差，因為我們也沒走在任何小徑上，但是我仍然想維持某種程度的尊嚴，所以我踩過旁邊一叢忍冬，在樹叢另一邊蹲下，光暈溫馴地在我腳跟邊飄浮。

我回頭一望，發現風鴉就杵在我身後，差點尖叫出聲。

「**轉過去！**」我大呼。又是那個他在我家廚房第一次露出的大惑不解的表情，不過它很快就消失，我不確定是否真的看見了。

「為什麼有這個必要？」他用那冰冷又高高在上的音調問。

「因為這是私事！這一路上你都背對我，現在肯定能再背對我幾秒鐘沒問題吧？

而且你在旁邊看，我什麼都沒辦法做。」

至少這點他聽得懂，我像隻孵在巢上的母雞一樣蹲在樹叢裡，裙子堆積在身側，風鴉身上外套的精緻布料在他移動時刷過我頭髮，我的膀胱怎麼樣就是不肯配合，而當我想轉移注意力時，瞥見附近一圈蘑菇，更是雪上加霜。每朵毒菇的傘蓋都和晚餐盤一樣寬大，菇與菇之間的青苔點綴著細小白花，傳說妖精以此為入口來進入妖精小徑，一想到可能有第二個妖精出現，讓我的五臟六腑更加緊繃。

號角聲傳來，聽到那高亢顫抖的旋律，我全身寒毛直豎，還真不好意思承認自己當下就幫忍冬樹叢澆了水。

風鴉抓住我的手臂將我拉起來，我一邊掙扎著將身上的衣物歸位。

「大狩獵。」他說，在我面前抽出劍，把我拉回樹叢那邊，另一隻手臂則橫在我胸前，好像他正挾持著我。「它不應該在這裡找到我們，而且不該這麼快。有事情不太對勁。」

抱怨在這種時候不管用，所以我緊緊閉上嘴，但是我忍不住用指甲緊掐他雙臂表示抗議，他又配戴著那枚烏鴉胸針，高度剛好戳到我後腦勺。

「別動，獵犬只要一看到我們，就會直直朝妳衝來。殺掉牠們易如反掌，但與此同時還要保護一個凡人的話……妳必須按照我說的做，不要遲疑。」

我的喉嚨乾巴巴，只能點頭。

一個陰森的影子穿越灌木叢朝我們蹦躍而來，散發出微微光亮。這不是活生生的獵犬，而是某種妖獸，偽裝成一頭白色獵犬，四肢纖長，毛皮滑順地波動，但是我知道該如何看破表象，很快地牠的幻術就閃爍了一下，但速度太快，我只依稀瞥見幻象下某種古老的生物，某種死去的、黑暗又塞滿藤蔓與枯葉的東西。牠靜靜地縱身躍過忍冬，水汪汪的柔軟雙眼定定望著。我嗅到一股乾燥的腐臭味，然後風鴉迅速出劍，將牠砍成一堆摻雜人骨的樹枝。牠死去的瞬間，飄出一段輕柔樂音，彷彿女子的嘆息。

一陣此起彼落的嚎叫聲響遍森林，我在風鴉臂膀中打了個寒顫。那冬天的哀歌聽起來好孤寂、憂傷的令人難以忘懷，很難相信發出那聲音的野獸想殺了我。

風鴉側耳傾聽，發出一個厭惡的噪音，我在他胸膛上感覺到震動，他收劍入鞘，把我轉過來。

「那種生物大概有十幾隻，我們不能與牠們硬碰硬，必須逃跑才行。」可以很明顯看出，落荒而逃的念頭讓他十分不是滋味。

「我不行——」

「對，我知道。」他說，高深莫測的眼神瞥了我一眼，「退後。」

狂風颳過樹林，捲得樹葉漫天飛舞，像巨浪一樣撞擊風鴉的身體後粉碎。然後他不見了，取而代之的是一匹身形巨大的馬，在原地跺腳噴氣，用令人不安的淡色眼睛盯著我看，就和那隻烏鴉一樣都是他變的，毋庸置疑。妖精光暈正在我肩膀邊游移，在馬兒那身烏黑的毛皮上照出一抹紅棕色澤。牠的鬃毛和尾巴濃密不羈，糾纏在一起。牠低下身體，在我身旁膝蓋觸地，不耐煩地甩甩頭。

我即將打破幻息鎮的另一條生活守則。

如果夜晚時有陌生野狗跟著你，別停下來看；如果你發現一隻不認識的貓坐在院子裡瞧著你家，別開門。最重要的是，如果你在湖畔或森林邊遇見一隻美麗的馬兒，絕對、千萬不要試著騎牠。

如同艾瑪會說的，噢，該死。

我拔下戒指收回口袋。我雖然很渴望報復風鴉，但逼迫他現出原形，然後讓獵犬趁機吞掉我似乎不是個兩全其美的作法。所以只猶豫了一下，深吸口氣冷靜些之後，就爬上寬闊的馬背，拉起裙襬收在大腿邊，手指深埋進他的鬃毛內。

他往前挺身站直，繃起毛皮下方強而有力的肌肉開始小跑步，地面都差點在他的步伐下崩塌了，就算我緊緊攀著他，彷彿這樣才能保住一條命——嗯，的確要這樣才能保住一條命沒錯，我還是無法安坐在馬背上：每次他的馬蹄一著地，我就會整個人從馬背上騰空彈起，然後又重重摔回，力道讓我痛不欲生，尾椎都快斷了，我已經感覺到整個屁股都麻木了。當他往兩側傾斜避開樹木時，我也跟著危險地左右滑動。他在我兩腿間的鼻息像是鍛造爐噴出的熱氣，每次他盤根錯節的肌肉一移動，都在在提醒我自己正坐在一隻巨大的生物上，體積至少比我大十倍。地面離我非常遙遠。

我覺得我不喜歡騎馬。

嚎叫聲緊跟著我們，越來越近，很快地我就認出兩旁林木間有優雅的白色形體。最近的兩隻獵犬奮力加速，往內切入，想攔住我們的去路。林蔭間綻開一道裂隙，月光傾瀉而下，牠們躍過光線時，幽靈般的毛皮消褪，讓我瞥見下方那裹著樹皮的乾瘦骨架，牠們咧著長滿尖牙利齒的下顎，用空洞的眼睛瞪視。

風鴉發出一個無禮的悶哼，猛然拉近我們和獵犬之間的距離，牠們轉身，亮出牙齒，不過太遲了——風鴉用馬蹄將牠們踩成一根根木柴。

我感覺到他奔馳的步伐開始有點拖沓，他瞥著那些逐漸落後的獵犬，雙耳緊貼頭顱，看牠們還敢不敢靠近。正如人們所說的，驕必自敗，我們衝入一處空地，風鴉緊急駐足，卻還是跟空地中間擋住我們去路的人影撞個正著。

我從沒見過冬王國來的妖精，他們從不拜訪幻息鎮，有時候我好奇沒有人類的工藝品，甚至連人類縫製的衣服也沒有，他們是怎麼過活的，現在我得到解答了。

那個生物非常高，比風鴉還高，而且沒以任何幻術偽裝，牠骨白色的皮膚緊緊撐開，覆蓋稜角分明的削瘦臉頰，我只看到這麼多而已，因為牠的雙眼吸引了我的注意力，就此讓我目不轉睛，那是玉石般的翠綠色，像打磨光滑的石頭，讓人無法參透，卻又充滿吸引力，臉上表情活靈活現，彷彿正在觀看一隻受傷老鼠慢慢死去的家貓。當下我就知道，眼前的生物與人類相差甚遠，就算牠想模仿我們，也辦不到。

牠從腳趾到脖子都罩著黑色的樹皮盔甲，看起來好像是長在牠身上的，因為年歲而出現渦紋及年輪，只露出一顆頭，牠擺出一個彬彬有禮的生硬姿勢，一隻手拂過胸前時，我注意到那足足有好幾吋長的發黃指爪。風鴉的鼻子猛地往下一扭，我猜大概是個暴躁的鞠躬禮。

「噢，風鴉！」牠用高亢的聲音驚呼，和獵犬那詭譎的嚎叫倒有幾分相似，「我不知道你還有個伴呢！很有趣對吧？你覺得我們該怎麼辦？」

那雙可怕的眼睛聚焦在我身上，妖精露出微笑，雖然牠的嘴巴在動，臉孔其他部分卻文風不動。

風鴉的馬蹄耙抓地面，舉起兩隻前腳，抬起一半身體，把我嚇了一跳，他的頭忽然往後揚，我用雙臂緊緊圈住他脖子，保持在馬背上，他如雷的心跳貼著我的手臂，汗水浸濕了他絲滑的毛皮。

「別擔心，我現在什麼也不會做。」我麻木的大腦這時才後知後覺地發現牠——她——是女的，或至少聲音聽起來是女生。「反正遊戲變了，我們也得想出一套新規則。你受到凡人拖累，如果要在空地這裡打個你死我活，不是很公平。唷，妳好啊。」她臉上仍然掛著親切的笑容，不過那表情已經像是被拋在掛衣架上徹底遺忘的帽子。

「晚安。」我回答，意識到除了風鴉之外，只剩下繁文縟節可以保我一命了。

「我是冬王國的毒芹。」獵犬從空地的每個角落冒出，和飛翔的貓頭鷹一樣安靜，牠們聚集在她腳邊，窄窄的頭顱緊貼著她的手，「這片森林裡最古老的樹在這兒扎根時，我就是大狩獵的統領了。」

是我的想像嗎？還是獵犬在互相竊竊私語——一陣輕柔的耳語，像幾個女人在緊閉的門後，用刻意壓低的焦躁語調在說話。

我嚥了口口水，試著不要去想包裹在牠們外皮之中的到底是什麼東西。「很榮幸見到妳，我叫伊索貝，我是，呃，肖像畫師。」

「我完全不知道那是什麼呢。」毒芹微笑地答道，「對了，風鴉——」

風鴉往旁一跳，對她發出一聲足以讓血液凝結的厲聲嘶鳴。

「噢，別那麼無禮！我們不能因為兩國交戰就針鋒相對，正如剛才你打斷我之前我說的，我認為我們應該讓你先起步，這樣兩方的勝算會平均一點。如果我的獵犬再度追上你，那麼我就可以好好把你撕成碎片。這聽起來如何？」

她如蛇般伸長頸項，湊近他的頭，撕咬著兩人之間的空氣。我恐懼地發現風鴉似乎是想留在原地迎戰。我把臉埋進他的鬃毛裡，免得毒芹看見我在跟他說話。

「拜託走吧。」我用氣音說，「你也許能逃過一劫，但我絕對沒辦法生還的，沒有我，你永遠都無法洗刷污名。」

他肩膀的皮膚抽動了一下，好像想趕跑一隻蒼蠅。

「為了你們王國之間的小小紛爭，值得嗎？」

他轉頭，其中一隻眼睛注視著我，看見眼神裡的智慧，實在令人驚駭，那看起來和他動物的形體格格不入。

「拜託。」我小聲說。

風鴉一扭，彷彿我強扯韁繩將他轉過身，他繞過毒芹和她的獵犬，衝入四周虎視眈眈的黑暗裡。

「風鴉，別急！」毒芹在我們身後喊道，一聲近乎絕望的淒厲尖叫，「我很快就會追上你！你儘管跑吧！」

我將風鴉長長的鬃毛纏在手腕上，冒險回頭看了一眼，毒芹的盔甲和森林融為一體，只看見她陰森慘白的臉孔，但最後那張臉也消失在枝葉間。大狩獵的號角聲再度響起，我忽然驚覺，剛剛我算是將毒芹渾身上下打量個仔細了，卻沒看見她身上有帶任何號角。

風鴉如同在他腳邊追逐的那些魔鬼一樣狂奔，我只能專心不要掉下來，看不清身旁飛逝的風景。有一段時間，我只聽到他馬蹄轟然落地的節奏，還有從他背上散發出和熔爐一樣高溫的熱氣。然後，某個明亮的形體從我臉龐颳過，卡在我領子中，一開始我沒發現撲簌的黃色物體是一片落葉。等到我驚覺時，一切都改變了。

我抬起頭，喘不過氣，全身滿溢驚豔之情，比地平線上綻開的日出更明亮，比一杯咕嘟冒泡的香檳更讓人迷醉。

我們來到了秋境。

雖然光線幽暗，森林卻微微發亮，一片片金色落葉閃過，像是火焰的上升氣流裡明亮的火星。地上則攤開一片猩紅色的地毯，像天鵝絨一樣色澤豐富又完美無瑕。糾結的黑色樹根從地面突起，泌出迷濛霧氣，將最遠處的樹幹模糊成森魅鬼影，卻掩蓋不了幽幽發光的枝葉。星布著鮮亮青苔的樹枝像斑駁的紅銅，冷冽空氣洋溢著松樹汁液刺鼻的香料味，還夾帶一絲枯葉的麝香調。我的喉嚨裡好像有個死結在膨脹，我目不轉睛，這一切太過豐富，我永遠都看不夠，我必須將每片樹葉、每張樹皮、每叢青苔都烙進記憶中，我捏進風鴉鬃毛中的手指，渴望著家裡的筆刷和畫架。我坐直了一點，讓風吹過全身，將我的肺填滿到快炸裂開來。但這都還不夠，在一成不變的世界中生活了十七年，現在感覺我剛脫掉了一件令人窒息的厚重毛衣，第一次感覺到微風輕撫肌膚。從今而後，我不會再覺得知足。

他慢下腳步時，原本撕扯著我全身衣物的狂風停了，也感覺不到他馳騁的達達馬蹄與動作，讓我覺得異常失落空虛。我的思緒轉個不停，熱血在血管中嗡嗚。狂奔了一陣之後，現在周圍的聲音聽起來似乎都被悶住了——他的馬蹄幾乎不驚擾鋪著如茵綠草的森林地面，鼻孔噴出陣陣蒸氣，但靜謐無聲。最後，他終於在林間草地中膝蓋著地，低下身子。我滑下馬背，用虛弱到快要瑟瑟發抖的雙腿不穩地慢慢轉圈。

遠處沒有號角聲，也沒有獵犬的嚎叫來打攪霧濛濛的空氣，這裡聽不見嗡嗡作響的蚱蜢，只有螽斯的樂音、流水聲般的淙淙蛙鳴，還有橡實從樹上掉落時輕柔的噗通聲響。我上方沒有半隻烏鴉棲息。危險已經過去了。

於是，我轉完一圈後，看見恢復人形的風鴉時不禁一僵，他拿著出鞘的劍站在那裡。

然後我的腦中一片空白，因為接下來他就將刀刃對準自己。

6

我沒抗議，也沒尖叫，無論他在做什麼，我既不想也沒能力阻止。

他跪在那裡時，看起來並不疲累也不狼狽，右邊袖口捲到手腕處，長劍平放在手腕上，汗水原本浸濕他的脖子與肩膀，現在只從黏在他額前那綹潮濕的鬈髮看得出我們剛剛沒命似的狂奔過一陣，他冷靜望向一旁，然後猛地用刀刃往手掌一劃。鮮血灑落在下方的青苔上，那血液顏色比人血淡，但更加濃稠，好像和樹液混合過。

不那麼震驚之後，我發現原來風鴉是在弄一些妖精魔法，不管是什麼，希望他痛個半死，或許還能讓他變得虛弱，我就可以好好利用機會。

「你說只有其他兩個妖精跟你一樣強。」我說，行了個屈膝禮想吸引他的注意力，「我以為你是指春王國和冬王國的攝政王。毒芹是其中之一嗎？」

他將手掌在青苔上擦乾淨，膝蓋一彎，流暢地鞠躬後站起來。傷口消失了——雖然我不確定它是真的癒合，或只是用幻術掩蓋。我覺得第二個可能性，很像他會因為愛面子而做的事。

「我們每個人都有不同的天賦，有些人的較其他人強大，我可以改變形體樣貌，而身為王子，還能操縱所屬季節的力量。毒芹以戰鬥技巧著稱，但她不是冬季宮廷的貴族。也許——如果我的魔法都耗盡了，或如果我選擇不用——也許可以在肉搏戰中和她公平競爭。」他的嘴角微蜷，我好奇他有多常希望自己能撒謊。

「那麼她的妖獸對你來說一定很危險。」我冒險問道，感覺這是瞭解他弱點的大好機會，「如果不是零星一兩隻，而是有一大群在旁邊幫她。」

他一個粗暴的動作把劍收回劍鞘，大步邁向我，直到我們快要撞到時才停下腳步，高高在上地俯視著我，我感覺到他的鼻息噴在我仰起的臉孔上，我的心臟漏跳了一拍，他有點喘不過氣。

「凡人，牠們對**妳**來說很危險，不是我。妳看過我是怎麼對付瑟恩的，我得提醒妳多少次？我是**王子**。」

「是啊，我知道！」我一點也沒動搖，「有你時刻提醒，我最好忘得掉。」

他挺直肩膀，齜牙咧嘴，彷彿我剛摑了他一巴掌。

我克制著想伸手去拿戒指的衝動。「這些我都不懂。妖獸。宮廷之間的衝突。如果毒芹知道自己贏不了，為什麼大狩獵會追你追了幾世紀？我想我這個凡人的蠢腦袋大概想不透吧。」

風鴉放鬆下來，討人厭的是，他聽不出我的反諷意味。

「毒芹是獵人。」他回答，「她遵從冬季宮廷的號令，他們一直以來都想把霜雪蔓延到秋境來。」

「號角聲。」我喃喃說，「那就是她聽從的號令，她別無選擇。」

他點點頭，「對她來說，狩獵就是一切。那是她唯一的使命。她會一直狩獵到死，最終才能停下。」

風在枝葉間窸窣，葉片像雨滴一樣啪嗒啪嗒落在空地上。我想到毒芹消失在黑暗中的枯槁容顏，還有她要我們快跑的那聲尖叫。一陣顫慄竄遍我全身，秋天的清冽寒意終於追上我了。

不過真的是這樣嗎？那時我懷疑自己其實根本沒發抖，因為那一波波震動持續不斷，搖晃我腳下的地面。我踉踉蹌蹌往後退，卻仍然避不開接下來奇怪的轉變。就從風鴉的血接觸到地面那個點開始，一波青苔像浪潮般往前翻騰，點綴著比我的小指指尖還小的淡藍色小花，往空地邊緣拓展，更蔓延到樹幹上——外加我的腳。我驚呼一聲，拔出靴子，還用力抖動裙襬，拋得青苔滿天飛。

「轉過身。」風鴉淡漠地說，剛剛他有一度恢復了從前的說話口吻，彷彿我們又是畫室中的好朋友，而他現在覺得似乎有必要再改口。

但我還是忍不住轉身了，空地旁的樹木開始生長，越來越高，我們頭上的樹枝往彼此伸展，在空地中央交會時，在一片閃爍夜空下互相交錯，較小的幼苗努力掙脫大樹間的青苔往上爬，填滿縫隙，冒出的顫抖新葉已染上秋日的絢爛色彩。這一切幾乎悄然無聲地發生，只有從偶爾傳出零星的吱嘎、哀嚎和樹枝斷裂聲響能聽得出改變。

我好像在幾秒鐘的時間內目睹空地成長了一整個世紀，我站在空曠處，樹木從四面八方包圍我，蓋過頭頂，像一座拔地而起的教堂。樹枝緊緊相織，有如飛簷。沒有任何人類工藝比得上這座生意盎然的殿堂。我抬頭眺望，只覺得頭暈眼花。猩紅色的樹葉從肅穆的高處經過一束束月光、緩慢飄落。

我猛地轉身，「這些都是因為你那滴血。」

風鴉佇立在原地看我，眼裡各種情緒交雜：對我這個人類的反應讚嘆不已，希望我認為他的創造物很美。還有藏在那之下的憂傷，和一道新鮮傷口一樣赤裸。

迫切之情閃過他臉龐，他努力想重拾沉著冷靜，但失敗了。最後只得腳跟一轉，誇張地一揮外套衣襬，背對著我把劍拔出幾吋，假裝在檢查刀刃。

「妳今晚會平安無事。」他高傲地說，「我們周圍都是花楸樹，大狩獵嗅不出我們的蹤跡，就算毒芹真的碰巧找到這裡來，也沒有任何活在這世上的妖獸或妖精可以闖過我剛剛施的魔法。」

知道他說的無非只是最原始且不經潤飾的事實，讓我為之氣結，他的自大讓人幾乎無法容忍，但天啊，他擁有的力量好驚人。然而他現在卻因為自己的情緒，像個迷惑的小孩，只因為一幅畫，就大老遠把我拖到妖精宮廷審判。真不敢相信那天早上我還以為自己愛他，我不敢置信地搖搖頭。

「一萬歲的五歲小孩。」我對自己叨念道，用鞋子試踩前方地面。

「妳剛剛說什麼？」風鴉冷若冰霜地問。

當然，妖精的聽力無懈可擊。「沒事。」

「我很確定妳說了什麼。但不管內容為何，我相信都不值得我一顧。」他啪一聲把劍滑回劍鞘裡。「現在去躺好休息一下。日出時繼續趕路。」

我雖然很討厭聽他指令，但出於頑固就整晚不睡對自己一點好處也沒有。我在空地漫步了一會兒，在青苔中找到一塊可以靠背的突起處——我想應該是被綠意吞沒的一截樹幹，然後蜷起身體，面對著風鴉側身躺下，他仍然站在那裡，臉轉向別處。我偷偷把戒指戴回手指上，慶幸至少算得上是某種程度的保護，儘管十分渺小。但是我現在面對了一個截然不同的問題，我無法想像自己要怎麼安然入睡。

艾瑪和雙胞胎可能還沒察覺我失蹤了，不過早晨時她們看見我的床空蕩蕩時就會發現了。艾瑪該如何是好？她放棄了一切來撫養我長大，在我父親臨死時答應他會好好照顧我。而現在我沒留下隻字片語，就在深夜裡消失了。除非我真的非常非常幸運，而且非常非常聰明（我必須誠實面對自己的機率），否則她永遠不會知道我發生了什麼事。她會一輩子等我。這念頭殘酷得好難承受。

我提醒自己，她有一群施了魔法的母雞，每隻每週至少會下六顆蛋，而每隔一個月，就會有一捆柴薪自動出現在屋外。另一名妖精每兩星期會送來一隻肥鵝。此外，因為一個措辭怪異的約定，只要有鶇鳥在院子裡的橡樹上唱歌，一堆核桃就會出現在我們的門階上，數量不多不少，剛剛好五十七顆。雙胞胎會讓她手忙腳亂，不過她會沒事的，對吧？

好幾步之外的風鴉終於坐下來，姿勢優雅，一隻手臂撐在膝蓋上，也許他知道我在看，所以特地擺了個最帥氣的姿勢。不——他以為我睡著了。不知為何，我很確定，因為他拿下了烏鴉別針，在手裡翻轉，他上方仍有猩紅色的樹葉徐徐飄落，像銀鏡反光照亮的玫瑰花瓣。

我想家想得厲害，不知道艾瑪會不會以為我故意和他私奔。幾個小時前，她剛證明了她有多瞭解我。如果真是那樣，那麼她一定知道，不管我對妖精的戒心有多重，都想再見風鴉最後一次，比什麼都還渴望。也許她會永遠懊悔，認為她遺憾的安慰之詞反而鼓勵了我離家出走，讓我覺得照顧這一家子是個重擔，因此連一句道別也沒說就拋下她和雙胞胎。

我發現我的想像召喚出不切實際的感傷情境，我沉浸在痛苦中，實在無法不去想，我想到艾瑪可能會喝太多藥酒而倒地不起，想到雙胞胎翻遍我的房間，企圖找出關於我下落的蛛絲馬跡，然後在衣櫥裡發現風鴉的素描。一顆熱辣的淚珠翻滾出眼眶，我用嘴巴呼吸，免得風鴉聽見我堵塞的鼻子發出的噪音。最後，我哭累了，眼睫毛慢慢垂落，視線也跟著模糊，我不記得自己是什麼時候睡著的。

我醒來時，眼前一片燦爛金黃。撫摸我臉頰的光線也燦爛金黃，我感覺到的溫暖也燦爛金黃。我好像漂浮在蜂蜜和琥珀中。秋日芬芳包圍我、淹沒我，在香氣之下隱藏著那股粗獷陽剛，卻不太像人類的味道，同時撫慰了我，還像滾燙的黃金一樣烙在我身體深處，熔化後流入坩堝中。

我還感覺到有人用手指梳著我的頭髮。

「住手！」我大喊道，嚇得坐起身，風鴉的外套從我肩膀上滑落，我轉動身體，直到發現他在我身後，臉上掛著自滿的微笑，「你在做什麼？」

「妳的頭髮裡還有幾根小樹枝。」他說，又朝我伸出手。

我用戴著戒指那隻手攔截他的手，或至少試圖這麼做，因為在我成功前，他就像根箭矢一樣彈起來，低頭怒目瞪視我。

「風鴉，」我說，想穩住嗓音，「你得保證，如果沒有我的允許，在我起床前絕對不能碰我。」

「我想碰誰就碰誰。」

「你有沒有想過，只因為你有能力做到某件事，不代表就應該那麼做？」

他瞇起雙眼。「沒有。」他說。

「嗯，這正是其中一個例子。」我看出他沒聽懂，「我們人類將此視為一種禮節。」我堅定地補上一句。

他臉頰上有束肌肉在抽動，微笑也淡去了。「嗯，那聽起來一點道理也沒有。如果妳受到攻擊，而我必須碰妳才能拯救妳的小命，卻因為必須先徵求妳的同意所以束手無策？」

「好，在那種情況下你可以碰我，不過其他時候必須徵求我的同意。」

「妳為什麼覺得我會聽從凡人的指令？」他煩躁地一把扯回他的外套，披回肩膀上，懶得把雙臂穿過衣袖。

「因為我可以讓你在前往秋季宮廷這一路上難受得要命，這點你再清楚不過了。」我回答。

他大步走向空地那邊，我感覺他要先大怒一番後才會屈服，果真，他很快就回來了，一臉陰鬱，而他四周的風景也隨之改變，青苔枯萎成棕色，長滿荊棘的灌木從他腳跟處爆出，像手指一樣到處亂抓，直到長成和我腰部等高，糾結成可怕的一團，我沒預期會出現這麼誇張的東西：每根棘刺都和我手指一樣長，如此銳利，在晨曦中閃著鋒芒。我所有的直覺都在對我尖叫，要我趁被刺穿前趕快起身逃跑，不過那正是風鴉樂見的反應，所以我坐在原地不動。

荊棘叢在我身體邊四處亂扭個不停，朝我的衣服伸出扭曲顫動的觸鬚，棘刺威嚇地互相撞擊。我嚴厲地瞪著它們，我看得出什麼叫裝腔作勢。最後，荊棘往後退縮，儘管感覺心不甘情不願。風鴉在環繞的荊棘叢中俯視我，抿著蒼白的嘴唇，一臉怒氣沖沖，那是我獲勝的最終證據。

「如何？」我問。

「我保證絕對不會不經妳同意就碰妳，除非是為了保護妳不受傷害。」他宣布，不過值得稱讚的是，他說出這句話的姿態非常尊貴，卻毫無我預期中趾高氣昂的感覺。

我放鬆地嘆口氣，「風鴉，謝謝你。」

「不客氣。」他機械式地回答，皺起眉頭，這就像鞠躬一樣，不管他願不願意，都必須回覆這些日常禮節。他戲劇性地揮出手臂，宣告自己消氣了。兩株樹提起樹根，移到一旁，顯得匆忙而暴躁，彷彿兩名感到困惑的嚴肅老婦，而他剛對著她們丟了顆撞球。它們彎曲的樹幹在上方森林中形成新的拱廊。

「那就動作快。」他快步走向那條拱道，殘留的一條樹根悄悄溜出他跟前的小徑，「我不期待妳那凡人的小短腿腳程可以有多快，而且我們已經遲了一個小時了。」

到底是誰的錯啊，我心想。

然而，我仍舊跟在他身後劈哩啪拉走過灌木叢，輕輕一碰，它們就瓦解了，我的視線落在他從我髮絲中挑出的細枝和樹葉——還是不禁露出微笑。

我們穿過纖細的白色樺樹幹，金黃樹葉閃閃發光，在微風中有如互相撞擊的金幣般發出叮噹聲。我們經過布滿石頭的小溪，融雪化成的乳白色水流蜿蜒過苔蘚覆蓋的山丘。我們經過的梣樹在轉瞬間掉了大半的葉子，堆積在樹根邊，有如褪下襯裙的少女。一對雄鹿和雌鹿停下腳步目送我們離開，然後才跳入四處瑩光閃爍的霧氣中，白霧如同紙幕般映著牠們的剪影。

我們經過第一個不賞心悅目的地標是一株破碎的橡木，它很久前被雷擊碎，樹幹有些部分都焦黑了，一顆顆結晶樹液將樹皮撐開，閃閃發光。低矮的樹枝上還留有幾片棕色樹葉。風鴉停下來查看，橡樹在眾多樺樹間看起來格格不入，警戒又不懷好意。我感到一陣不安，刻意保持距離。

「那是通往妖精小徑的路口嗎？」我問，喀吱喀吱踩過樹葉，平行著橡樹倒落的方向前進。

他瞥了我一眼，繼續往前走。「對，但是我們沒有要走那條路。」

「你不能帶人類到妖精小徑上嗎？」

「噢，可以是可以，我只覺得那樣不太明智。」

他的話有千百種涵意，也許那樣的行為會損耗他許多力量，也或許會引來對我們有敵意的妖精注意我們的行蹤。他似乎不想再回答更多問題，我也看不出知道更多對我能有什麼幫助，便沒繼續追問下去。

中午來了又走，午後斜陽在枝葉間閃爍，往地面灑落粼粼光點，倘若不是我越來越不舒服，或許會覺得很迷人。我的大腿和臀部都因為前一晚騎馬而痠痛。我全身髒兮兮，兩腳都是泥巴，裙子因為刺果和乾掉的馬汗硬梆梆。我很確定我臭得要死，而且，天啊，我餓死了。

與此同時，風鴉看起來和他前一晚來找我時一模一樣，靴子亮晶晶，外套也毫無半點摺痕。唯一看起來略顯凌亂的只有他的頭髮，不過那不算，因為他的髮型向來都是這個樣子。

我們來到一道往峽谷傾斜的長長堤岸邊，他優雅地下坡，我動作侷促，在一堆又一堆落葉上打滑，直到我終於肯考慮放棄，想直接屁股著地往下滑。我皺眉看著地面時，看到風鴉伸出一隻手，我不想靠他幫忙，不過總比出醜好，所以我把手指放進他手中。如果主動的是我，我們似乎可以不發一語地有肢體接觸。

他的皮膚冰涼，握著我手指的力道輕得有如幻覺。他扶我走下堤岸，又爬上另一邊的丘陵，彷彿我輕如鴻毛。爬到丘頂時，我的胃咕嚕咕嚕叫。令我不開心的是，那不是普通的咕嚕叫而已，我的五臟六腑發出震耳欲聾的低鳴，接著是一連串拉長的淒厲尖叫。

風鴉警戒地往後退了幾步，然後才瞭解我的狀況，露出一個理解的微笑。很有趣——大多數的妖精都不瞭解凡人的飢餓是怎麼回事，至少不是真正瞭解。稍早前他說得好像曾經帶人類穿越妖精小徑似的。他和另一名凡人一起旅行過嗎？

老實說，我之前就應該起疑的，他雙眼裡有人類的憂傷，要理解這種情緒，他也只能透過一種方式。

「自從昨天晚餐後我就沒吃過任何東西了。」等我的胃終於行行好、安靜下來後，我說，「沒吃東西的話，我走不下去。」

「昨天才吃過？」

「我向你保證，大多數的人類都不習慣一天只吃一餐。」他看起來還是滿臉狐疑，於是我語氣堅定地補充，「其實我身體很不適，一步也踏不出了。如果不趕快吃東西，我可能會死掉。」

他可說是全身的毛都豎起來了，我幾乎要為他難過。「妳留在這裡。」他十萬火急地說，然後就消失了，他剛剛站在上面的那堆落葉微微波動，彷彿有微風吹拂。

我四處張望，胃袋翻攪，而且口乾舌燥。穿越稀疏而蓋滿青苔的灌木，可以眺望得很遠。但是我沒看到任何高大的身影，也沒有烏鴉拍翅飛過樹林。風鴉的確消失得無影無蹤。

快跑啊。我心想。不過，企圖催促我的雙腳邁步向前時，我就像退化成四歲小孩，作噩夢之後，跑到我母親的床腳邊，兩隻腳動來動去，但就是不敢搖醒她。森林也在沉睡著，引起它的注意力該有多簡單，我真的準備好面對**那樣的**夢魘了嗎？

結果證明我根本庸人自擾。我聽見後方的枝葉傳來一聲悶響，轉身看見風鴉站在那裡，跟前有隻死掉的野兔。

「快吃呀。」我動也不動時，他說。瞥瞥我，又瞥瞥那隻動物。

我移動向前，抓住牠後頸的厚皮提起來，還很溫暖，用亮晶晶的黑眼盯著我看。

「呃。」我說。

「它有哪裡不對勁的嗎？」他的表情開始戒備起來。

我餓得發慌，全身痠痛，而且擔心受怕。不過風鴉的模樣讓我想起一隻貓驕傲地帶回一隻死掉的花栗鼠獻給主人，卻看著那兩條腿的呆瓜舉起無價的珍貴禮物，隨隨便便往灌木叢中一拋。我還沒意識到自己在笑，就已經先爆笑出聲。

風鴉動了一下，在不自在和怒氣間掙扎，「怎麼了？」他逼問。

我雙膝跪地，野兔擺在我大腿上，笑得大口大口吸氣。

「夠了。」風鴉四處張望，彷彿擔心有人看到他管教不好他的人類。我哈哈大笑得更加響亮，「伊索貝，請妳自重。」

他可能和人類一起旅行過，但肯定沒和我們一起用餐過。

「風鴉！」我用半哀嚎的聲音喊他的名字，「我不能就這樣吃掉兔子！」

「我看不出為什麼不能吃。」

「牠──牠要先煮過！」

在他來得及把表情收起來前，我看到他深陷在害怕和迷惑中，「妳的意思是說，如果不先用你們的工藝處理過，就什麼也不能吃？」

我顫抖地吸了一口氣，冷靜下來，但知道只要受到輕微刺激，我就會再次笑出來，「水果可以直接吃，還有大多數的堅果和蔬菜。不過其他東西都得煮過。」

「怎麼可能，」他小聲喃喃自語，就這樣，我又發出一聲哽住的啜泣。他蹲下來察看我的臉，我很確定那瞬間我的臉一點也不迷人，「妳需要什麼？」

「首先，要有一堆火。還要……一點樹枝來點火，對。或者我們也能把兔肉切一切串起來烤？我從來沒在野外煮過兔子。」我大概可以開始唸咒語施魔法了，「木柴。」我解釋得更詳細一點，「幾根這種大小的細枝。」我展開手掌，「還要一根又長又細，但是很堅固的樹枝，一端要尖尖的。」

「好吧。」他站起身，「我去找樹枝給妳。」

「等等，」我趕在他再次不見人影前說，舉起兔子，他渾身一繃，「你可以幫我剝皮嗎？就是，把毛皮去掉？而且要切成一塊一塊，沒有刀，這些我都做不到。」

「妳真的很凡人。」他厭惡地說，從我手中一把抓過兔子。

「噢，然後請先把內臟清掉，謝謝。」我堅決地補充說。

他停頓了一下，好像就要消失了，肩膀看起來很僵硬，「就這樣嗎？」

我心中邪惡的一部分想試試看能把他逼到什麼程度。如果我假裝一切都是為了工藝所需，能不能命令他在處理野兔的時候頭下腳上倒立或者原地轉三圈？不過我空蕩蕩的胃袋告急，阻止我拿他尋開心。「目前就這些了。」我回答。

不到二十分鐘，我們就坐在冒出濃煙的火堆前，原先根本生不起火，但風鴉看我鑽木取火看煩了，修長的手指一彈，點燃了我手中的細枝。我在火上轉動著一隻兔子的後腿時（至少我認為那是兔子的後腿，看來妖精不是什麼手藝精湛的屠夫），他不耐地一直瞥著太陽。油脂從肉上滴落，碰到火焰時發出嘶嘶響聲。我開始流口水，試著不去想如果換作其他時候，我肯定會覺得那氣味很刺鼻，根本不可口。我從來不知道兔肉會散發出這種味道，但只要我繼續不小心這邊烤焦一點、那裡烤焦一塊，至少不會害自己肚子痛。

風鴉等我的時候，誇張嘆氣了大概有七次。我開始計算。

「你如果無聊的話，可以試烤看看。」我說，遞給他一支肉串，他用大拇指和食指捏住，來回轉動檢查兔肉，隨手往火焰上一放。

轉瞬間，他出現了改變，一開始我以為他在我後方的森林中看見什麼糟糕的東西，所以我全身起了雞皮疙瘩，猛地轉過頭，結果什麼也沒有。他臉上仍舊掛著那副表情：瞪大眼睛，驚駭莫名。他的五官全然靜止，彷彿剛收到有人去世的噩耗，又或者他就快死了。那種恐怖無以名狀。我畫過的一千張臉孔從沒出現過這樣的表情。

發生了什麼事？我想拼湊出答案，然後才恍然大悟——工藝。我們人類可以自由改變物質，如同呼吸一樣簡單，但是對妖精來說，這樣的創造過程是不存在的。這徹底改變了他們的本質，甚至能摧毀他們。令人驚訝地是，不管掌控妖精的是什麼樣的力量，就連在野外生火烤兔子這件事似乎也算是工藝的一種。

只過了一兩秒鐘，風鴉的幻術就開始斑駁脫落，有如老舊的油彩，露出他真實的形體，不過和我記憶中的不一樣。他的皮膚枯槁灰敗，雙眸也變得毫無生氣，就像我看著他體內有燈一盞接一盞熄滅，隨著每一下心跳越來越黯淡。

我可以重獲自由，我可以逃跑——或至少試試看。但是我想到森林教堂，猩紅色的落葉靜靜飄落，還有他在我客廳裡變成烏鴉時臉上的表情，狂野的風裡那股改變的氣味，以及他是如何讓我轉過他的頭，眼裡充滿憂傷。那所有的驚奇都將崩解成沙，在世界上不留下任何一絲痕跡。

所以我撲向前，把他手中的木棍扯開。

7

木棍一離開他的掌握，他就大喊出聲，那聲呼喊繚繞不去，尖銳痛苦而且充滿失落。他終於恢復了血色，接著幻術也回來了，雖然他的身體還是歪向一邊，得伸出一隻手撐著地面，免得栽倒在地。

「伊索貝。」他的嗓音沙啞，遲疑地抬頭看我。

我的聲音彷彿從遠處傳來，被灌回我的耳朵裡血液沖到下游，「那是工藝。煮東西。我拿給你的時候並不知道，我完全不知情。」

他的注意力落在我手中的木棍上，一小片木頭，末端掛著一小塊冒煙兔肉。我和他一樣不敢置信，這近乎不可能，如此普通的東西竟然有辦法傷害他。

「我們該——我們該走了。」他仍然極為不適，搖搖晃晃地站起來，左右轉了轉，沒辦法平衡，「我們走得不夠遠……妳吃了嗎？肚子還餓嗎？」

「我可以邊走邊吃。」我低聲說，很震驚看到他虛弱成這個樣子，艾瑪以前教過我，這種症狀叫作休克。

「妳不會死吧？」他問。

我搖搖頭。逗他玩似乎不像先前那麼好玩了。

「很好。」他的手移動到劍柄上，也許是想在它的堅定中尋找安慰。他接著拍拍身上的幾個口袋，看起來有點不安，直到找到胸口那枚烏鴉別針，用手捏了捏，「那麼——」

他話沒說完，就猛地轉過身，身上的每束肌肉都繃得死緊，一開始我以為他發瘋了，然後我也聽到了：遠方傳來高亢、詭譎的嚎叫聲。

「我猜大狩獵遲早會追上我們。」我理智地說，忽然強烈感覺到有個人應該用理智又可以讓人放心的態度處理危機，就算那個人很不幸必須是我。「聽起來，至少我們先超前了一段路。」

「不，他們早晚會追上來。這裡是我領土的深處，在**我的**領土內。毒芹不該這麼簡單就追蹤到這麼遠的地方。」

「也許是因為現在有我跟著你，你可能已經注意到我確實有一點，呃，味道。」

他幾乎連看都沒看我一眼，錯過一個批評我凡人特質的大好機會，他表現得越是六神無主，我就越焦慮。他不覺得大狩獵是個嚴重的威脅。所以是他剛才的瀕死經驗讓他變成這副德性，又或者是更深層的原因——某個我不知道的原因？

他逐漸鎮靜下來，放開烏鴉別針，彷彿那東西灼傷了他，「我們應該在日落前趕快離開秋境。」就這樣，他選定了一個方向，開始往前走。

我抓起烤兔肉，直到兩手都塞滿為止，在深及腳踝的落葉堆中窸窸窣窣跋涉前進，「等等，離開秋境？什麼意思？我以為我們的目的地是秋季宮廷。」

「是啊。但不走原本要走的路。」

「那可以告訴我要走哪條路嗎？」

「去毒芹的力量最弱的地方，也就是離冬季宮廷最遠的地方。在那裡，她就比較難找到我們，也許根本不可能。我們要去夏境。」

景觀一點一點的改變，夕陽沉入丘陵後方，在樹木後方投下又長又直的影子，萬物都沉浸在赤褐暮色中。樹幹更粗壯的橡樹、榆樹和榿木取代了纖細的樺樹和櫸樹。這一帶的樹林瀰漫著憂愁的氛圍：樹葉是棕色或毫無光澤的鏽紅色，樹根上斑斑點點長著蕈類，黃黃的，而且很肥大，還往樹幹上蔓延。我出於好奇，將一隻手放在一叢蘑菇旁的樹幹上，樹皮卻在我的觸碰下脫落了，露出下方的木材，顏色蒼白，摸起來很像海綿，一群木蝨四下逃竄，鑽進孔洞中。

我拋開樹皮，那腐爛的東西一碰到地面就爆裂開來，我三步併兩步跟上在我前面幾步遠的風鴉。

「我們應該就快到夏境了，對吧？」我問，只是為了找點話說。這個地方的死寂彷彿有實體重量般沉甸甸壓迫著我們。我忍不住覺得有東西可能在偷聽，我們沉默越久，這種感覺就越強烈。

「我們已經在夏境了。而且已經好一會了。」

「可是樹木——」

「不是秋天的樹。」風鴉回答，「對，樹木快死了。」他的眼神看起來很緊繃，下巴也很僵硬，「我聽見一些……謠言，說夏境的某些地方——不太對勁。我從沒親眼見過這種疫病，必須承認比我想像中還糟糕。」

「森林應該治得好吧。我看過你用幾滴血就讓一整片空地都綠意盎然。」

「這裡，只有一個人擁有那種力量。」他視線瞥向我，那深邃的水晶紫色中滿是警告之意，明顯的有如一段出鞘的刀刃。「什麼時候使用生命之血，完全由他自己決定。」

樹木越來越粗大，彼此之間的距離也越來越開，糾結的樹根橫亙在我們行經的小徑上，讓我想起染病的血管。地面偶爾還會突出巨大岩石，比我還要高，披掛著一層層厚重的青苔與血紅色的常春藤。向晚的斜陽擠出最後一絲金光，在病懨懨的樹葉間閃爍，在那光線中，我經過另一顆岩石，赫然看見一張臉回瞪著我。

我停在原地。全身血液都凍結成冰。

那其實不是真正的一張臉，而是在岩石上刻出來的。不過栩栩如生，我的心智先將其判定是活物，腦袋才開始用邏輯思考。他肅穆的容顏滿布點點青苔，還有藤蔓般的鬍鬚，既古老又若有所思。緊閉的雙眼深陷入蛛網般的皺紋中。冷峻的前額上戴著一頂銳利鹿角交錯編成的王冠。那瞬間，我似乎看到一名倒臥病榻的垂死國王，一名殘酷無情的君主，細數漫長一生中的種種惡形惡狀，卻毫無悔意。但我錯了，我立刻就發現我的第一印象大錯特錯，這名國王不知死亡是何物，他或許睡著了，卻絕非長眠，他永遠不會死去。

我四下張望，發現每顆石頭上都有同一張臉。毫無疑問，這些雕刻是工藝。人類已經有好幾千年被禁止進入森林中了。我無法想像這些石雕有多古老，更無法想像在那眾人早已遺忘的年代，是什麼讓這些人一次又一次在石頭上刻出古木妖王駭人的容顏。

古木妖王。

我們踏入夏境後一直死氣沉沉的葉子，忽然開始在一陣燥熱酸臭的微風中互相摩挲。

古木妖王。我的思緒背叛了我，又開始竊竊私語，原本從四面八方壓迫著我那無以名狀的恐懼，忽然間有了名字。**古木妖王**。我一開始想，就完全無法停不下來。

「伊索貝。」風鴉從灌木間現身，推開一株沙棘的枝椏。我沒注意到他剛才去了哪裡。他本來要伸手抓住我的肩膀，手掌卻懸在我衣裙上方，距離只有毫髮之差，「我們得走了，動作要快。」

「我不是故意要——」那叢灌木吸引了我的目光，看見的東西讓我住了嘴。野沙棘樹籬另一頭是一塊空地，那裡有更多石雕，排成圓形。圓圈中央突出一個小土丘，長度大概有十五呎，寬七八呎，圓圓的頂部比石雕還高。一座墳塚。風鴉口中的危險和我原先所想的完全不一樣。

一片寧靜中傳來振翅的聲音，好多翅膀撲撲拍動。一聲沙啞的啼叫，然後又一聲。

我抬頭看，一整群眼珠亮晶晶的烏鴉棲息在我們上方的枝葉間，守望著、等待著。

如果十二隻烏鴉代表著死亡。那麼這成群結隊——一百隻——甚至更多烏鴉代表著什麼？

「妳想到他的名字。」風鴉停頓了一會後說，「妳現在甚至還繼續想。」

我拉回注意力，專注在他身上，知道自己應該滿臉驚恐。

他似乎不氣我，雖然表面上不動聲色，那層寒冰下卻洶湧著可怕的暗潮。我希望他至少把怒氣表現出來，這樣更糟糕，意味著即將發生的事嚴重到他無法浪費時間放縱自己感覺到任何事物。

「準備騎馬。」他說，往後退了一步。

就像他昨晚變形時一樣，林木間颳來一陣風，旋風中夾帶樹葉，我等著他在氣流捲過的那瞬間改變形體。不過這次狂風在半途就止息了。葉子漫無目的飄過最後幾呎，散落在他靴子邊。風鴉露出怒容，站直了些，很快地又有另一陣更劇烈的強風在森林深處咆哮，不過在颳到他身上前就再次消弭。

墳塚一次又一次吸引我的目光。那些古老的石頭，全部都面向圈內，像看守囚犯的獄卒。它們注視了墳塚幾千年，無法移開目光。

這時，高溫已經讓人悶滯難耐，一陣淡淡的腐臭味瀰漫在空氣中。其中一隻烏鴉發出一聲刺耳呼啼，發出拿鋸子割金屬的淒厲噪音。

「為什麼你沒辦法變形？」我問，仍然看著墳塚。

風鴉一彈手指，放棄再次嘗試變形，雖然眼裡閃著一絲不服氣的光芒，看起來也沒有絲毫疲憊的跡象。

「這地方不讓我變形。我們好像意外闖進一個墳塚領主的長眠之地了。」

嗯，到此為止，我不想繼續逗留，等著和一個大名叫作墳塚領主的東西相見歡，我撩起裙襬，準備拔腿就跑，然後他剛才說「好像」的方式，讓我忽然想通一件事，

「噢，老天，這是你第一次遇到，對不對？」

「很少會遇見墳塚領主這種東西。」他暴躁地說，注意到我的姿勢，補了一句，「不，別逃跑。跑不過他的，如果背對著他，只是等著被擊倒而已。這次，我們就站在原地迎戰。」他的眼神又瞥向我，「或者說，由我來迎戰，妳負責盡量不要擋到我的去路。」

他曾經揮劍一刺就除掉了一隻瑟恩，還說消滅大狩獵的獵犬不過是兒戲罷了。不過知道這兩件事只帶給我一種冰涼的安慰感，因為頭頂上棲息著一整群示警的烏鴉，

而且這次，風鴉原本願意撤退，而且毫無怨言。

「墳塚領主到底是什麼東西？」我問。

「就這件事而言，妳可能還是不要知道比較好。」

「相信我，我從沒這樣想過。」

「既然妳這麼堅持。」他心不甘情不願地說，「大多數的妖獸只要靠一名人類的骨骸，就能獲得生命力。」我點點頭，這些我已經知道了，「墳塚領主是例外——他們每個都是由一整堆糾纏在一起的遺骸組成的，那些飽受折磨的生物充滿怒氣和自我矛盾。我們並未培養他們，是他們自己覺醒過來，通常出現在遠古之前，死於戰爭或瘟疫那些凡人的葬身之地。」

彷彿聽到有人在討論它，墳塚顫抖了一下，上方的土壤移動、崩落在地。裡頭傳出一個怪異的聲音：某種濕漉漉的吸吮聲，好像地底深處有潮濕的東西正在分解。不管那是什麼東西，都比瑟恩更龐大，比所有獵犬加在一起更龐大。

風鴉拔劍出鞘，大步走向墳塚，我驚覺他散發出的隨性和自信正如同他外表的幻術一樣虛假。不管他是裝給我看還是裝給他自己看，我猜不透。

他走到石陣外圈時，墳塚明顯隆起，先是這邊突起一塊，接著又換那邊突起一塊，彷彿有隻幼蟲即將破繭而出。食腐甲蟲成群結隊隨著某種滴滴答答的液體從地底湧出。潮濕的腐爛惡臭像一記鐵拳，痛擊我的五臟六腑。我無助地彎下腰嘔吐。

墳塚又用力鼓脹了一次，吐出裡頭所有的穢物。一個歪斜的形體衝出來，以風鴉兩倍的身高逼近他，泥土從身側滾落。沒有幻象來遮掩猙獰醜惡的面貌，牠有四肢，長在還算正常的位置，不過我能幫牠說的好話也就這麼多了。牠的肌肉由黴菌叢生、病入膏肓的腐爛樹皮組成。牠的頭顱是一截空心樹幹，開了兩個洞口，還長出兩叢蘑菇，長長的莖桿逕自蠕動著。忽然間蘑菇的莖桿整齊劃一的扭動，傘蓋都朝向風鴉的方向。眼睛。那兩叢蘑菇是牠的眼睛。

我腦袋後方感到越來越沉重的壓力。遠方，又或者是在一扇緊閉的門扉後方，有聲音在吵鬧。一個小女孩在啜泣，有人不耐煩地責罵她。一名男子在劇痛之中發出無言的吶喊。墳塚領主渾身抽搐了一下，差點失去平衡。牠的身軀形狀像熊，但前腳——牠的手臂，我心想——太長了，牠掙扎著想保持彎腰駝背的站姿，我發現牠是努力想讓自己恢復人形，這是牠唯一能找到的方式。

風鴉的劍一閃而過，在怪物下腹割出一道傷口，輕輕鬆鬆劃開牠腐敗的皮膚。風鴉往後退，剛好躲過傷口汩汩噴出的黏膩蕈類，與他的靴子尖端相隔恰好一吋。

此起彼落的聲音停止了。然後卻發出異口同聲的尖叫，墳塚領主的手臂往前一揮，打中風鴉身後那塊石頭，他在最後幾秒鐘躲過，石屑和青苔四處飛散。牠一遍又一遍揮擊，毫無戰術可言，但那瘋狂的蠻力卻難以預測，把風鴉逼出牠雙臂揮舞的範圍。他的背碰到外圍的樹籬，開始繞著墳塚領主打轉，步伐輕盈，像隻無所懼怕的貓繞著獵犬轉圈。

牠蹣跚追上前，在林立的岩石間笨拙往前衝。風鴉想把牠從我身邊引開。然而我剛冒出這個想法時，那小女孩的聲音又開始呼喊，尖銳刺耳，墳塚領主停下腳步。忽然間，那兩叢濕黏的蘑菇猛地收縮，轉回來看著我。我盲目地跌跌撞撞往後退，聽見樹木紛紛倒下的哀鳴和撞擊聲，我的目光緊緊盯著朝我衝來的恐怖之物——牠全身都爛光了，身軀因為奔跑時的腳步震動而一片片剝落。

風鴉出現在我們之間，他的劍揮了一次、又一次，砍斷了墳塚領主伸出來想打垮我的一隻手臂，斷肢在森林地面炸開成為一堆多孔的殘骸，甲蟲從臂膀斷裂的洞口湧出。斷了一隻手臂後，牠也失去平衡往後傾斜，倒在兩座石雕上，皮膚裂開來，石雕也被撞歪了。

那時，我短暫以為風鴉贏了。怪物殘破不堪，殘存的肌膚泌出亮晶晶的黏液，不過牠又開始掙扎著想重新站起，布滿黏糊蕈類的潮濕根鬚從殘肢斷口伸出，形成一隻新的手臂。牠的頭轉來轉去，流淌著汁液。此起彼落的聲音用躁動不安的低語互相交談。

風鴉重新握好劍，踏步回到那堆正在四分五裂崩解的殘骸邊。刀刃一閃而過，片片木柴到處亂飛，他可以持續相同的動作好幾天，無休無止地劈砍怪物。我猜如果不是為了要保住我一條命，墳塚領主對他應該不會造成太大的威脅。

有東西抓住我的腳踝。

我往下看。

一具人類骸骨，由植物形成的肌腱連接，它掙脫了墳塚領主的殘肢，渾身抖動，彷彿噩夢裡才會出現的景象，它探出另一隻手，用只剩枯骨的手指攫住我的裙襬。腫瘤般的蘑菇從它肋骨間冒出，還撐開它的下顎。它緊抓著我，好不容易逮到一個施力點，可以讓它從地上站起來。有個女人的聲音在啜泣懇求，比其他聲音還要近。

「我幫不了妳……」我輕聲說，轉向一邊，驚駭掏空了我全身，「我沒辦法……」

風鴉出現，抓住那具屍首的骷顱頭，把它從我身上拖開，將老朽脆弱的棕色骨頭像蛋殼般碾碎。然後他回頭看，毫不猶豫地抓住我的肩膀，將我推到一邊。我跌落在灌木叢中，肺裡的空氣全被擠出來。這時我看到墳塚領主一掌摑中他，風鴉往後撞到幾碼外的樹幹，癱倒在地上，長劍飛到空地另一邊。

噢，天啊。

墳塚領主現在眼中只有我了，牠搖搖晃晃走過來，將躺在地上的我籠罩在惡臭沖天的陰影中，烏鴉紛紛放聲嘎嘎叫，從樹枝上飛下來對牠的背又抓又啄，用翅膀撲打牠的臉，但是烏兒的羽毛開始黏在墳塚領主的外皮上，牠們的呼喊變成淒厲絕望的慘叫。一隻隻只剩枯骨的手伸出來，貪婪地抓住烏鴉，把牠們扔到一邊。烏兒掙扎翻騰，但很快就只剩下零星殘骸從怪物的腐臭血肉中冒出，這邊一個鳥喙、那邊一片斷翅，有些仍然繼續抽動。

墳塚領主把頭垂到我的高度。

光是牠的頭，就已經跟一截樹木一樣大，圓形的口洞大的足以讓人類爬過去。蘑菇蠕動著轉來轉去，牠呼出一陣熱風，然後又一陣。

我一定太嬌小、太脆弱了，對這個生物無法造成任何威脅，一個小女孩的聲音咯咯亂笑。

一陣上氣不接下氣的哭喊從我胸臆間掙脫，我把手指戳進牠軟綿綿的臉孔中，這讓我有了著力點，可以挺起身體，用另一隻手——戴著鐵戒指的那隻手——抓住牠眼裡冒出的一叢蘑菇，瞬間，蘑菇紛紛枯萎，變得灰敗又易碎，在我的抓握下萎縮。

那遙遠房間裡的眾多聲音不約而同發出哀嚎，我開始認為那房間應該就是地獄，墳塚領主後退了一步，把我的腿拖過地面，我又緊捏了那叢蘑菇一下，感覺到它們全都土崩瓦解。我只需要再替自己多爭取一秒鐘就夠了，因為我的眼角餘光看見風鴉站起身來。

他一隻手藏在外套中，扶著胸膛，臉上表情怵目驚心，因為痛苦和狂怒而扭曲。他的腳步歪歪扭扭，我不知道他能不能即時趕到。

他趕到了。

我放開手，滾落在地，他搖搖晃晃往墳塚領主的臉挺起身，從外套中抽出那隻血淋淋的手，直直插進怪物的血盆大口裡。一開始那裡先傳出碎裂聲，木頭碎裂、折斷的聲音。墳塚領主全身痙攣，接著僵硬地歪向一邊。最後，和我的軀幹一樣粗的多刺樹幹從牠的每一吋血肉爆出，戳穿了牠幾百次，將牠固定在原地，成為一尊可怕的雕像，我不確定牠死了沒，甚至不確定那到底重不重要了。

最後一根樹幹慢慢從牠剩下那隻眼睛的眼眶中推出，黃色葉子在我鼻尖前幾吋綻開。

「風鴉。」我輕聲說，「你做到了。你——」

一聲悶響打斷了我的話，我撥開眼前的樹葉，看見風鴉癱倒在地，失去意識，外表的幻術像鮮血一樣流乾。

8

我在他身旁跪下來後注意到的第一件事，是他的衣服因為剛剛的打鬥而殘破髒污，也因為過去這段時間的跋涉而出現皺紋。今天下午他的幻術消失時，我沒好好看仔細，現在才發現反差十分驚人：轉瞬間，他從王子變成流浪漢。不知道為什麼，我之前沒想到他也對衣服施了幻術。然而最令人目瞪口呆的是，在這之前，我都沒看見墳塚領主在他前襟撕開的那道巨大裂痕。

「你到底浪費了多少魔法在愛慕虛榮上？拜託好嗎，你連站都站不穩了。」我顫抖著手拔下戒指，把它收好，然後解開他胸前的鈕扣，「又不是說我跟墳塚領主會在意你的模樣。」

我敞開他的外套，他的頭歪向一邊，嘴巴微微張開，我決定不要太靠近看他嘴唇後方露出的利牙，結果我其實也不用太努力轉移注意力，因為他胸膛上的傷口需要我全神貫注。

我沒有比較的標準，但是能合理推測他的幻術如果還在，胸膛看起來不會那麼皮包骨，肌膚下每根肋骨的輪廓都清清楚楚。我真希望自己不用把他的每根肋骨都盡收眼底。血污中有幾抹慘白並非來自於他撕破的上衣。

傷口很長，而且慘不忍睹，從左邊鎖骨一直往下延伸到右下方的肋骨。這樣的傷勢如果發生在人類身上，那人肯定早就失血過多而死了。幸好他似乎沒繼續流血了，不過他如果意識清楚，而且洋洋得意地告訴我胸膛上那道深可見骨的開口只不過是皮肉傷，我會樂觀許多。

「風鴉。」我說，拍拍他的臉頰，努力不要瑟縮。他嶙峋的骨頭和消瘦的雙頰讓我想到抓住我雙腿往上爬的骷髏。「你是王子，記得嗎？快點醒來激怒我，拜託。」

他的臉轉向我的手掌，發出哀嚎。

「你得再努力一點。」我把他外套的一部分揉成一團，壓在他胸口上，然後我想起前晚的事，一把抓住他右手腕，把手掌翻過來看。所以他真的用幻術藏住了那道傷痕，然而他的手卻復原得非常迅速——如果不是因為知道真相，我可能會以為那道傷疤已經復原了一週以上了。

我發現他的眼睛張開一條縫時嚇了一跳，他在看我，「妳還在這裡喔？」他喃喃說，昏昏沉沉。

我迅速放下他的手，「我能去哪？」

「逃跑。」

「如果你還沒發現的話，我告訴你，這座森林到處都是想宰掉我的東西。就連他們的殘肢斷臂都想殺掉我。雖然我非常不想承認，但冒險跟著你，活下來的機會比較大。」

「可能吧。」他說，試著想移動，但兩隻眼珠又往腦袋後方一翻。

「別作怪。我該怎麼做才能把我們弄出這個鬼地方？風鴉？」我又拍拍他的臉頰。

「扶我站起來。不——先去拿我的劍，然後……」

我站起身，四下尋找他的配劍。空地在我跪下的短短幾分鐘內改變了好多。墳塚領主石化的殘骸幾乎已經快認不出來了，被一株仍然在開枝散葉的巨大樹木給吞沒。金色樹葉穩穩飄落，在地上鋪了一層亮麗的落葉，我撥開葉子想找風鴉的武器，最後終於找到時，是因為看見劍柄從葉子間露出。

我往回走，落葉快淹沒風鴉了，最後幾步我拔腿狂奔，途中還被一根隱藏的樹根絆倒，我把他身上的葉片全部拍掉時，他默默看著我——我想他應該是太虛弱了，所以無力評論我奇怪的舉止。就連我自己也說不準看到他沉入森林地面的植物中為什麼讓我這麼心驚膽顫。只能說那給我一種葬禮的感覺。是一種終結，彷彿土地吞噬了他。

我拍完葉子後，他想從我手中接過長劍，卻使不出力握好，必須靠我幫他把劍插回劍鞘中。

一個問題卡在我舌根處，像魚鉤一樣固定在那裡，勾出一堆可怕的字詞，「你要死了嗎？」我口齒不清地說，語氣很怪，幾乎像是控訴。

他眉頭緊蹙，「妳想要我死嗎？」

「才沒有！」我中氣十足的反駁似乎讓他吃了一驚，他吃驚的程度讓我覺得我得多替自己解釋幾句才行，「如果我想要你死，今天下午為什麼還把木棍從你手中抽走。」

「是妳先把木棍給我的。」

「我不知道會發生什麼事——你自己也不知道。」我努力辯駁，「你對我做的事，是不對的。我當然不想當你的俘虜，這是一回事，想要你死完全是另一回事。」他懂嗎？他目光渙散，顯然不太明白。他到底在不在乎人類的感覺？「你可能知道一下比較好，」我厲聲說，「反正現在已經沒戲唱了。兩天前我還以為自己愛上你了。」

他眼神銳利起來，用力穿透痛苦的迷霧，然後他望向一旁，手臂頹然垂在地上，好像想伸手抓什麼在他掌控之外的東西。他看起來一點也不像人類。他終於有點回應了，我卻不覺得滿意，只感到渾身冰冷。

「扶我站起來。」他連說話都很吃力，經過他肺部的空氣發出呼叱聲，每吸一口氣都快喘不過來。我納悶他是不是有肋骨斷裂，刺穿了肺部。有天晚上，手拿藥酒的艾瑪像我解釋過這種危急狀況，也說過這有沒有救。

但風鴉先開口了，他說：「我們得回到秋境。在這裡我沒辦法替自己療傷。這地方怪怪的……有一種我無法解釋的腐敗。」他停下來喘氣，「無論如何，如果運氣不錯的話，回到秋境應該多少有點幫助，我們應該也能甩開大狩獵的追蹤。」

我把他伸出的手臂橫在我雙肩上，使出全力撐起他。他站起來了，不過多半得靠在我身上，他移動重心時，發出痛苦的聲音，幾近啜泣，一股同情像飛鏢一般刺入我胸膛。

「你不是應該叫另一個妖精來幫你嗎？」

他又吸進另一口氣，用粗啞又氣喘吁吁的聲音說：「不要。」

「現在不是冥頑不靈的好時機。你的宮廷一定有能力可以幫你。」我沒說「比我有能力」，因為我什麼忙也幫不上。而且我沒忘記他仍未回答我先前的問題，沒告訴我他是不是快要死了。

「不要。」他再次重申。

我繃緊下巴，開始朝原路折返。風鴉指出另一個方向，我便調整路線。雖然我猜他應該比人類男子還要輕，他壓在我身上的重量還是超過舒適的負重範圍，而我們懸殊的身高差距也讓扛著前進他成為了一場古怪的試煉。過了一陣子，他的鮮血開始浸濕我的裙子。聞起來一點也不像人類血液——有股樹脂清香，像斧頭劈砍過的樹木。

現在天色幾乎全暗了。秋境的夜晚有樹木增添幾抹色彩，這裡要看清楚不容易。風鴉的手在空中不知道在做什麼，那旋轉的動作讓他沒有幻術修飾的手指看起來更像昆蟲。過了一會，我發現他是在嘗試召喚妖精光暈，卻失敗了。

我背上流過一陣寒意，堆積在脊椎底部。如果我們又遭受攻擊怎麼辦？他一點力量也不剩了。

「我不能向同類求救。」靜默了這麼久後，他夾雜著喘息的話語聲嚇了我一跳。「我們能繼續統治，靠的不是王公大臣的敬愛或尊崇，而是完完全全仰賴自身的力量。如果我的宮廷看到區區一名墳塚領主就把我打得這麼虛弱，會開始揣測有沒有其他妖精能取代我，一個個都會開始盤算自己有沒有取而代之的能力。而他們對我這個王子適任與否，早已有所疑慮了。這不是頭一遭，已經是第二次了。這第二回，我本來還想消除他們的疑慮。」他停頓了一下，等力氣恢復，我發現他說的是肖像以及對我的審判。然而他說的第一次又指的是哪樁事？「要是發生第三次，我就玩完了，無庸置疑。」

我搖搖頭，「這太殘酷了。」一切都很殘酷。他對我，還有他們對他。

「我們的本性就是如此。也許殘酷，但是也很公平。」他低頭。

我的視線越來越不清晰，不過從他臉孔冷峻的線條，我看得出他在質疑自己。我認出他綁走我的時候那股暴怒的真面目：害怕。害怕他的力量悄悄流逝。害怕他有哪裡不對勁，配不上王冠，害怕其他人也看得出這點。

因為我畫出了他眼中的恐懼，和白晝一樣明瞭。

「我覺得一點也不公平。」我說，怒氣壓低了我的聲音。

「因為妳是人類，世界上最古怪的生物。」他的音量比耳語大聲不了多少。「如果我告訴妳，我能送妳回幻息鎮呢？妖精的死是有力量的，足以幫妳引路。」

「別跟我開玩笑。」我眼裡湧出淚水。

「我沒在開玩笑。」他輕聲說，「真的。」

我本來想消除他們的疑慮。他剛剛是這麼說的。**本來**。

在那之後我一個字也沒說，因為我說不出能讓他覺得有道理的話，我只有各種凡人的情緒，對妖精來說肯定像一群聒噪的鸚鵡。喋喋不休又吵鬧。怎麼樣都安靜不下來。當我終於開口時，只是想告訴他我再也走不動了。那時，他已經差不多失去意識了。他放開手，像一袋穀物一樣從我肩頭滑落，高大的身軀頹然倒地。

我的心臟驚跳了一下，然後才看到他用手撐住地面。他哀嚎了一聲，翻過身仰躺著，又伸出一隻手摀著傷口，我忍住不要訓斥他別用手碰傷口，彷彿他是個小孩子。

他把手移開時，低懸在土地上方時，我才發現他想做什麼。他等待著，我感覺到了他的目光。

「如果我今晚不離開你呢？」我問。

「那妳就會錯失良機。大狩獵很快就會追蹤到妳的氣味。」

我吞了口口水，然後再一口。我肯定是瘋了。我瞥瞥他血淋淋的手。「我們還在夏境。」

「但我是王子。」他說。我看著他稜角分明的臉，那叢糾結的鬈髮靠在地上休息，雙眼閃著狂熱的決心。對，你是王子，可不是嗎。我心想。

我提起裙襬，挑了顆石頭一屁股坐下。

這就是風鴉需要的答案。

他把手深深戳進土壤中，修長的手指往下抓。這不是給土地的獻禮，而是命令，我們四周的森林開始洶湧翻騰。荊棘叢的根拔地而起，寬度跟一張餐桌差不多，棘刺互相碰撞，比任何一把劍都還要長，而且也更不懷好意。它們伸展到最高點時，就開始長出旁枝，往更高處堆疊，纏繞在一起，把我們包覆在內，像古老童話中才會出現的堡壘，裡頭囚禁著受到詛咒的公主。看見那些兇狠的棘刺，我再高興不過了，也不禁好奇，如果故事是公主說的，內容可能截然不同。

荊棘最後一根觸鬚張牙舞爪地就定位，彷彿將上方的月亮粉碎成一面破鏡，風鴉發出一聲嘆息，然後就一動也不動。

早上醒來時的景象和前一天早晨的景象天差地遠。荊棘縫隙間的天空碎片布滿厚重雲層，看不出到底天亮了沒。過了一整夜，我身上覆蓋著露水，浸濕了衣服，我的皮膚也黏答答，手指和腳趾都麻掉了。我立刻察覺我渾身上下有多痠痛，以及多噁心。我從頭到腳只有肩膀是溫暖的，不過是種潮濕不適的感覺，讓我起了雞皮疙瘩。果不其然，我肩頭吸滿風鴉鮮血的布料爬滿青苔，趕快大片大片把它們剝掉。

然後我翻過身，發現風鴉死在我旁邊。

他大字型躺在幾呎遠的地方，姿勢和我上次看到時一模一樣。他的手仍然埋在土裡，臉龐死氣沉沉。我沒想到他竟能在一夜之間變得更加慘白，不過事實似乎就是如此。

我走到他身邊，移動時，潮濕黏膩的裙襬拍打著我的雙腿。我俯視他的軀體，就那麼看了好一陣子。我拿一切來賭他會活下來——一點也不明智，我承認。灰濛濛的絕望淹沒了我，跟隨著虛弱渺茫的希望。

因為我錯了。他一定要活著才行。他流的血一夜之間化成青苔，但他的身體還很完整。如果他死了，我現在不可能這樣看著他，不可能完好無缺，不可能是我眼前這個樣子。

我雙膝跪地，兩手張開貼在他胸膛上，感覺到他破爛的外套下有輕淺的起伏。我發出一聲顫巍巍的大笑，因為鬆了口氣而激動不已。我伸手捏著外套邊緣，把布料從傷口上掀開，我的衣袖勾到了他的烏鴉別針，我拿開手，不小心碰到了什麼機關，那隻鳥裡頭藏著一個夾層。

如果說那裡頭的祕密讓我震驚，那我就是在撒謊。沒有幾個理由可以解釋風鴉之前的舉止，別針裡頭的東西證實了最有可能的一個理由：一綹人類的金色髮絲蜷縮在夾層中，用藍色絲帶細心綁好。

我想起繪製肖像時，他堅持要拿下別針，就連那時，他都在笨手笨腳地保護自己、保護他的聲譽不被那該死的人類哀傷所影響。雖然金屬已經失去光澤，他還是繼續配戴，那古老的工法透露別針應該有一兩百年的歷史了。

我輕輕把別針闔上，但我得用力壓才能扣好，應該弄痛了他，因為他的眼皮撲簌睜開。日光下，他詭譎的雙眼讓我不太舒服地震了一下。他的眼珠因為高燒而呆滯無神，他試著移動，開始喘氣。

「我覺得好怪。」他宣布，掙扎著想把眼神對焦在我身旁的空氣上。

「你看起來的確很怪。」我堅強起來，摸摸他的額頭，在我冰涼的指尖下跟烤爐一樣滾燙，「我以為妖精不會發燒。」我說，開始擔心起來。

「發燒是什麼意思？」他愁眉苦臉質問道，完全無法緩和我的恐懼。

「傷口的情況惡化時就會這樣。我必須伸手去碰才行。」我指指他的衣服，他緊綳起來，不過仍點點頭。他等我做該做的事時，把手從土裡拔出來，四下尋找可以擦手的東西，我惱怒地懷疑他考慮過拿我的裙子來擦，但他後來選了一塊青苔來受罪。

我剝開他的外套，胃袋翻滾了一圈。傷口四周的血肉已經發黑了。黑色的血管蛛網般往外延伸，消失在衣物邊緣。這毒液到底擴散得多廣？我拉動他的外套，下方的上衣扯得更開，然後把鈕扣一路解開到他腰間，絲毫不顧他的端莊形象。還有我自己的。針對這件事，雖然我已經自行學習得非常徹底，卻從沒看過男人寬衣解帶過。

風鴉用一邊手肘撐起身體，儘管虛弱，卻忽然對我可能即將做出的事非常感興趣。然後他的視線飄到自己胸膛上，他作嘔地大喊，從我手中一把搶回他的衣服，把鈕扣全部扣好，倏地站起身，出乎我意料的敏捷，我警戒地打量著他。就某方面來說，他已經好很多了。不過他正在發高燒，這可能是他的身體把自己燒成灰燼前最後的迴光返照。

「你不能假裝傷口不存在。」我告訴他，也從地上爬起來。

「但是很噁心。」他回答，彷彿這是個很充分的理由。

「發炎的傷口都很噁心。」我忽略他聽見「發炎」二字時對我露出深受冒犯的表情，可能覺得我是在侮辱他。「你到底知不知道發生了什麼事？」

他背對著我，有點神經兮兮地提起衣領，往裡頭瞧，「那地方不太……不太對。墳塚領主也受到同樣的痛苦折磨，似乎還傳染給我。當然了，只是暫時的。」

這聽起來十分不妙，「風鴉，我覺得你需要治療。」

「那妳知道怎麼治療我嗎？我想應該不知道。所以我們當然應該繼續往秋境前進，現在我可以自己走路了，應該不用多久就到了。」他說話時避開我的視線，昨晚顯然不是他多引以為豪的一段時光。「不管我的傷勢會怎麼發展，只要我能好好復原，就無關緊要。所以我們最好趕快出發，不要拖延。」

我勉強承認，就這件事來說，他知道得比我清楚。他大步走向荊棘邊緣，腳步只有些許搖晃，然後把雙手放在其中一卷荊棘上。它們開始像蟲子一樣蠕動，往旁退縮形成一個拱道，我加快腳步跟上他，沾滿泥土的裙襬粗粗地摩擦著雙腿，我不禁痛得眨眼。

我們踏入的森林不像石雕林立的那片空地般瀰漫著不祥的感覺，看起來卻還是有點病懨懨的，昨晚在黑暗中沒注意到，也解釋不清為什麼。樹葉的光澤太過油亮晶爍，看起來似乎也在發燒。太陽努力發熱，想驅散濃密的霧氣。

我們趕路時，我仍無法將關於昨晚的記憶拋諸腦後，只存在我想像中的腐爛氣息一路尾隨我的腳步。我檢查全身上下，在左邊褲襪發現污漬，就在那個死屍抓住我腳踝的地方。我費盡全身力量才忍住不要停下來，當場把褲襪脫掉。雖然只是小小的不適，我一旦注意到了，就無法擺脫它在暑熱裡搔癢的感覺。

想到這裡，我忽然冒出一個念頭。

「那個瑟恩，是從夏境來的對不對？」我問風鴉，「我們第一次見面那天，你殺掉的那個。牠出現的時候氣溫改變了，跟墳塚領主現身時一樣。但是大狩獵的獵犬出現時並沒有發生。」

他不情不願地點點頭。

我瞇起眼睛，「還有你之前告訴我野生妖獸的數量比平常多，又是怎麼一回事？其他妖獸也都是從夏境來的嗎？」

「啊，」風鴉說，「妳這麼一說，的確是個奇怪的巧合。」

「我真心懷疑這不只是巧合而已！」我抓起裙襬，笨重地跑到他身邊，感覺自己每分每秒都變得更髒更噁心。很好，他活該。「你的意思是，你之前從沒把這兩件事聯想在一起嗎？你到底有沒有一點批判思考的能力啊？」

他指高氣昂地直視著前方，「當然啊，我是——」

「對，我知道。你是王子，算了。」我感覺這應該是他這輩子第一次聽到批判思考這個詞，「那其他宮廷也有提到這件事嗎？」我繼續說。

他摘下王冠，把頭髮抓得一團亂，「這對妳來說為什麼這麼重要？」他惱怒地喊道。

「為什麼……」我停下腳步，他發現我落後了一段距離後轉過身。「為什麼？因為殺死我父母的那隻妖獸可能是夏境來的。因為我也差點被妖獸殺死，兩次。因為如果沒人查出這到底是怎麼一回事的話，牠們可能會殺死更多人類。你知道的——就是一些愚蠢的凡人問題啦。」

他啞口無言。看著他臉上盪漾開的低落，我握緊拳頭。我不想要他內疚然後道歉。我想要他**瞭解**。

「我們不會討論這些事。」他最後終於開口說。「絕口不提。因為我們不行，我們沒辦法去**想**這些事。就連這段對話都讓我們兩個人深陷極大的危險中。」

那禁忌的字詞像膽汁一樣湧上我喉頭。我顫抖地把它們吞回去。

妖獸出現不是風鴉該承擔的責任。雖然公平來說，把我拖進森林裡一開始是他的錯，但他昨晚為了保護我而差點喪命。這點我不能否定。他穿著破爛的衣服，微微駝背，王冠在他兩指間晃動。他費力吸氣。爭執顯然讓他耗費了很多精力。

「對不起。」我們同時說，語氣也同樣惱怒。

他嘴角露出一個震驚的微笑。這次換我避開他的視線了。我深吸一口氣，決定繼續上路前再提起另一件事。

「我們得談談你昨晚說的事。」

「我很討厭聽到這種話，」他回答，「準沒好事。」

「風鴉。你不打算帶我去審判了對吧？你改變主意了。」

我不確定自己預期得到什麼反應。也許他會挺起胸膛然後說，**妳膽敢宣稱自己瞭解王子的心意？**卻萬萬也沒料到他會看向一邊，不自在地把玩烏鴉別針。

「我發現我——犯了一個錯。」他坦言，「妳不是故意要整我。妳的工藝真的是……」他努力措辭，卻無法形容他不理解的事物，「我來帶妳走的時候，」結果他這麼說，「沒告訴任何人我的計畫。秋境宮廷不會有人發現我們沒來。等我痊癒後，我保證會帶妳回幻息鎮。」

我的膝蓋忽然癱軟無力，我扶著樹幹撐起身體，我要回家了。回家！可以回到艾瑪和雙胞胎身邊了。我安全又溫暖的家，充滿亞麻仁油的氣味，還有我荒廢許久的工作。然而——要回到無盡的夏日，回到從前的生活——日子和著麥田裡永不止息的蟋蟀鳴叫聲流逝。我的心臟像暴風雨中的鳥兒般上升又俯衝。如果我繼續這樣三心二意，一定會把自己撕碎。但我能怎麼做？要怎麼樣才能停下來？

而且，我最後到底是怎麼讓風鴉明白真相的？

我仔細打量他，他的表情無動於衷，不過看著他手指一遍遍撫過烏鴉別針，雙眼也越來越渙散無神，令我更加心煩意亂。

「那你怎麼辦？」我問，「你的聲譽呢？接下來該怎麼做？」

他振作起來，回答道：「我會想出一些——」就這樣，他閉上嘴巴，動了動下顎，「別說這個了。」他突兀地作出結論，「妳看見前面那座丘陵了嗎？爬到頂端後，我們就回到秋境了。」

我瞇眼眺望，那座丘陵對我來說和身後的樹林看起來沒什麼兩樣。感到困惑的時候，我也發覺為什麼風鴉剛才沒辦法把話說完。

因為那是謊話。

9

我們一爬上丘陵頂端，就原地轉了一圈。悠悠擺動的樺樹延伸到遠方，橫越渲染成銀白和金黃夢幻色調的森林。我後退一步，然後再一步，不過夏境並未再次出現。

「這一點道理也沒有。」我說。

風鴉沒聽見我說話，他靠著第一棵秋天的樹木，穿著破爛的外套，像個稻草人一樣僵立在那裡。他雙眼緊閉，我很高興看見他臉上露出徹底放鬆的神情，因為上次談話之後，高燒似乎漸漸吸乾了他的精力。他差點就爬不上山丘。

我等他康復等了至少一小時。先坐下，然後試著躺平，但落葉搔得我脖子癢癢的，而躺在地上暴露出全身弱點時，我也無法放鬆。我的恐懼、擔憂、渴望和疑問在我腦中互相碰撞。而且現在沒有其他事情可以讓我分神，這身骯髒又粗糙的衣物的重量，以及我自己的臭味，都足以把我逼瘋。我每次瞥向風鴉時，他都動也不動。

終於，我走向他。

「我聽見附近有水流的聲音，」我說，「我去找找，我渴了，而且需要盥洗一下。」

我沒預期他會回答，但是他的雙眼睜開了一半，看我的模樣彷彿著了魔。我忍住一陣寒顫，這不像被人類注視的感覺。他的眼神缺乏知覺，彷彿透過那雙眼珠望出的不是他，而是森林。然後他眨眨眼，那樣的感覺就消失了。

「跟我走。這裡比夏境安全，但妳還是不該一個人亂走。」他打量著我，「妳還滿髒的。」他補充道，好像才剛注意到這件事。

「謝謝喔，彼此彼此。」

他即使憤慨，還是不得不回答：「不客氣。」他咬牙切齒說出那不情願的三個字後，就大搖大擺走向小溪，跪在長滿青苔的岸邊檢視自己的倒影。我發現一片可以用來遮擋的忍冬——我想清洗一下衣服，然後稍微晾乾一下再穿上。如果我刷洗一番，但沾滿泥巴和馬匹汗水的衣裙仍然僵硬得跟處理過的帆布一樣，我還是不會舒服到哪裡去。

「這段時間我都沒有幻術。」風鴉在我身後說，音調聽起來好像想問些什麼。我轉身，發現他正駭然盯著水面倒影。

「嗯，對。」我不確定還能說些什麼，「自從墳塚領主傷了你之後，不對，要再過一段時間，自從你殺了他，接著昏倒之後。」

「妳一直在看我！」

「是啊，」我又說，大惑不解，只好繼續解釋，「很難避免吧。」

他的表情嚴厲起來，「從現在開始不要看。」他冷冷地說。

我又在原地站了一會兒——完全是因為太過困惑，而不是想違背他的意思。不過他對我投來的眼神讓人毛骨悚然，我立刻匆匆躲到灌木叢後。

「你也不准看我。」我回頭對他喊道，「洗澡是私事，跟尿尿一樣。」

他沒回應，嗯，也只好這樣了。我四處張望，邊脫掉鞋子，剝下衣裙和內衣褲，然後發著抖使勁跋涉到溪流中。我在家裡時用更冷的井水洗過澡，但這裡的溪水有股沁入心脾的寒意，我趕快把頭髮潤濕，盡可能刮掉指甲縫裡的黏液，最後才把衣服拉進來，在身旁浸著水，看見它們散入溪流中的一坨坨泥巴和馬毛時，污染了清澈的淺灘，我扮了個鬼臉。葉片在水面上順流漂浮，隨著我製造出的小漩渦打轉。它們的顏色好美，我考慮要留下一片——有片奶油黃的樹葉，幾乎和鉛錫黃一模一樣，還有一片鮮橘葉片，中間貫穿一抹鮮綠——但我驚覺我根本無法只挑單獨一樣紀念品，更別說十幾樣了，於是心中一陣惆悵，拋棄了這個念頭。

洗完後，我躡手躡腳回到岸邊，把裙子和褲襪放在忍冬上也許能吹到一點微風的地方晾乾。至於內衣褲，我就比較有自知之明的掛在較低矮的樹枝上。然後我緊緊把雙臂疊在胸部上，背部緊貼著灌木，這輩子從來沒這麼毫無遮蔽過。我等待著。風鴉的方向沒傳來任何聲音。不祥預感開始在我腦袋後方叩門，彷彿一連串的不速之客。如果他昏倒了怎麼辦？或者消失了，把我丟下？更慘的是，如果大狩獵在我赤身裸體時剛好撞見我們，該如何是好？

如果我偷看一下的話，會感覺好一點。但是我有這個膽子嗎？有好一段時間，我都無法強迫自己轉身背對森林，我猶豫不決地移動腳步，光腳踩碎了地上的落葉，頭髮到處亂滴水。終於我鼓起勇氣，蹲低身體前進，透過忍冬樹叢偷看。

枝椏間有許多縫隙，雖然都比硬幣大不了多少，還是讓我將對面的一切看了個八九不離十。風鴉坐在一塊扁平石頭上，還在能互相對話的範圍內，不過與我剛剛丟下他的位置有一段距離，靠近溪流的轉彎處。他脫下了上衣，但還穿著褲子，外套鋪在身邊的地面上。他也在把握機會盥洗。

某方面來說，這平凡的舉動讓我很吃驚。妖精當然時不時也得洗澡，但他用的是很正常的方式，用雙手捧水，然後在身上刷洗，看不出動作特別快，或想特別有效率地完成這件事。也許要是他沒受傷的話，就會以別的方式進行。我無法想像另一名妖精來做這件事，例如賈弗萊。

我全身光溜匍匐前進，濕髮披散在雙肩上，感覺自己像某種行為乖張的森林地精，搖搖擺擺地移動到新的位置，從更好的角度偷看。

傷口看起來很可怕，但是比之前好多了。發黑的血管顏色變淡變淺，傷口邊緣似乎也在癒合中。我猜痊癒後一定會留下痕跡，因為他身上有其他打鬥留下的疤痕，前臂上有長長一道，另一道則橫跨左邊身體。所以他對戰鬥的喜好，賈弗萊並沒有誇大其詞，也不是他特意為我裝出來的。他的幻術會遮蓋還是留下這些疤痕？

更重要的是，為什麼我會問自己這個問題？

我原本以為他半裸的身體會讓我很不自在，但我看得越久，就越覺得他只是奇特陌生，而非恐怖。不知道從什麼時候開始，我不再努力想將他視為人類，已經接受了他真實的樣子。他精瘦的身材和稜角分明的臉確實引人注目。他的雙眼在我看來仍然冷酷，卻也若有所思。他看我的時候，我感受到的那股興奮感，同時令人著迷，也危機四伏。就像黃昏時分在樹林裡忽然與山貓或野狼四目交接。

這絕對是我現在最不應該思考的事。就這樣。偷窺時間該結束了。

我移動時，腳跟踩斷了一根小樹枝。風鴉停下動作回過頭，直勾勾透過我那枝葉環繞的窺視洞口盯著我。我猛地直起身，頭暈目眩，心臟壓抑地重擊我的胸腔深處。我的衣服還沒乾，但我一把從忍冬樹叢扯下來，準備好面對潮濕內衣褲的溼冷刺骨，還有我的褲襪以及我把衣裙拉過頭時，布料拖過肌膚的粗糙觸感。我剛綁完鞋帶，就傳來風鴉接近的腳步聲，我知道他是故意弄出聲音讓我聽見。

「來吧。」他只這樣說，別開臉龐，伸出手讓我扶。

那天接下來的時間，我們幾乎沒說半句話。如果風鴉真的發現我在偷看，除了沉默之外，也沒透露出任何線索。我在家中客廳認識的那個滿臉微笑、天塌下來都不怕的王子——他是真的，但只不過是一部分的風鴉，我猜測，那也是他比較想讓世界看到的那部分。

我企圖找他說話，嘗試了一兩次後，他都只簡短作答，最後我就放棄了。他的步伐也是精心計算的結果：速度剛好可以讓我跟在他後頭，卻追不上他。日落時，我已經記住他拖地的外套邊緣的每一道裂痕。

如果是昨天，我想我會逼迫他承認我的存在，才不管他喜不喜歡。但我現在不忍心，他再也不是俘虜我的人，而且要帶我回家。此外，我懷疑他這麼做必須付出很大的代價，是我這個凡人無法理解的。

那天晚上他替我們建的避難所跟前兩天的花楸教堂和荊棘堡壘不太一樣。纖細的黃色樗樹和依依垂柳從他的鮮血中竄起，枝椏在地面上拖曳。微風在樹枝間輕嘆。這些樹木不完美也不優雅：有些長得歪七扭八，樹幹上還有節瘤，或者根部有毒菇叢生。它們不像夏境的那些樹一樣染了怪病，只是單純有缺陷，且似乎正小心翼翼地想引起我注意，孤獨而且害怕被拒絕。

我沒多想就走到一棵樹前，把手放在它的樹皮上，往樹洞裡窺探。裡頭的陰影太深邃，我什麼也沒看見。轉身時，我發現風鴉正在看我，外套脫到一半，動作凍結了。這是在小溪旁停留後他第一次自願看我。

「這正是我最喜歡畫的東西。」我解釋，「這些細節，還有質地——」我看見他已經開始聽不懂了，「如果題材太完美，畫作就不怎麼有趣。」

他慢慢把外套脫下來，「那麼我很難想像妳畫妖精時會覺得好玩。」他冷漠地指出。

「風鴉，」我微笑著說，表情可能比看起來比我的原意還更憐愛一點。「你不能動不動就說自己完美，你懂吧？」

他的肩膀緊繃起來。不知為何，我好像戳到了某個痛處，他板著臉把外套遞給我，他把烏鴉別針拿下來了。

「我不怕冷。我知道外套毀了很醜陋，但應該可以幫妳保暖。」

就這樣，我知道他冷冰冰的原因了。我把他的外套抱在臂彎裡。同情像一支飛鏢一樣射穿我——銳利而精細的痛楚。我沒想到要邁出雙腳，就已經來到他身邊，近的必須仰頭才能看到他的臉。他試著要別開臉，但我碰碰他的肩膀。奇蹟似的，他停下了動作。他比我高一顆半頭，整座森林都臣服於他的力量，然而我的碰觸卻好像用生鐵烙印他一般。

「看到你沒有幻術的樣子，我不會覺得不舒服。」我告訴他，「你沒有見不得人。」**你不醜陋**。

他俯身，臉龐湊近了一點，我的後頸豎起了寒毛，雙臂也都冒出雞皮疙瘩，他不像人類的紫色雙眼在我五官上游移，彷彿在讀信，然後他輕輕發出一個苦澀的聲音，退開來，「但妳還是很怕我。」

我推了一下他的肩膀，力道不足以推動他，但他還是後退了一步，我的臉開始脹紅。

「只是因為你故意要裝得很嚇人！」他讓我不知所措，忽然油然而生一股自我防衛的衝動，想要以牙還牙，「我在小溪邊的時候看到你的樣子，你知道嗎，而且我看了很久。」天啊，我在說什麼？「如果我當時很害怕或覺得噁心，就不會一直看了。」我昂起下巴，雖然我很確定這個動作在我嬌小的體型上看起來一點效果也沒有。

他盯著我。

「我們的真實樣貌很令凡人厭惡。」他終於說道，好像我剛剛胡扯說月亮是乳酪做的。

「又不是說我們有機會常常看到妖精。說『厭惡』有點太過誇張了。有幾個凡人見過你沒有幻術的樣子？」

慢慢的，他搖搖頭，我想那意思是除了我之外沒人看過。就連給他烏鴉別針的那個女孩都沒有嗎？噢，風鴉！

「嗯……」我已經詞窮了，「我猜也沒什麼好說了。」我忸怩地作結，「謝謝你的外套。」

他微微頷首，然後跨步離開，有點像隻貓退回扶手椅下方去舔舐受傷的自尊。我仍然滿臉通紅，很驚訝我脹紅的臉竟然沒有照亮空地。我找到一片柔軟的青苔，把小樹枝和樹葉都清乾淨，然後縮成一團睡覺。

那天晚上，我作了夢。

一開始，我迷迷糊糊察覺有人想侵入我們的避難所，樹枝嘎吱作響，這裡響完換那裡響，一個生物的重量悄悄越過樹頂。我透過睫毛看見風鴉睡在幾步遠的地方，他癱軟在地上，一隻手平貼地面。我想起我們剛進入秋境時他那著魔的樣子，忽然驚覺如果他正在治療傷勢的話，也許不會像平常那麼容易醒來。

我累得眼前一片模糊，疲憊的感覺像溫暖的黑水般拍打著我的心智，將我重新吸回水面下的暗潮中。

我清醒過來後，一個影子蹲伏在風鴉頭頂的柳樹上，它又高又瘦，像蟋蟀般攀著樹枝，彎著的膝蓋超過了耳尖，沒有顏色的頭髮飄動著，蒼白的臉龐往下看著他，它正在對風鴉說話，雖然他正在睡覺。

不，是「她」在對他說話。是毒芹。

「只剩你了，風鴉。」她說，語調很愉悅，但抑揚頓挫間卻有種滂沱綿長的氣音，像暴風雨時猛擊窗戶的雨水，「只剩下秋境宮廷尚未被染指，看看你！你忙著到處亂揮劍，收集凡人寵物，根本沒時間注意到。」

我聽不到回應她的聲音，但她猛地住嘴，緊繃起來，回頭望著肩膀後方的一片虛空。她靜靜凝望著黑暗好一會，才又轉頭看他。

「我被禁止提起這件事，但是你聽不到我說話，對不對？那麼我可以告訴你一件事：我再也不聽令於冬季的號角聲了。」她玉綠色的雙眼和打磨光亮的寶石一樣冷漠，「高山上的積雪融化了，大狩獵有了新的主人。儘管我努力嘗試，還是不能恣意妄為了。」

她又停下來看著身後，「所以我想問你的是，當遵守良法其實並不公平時，我們又該怎麼做呢？這是個可怕的問題，對不對？」她的聲音接近耳語，眼裡出現了瑩瑩發光的著迷，似乎快吞沒了她的臉。「風鴉，」她把聲音壓得更低，「你有沒有想過，如果不當妖精，會是什麼樣子？」

我發誓我什麼聲音都沒發出，但毒芹忽然轉頭，用那雙森森發光的貓眼直勾勾盯著我，給了我一個也像貓的微笑。

我往下沉、往下沉，沉入黑暗中。這只是夢。我睡著了。

風鴉在夜裡移動了位置，我在晨光中眨眼醒來時，發現他面對著我，近到觸手可及，但仍然還在睡夢中。雖然我已經習慣了他沒有幻術偽裝的模樣，卻還是比較熟悉他現在這副面容，很開心他能恢復。我的視線在他眉毛、顴骨和表情豐富的嘴上游移。好氣色——或至少是好氣色的幻覺——讓他金棕色的肌膚散發光澤。而他凌亂的頭髮枕在腦後，我注意到他頰上有個小小凹陷，他微笑時那裡會出現酒窩。

他抽了口氣，卡在壓抑的呵欠和嘆息之間，然後若有所思的眉毛糾結在一起，接著才睜開眼睛。他一開始還睡眼惺忪，然後才領悟到自己正回看著我，接著才進一步瞭解自己在哪裡、身邊跟著誰。我們躺在那裡默默互望了好一段時間，聽著微風在林間嘆息，每次都伴隨著樹葉窸窣掉落的聲響。

「我可以碰妳嗎？」他問。

那瞬間，除了這塊空地、除了我們之外的一切都不存在，彷彿我們在一片如鏡般平靜無波的汪洋上漂流，視野之中沒有任何陸地。我們很快就要分開了，准許自己這件事應該無傷大雅，一次就好。我點點頭。

他用一隻指尖劃過我下顎的線條，他的碰觸很輕，我幾乎感覺不到。他的手刷過他的外套在我脖子邊豎起的衣領，一陣秋天的沁涼空氣湧入我溫暖的繭中。他又劃過我耳朵的輪廓，往上滑向我的前額，手指在我髮際停了下來。

我驚駭地發現睡了一覺後那裡冒出了一顆痘痘。「風鴉！不要碰那個！」

「為什麼不行？」他說，抬起手指端詳我的額頭，「昨天沒有這東西。」

「你不能亂戳別人的痘痘，很尷尬，就像是——我想就像我看你的傷疤一樣。」

「妳的臉沒發炎，也不醜。」

「謝謝，你人真好。」

他對我饒富興味的樣子皺起眉，高傲地說：「妳每天都有某些地方不太一樣，伊索貝，妳很美。」

我對我的外表沒什麼幻想，我長得是不醜，但也不到美，算是位於兩者之間某個不起眼的位置。但是風鴉不說謊的，儘管他的語調很討厭，卻是真心誠意的。妖精對人類的觀感，比起人類檢視彼此的審美觀也有所不同，這不難想像。我胃中一陣震顫，決定不要想太多，他才是愛慕虛榮的那個人，而我，則需要保持頭腦清醒。

他的手漫遊到了我的頭髮上，把髮絲在青苔上鋪開，用手指一綹一綹梳開，直到頭髮又直又順。對一個活了上百年、還把獵殺妖獸當娛樂的生物來說，似乎不太可能覺得這事有趣，但是他的表情很投入。我瞥著樹木間，忽然間有點害怕我有多享受他的關注。過了多久了？我們應該沒有餘裕能逗留這麼久。陰影般的焦慮在我的思緒邊緣祟動。我很訝異，大狩獵、安全回家，以及遭受更多妖獸攻擊的可能性，比起想著如果我允許情況繼續失控下去，我和風鴉會做出什麼事的那種不自在的期待感，似乎相形失色。全世界及其各種可能性全部濃縮於他的指尖，一次又一次梳過我髮間的酥麻撫觸：這所有的美麗、所有的恐懼。第一次讓男孩觸碰自己的其他女孩，也是這種感覺嗎？雖然我不覺得丟臉，但就算已經十七歲了，也會有這種感覺嗎？

他的關節拂過我的後頸，嗯，該做個了斷了。

「我們得上路了。」我宣布，坐了起來，他的外套從我身上滑落時，接觸到外頭清冽的空氣，就像被電到一樣。

但是風鴉沒動，他只慵懶地從地上看著我，臉上的表情明顯是說他哪裡也不想去，謝謝。

「起來。」我用鞋子戳他身側，希望他不會發現我冷靜自持的外貌是勉強裝出來的。「起來，我們不能像懶蟲一樣整個早晨都賴在地上。」

他順著我的戳弄翻過身，「可是我受傷了欸，」他抱怨，「我還沒治療好自己。」

「我覺得你看起來好得很。如果你堅持說自己很不舒服，那我得再檢查一下你沒有幻術偽裝的傷口，可能發炎了。」

他瞇起眼睛，然後伸出手，我想也沒想就抓住，企圖把他從地上拉起來，不過我們的手指一接觸，他立刻緊緊握住我的手指，用力一拉，我碰地一聲跌坐在他胸口，外套跟著飄落，剛好蓋在我們腿上，風鴉對我露出一個迷人的微笑，我怒目回瞪他。

「我會用生鐵燙你喔！」

「如果妳非得這麼做，就來吧。」他痛苦地說。

「我是認真的！」

「對啊，我知道。」

我開始意識到他的胸膛感覺非常結實，而我兩腿正跨坐在他精瘦的腰間，兩人不平穩的呼息讓我們靠著彼此微微晃動。熔岩似的熱力在我體內累積，慢慢退潮。

我沒用鐵燙他。

反而俯身吻了他。

10

*這真是個糟糕的決定。*我心想。*我完全失心瘋了，必須立刻停下來才行。*

但是風鴉發出了一個聲音，然後打開了壓在我嘴巴下方的嘴唇，而我的腦袋恐怕在那瞬間不聽使喚了。

那互相索取和給予的貼觸像催眠一般，想和他嘴貼著嘴的感覺詭異卻醉人。很快地我就感覺到風鴉的手掌滑下我的背，然後他用一個優雅卻有力的動作，將我抱了起來，我兩腿自動圈住他的腰，雙臂勾住他的脖子，因為他將我抬到離地這麼遠的地方而震驚。感覺幾乎像是又把他當馬騎——這念頭讓我的臉脹得跟鬱金香一樣紅。他跨了幾步橫越空地，然後我感覺到一棵樹粗糙的樹皮貼著我的背部，那個觸感足以將我震回現實。

儘管艾瑪很謹慎地教育過我這類事情的具體細節（也許正是因為她如實教過），緊張的感覺和欲望在我的腹肚深處交戰。風鴉察覺到我渾身僵硬，往後退，靜靜等著，他的鼻息輕柔吹在我臉上，嘴唇紅通通的，幾乎瘀青。我好奇自己看起來是什麼樣子，回想起那顆痘痘，然後頓時希望剛剛沒有那個念頭。

「嗯，」我說「我從來沒有……也就是說……」我完全不知所措，「你的牙齒還是尖的嗎？因為感覺起來一點都不尖，我不知道是怎麼做到的。」

他重重的呼吸，雙眼失焦，他微微皺眉，回過神來面對我的狂熱之舉，「我從來沒仔細研究過幻術的特質，我只知道這和變形不一樣，不只是幻覺而已。我不會傷害妳。」他忽然驚覺我的不情不願，繃緊了肩膀，「如果妳不想要的話——」

我又撲上前用另一個吻讓他閉嘴。我的動作太快，結果鼻子撞上了他的鼻子，有點痛，不過他似乎不介意。我的心臟還是像一隻受驚的兔子般亂跳，我反射性地用手指緊抓住他的頭髮，他又發出了那個聲音——讓我體內的弓弦全部上緊的聲音，我不禁靠著他拱起身體，然後聽到也感覺到他撐在樹皮上的雙掌從我雙耳旁往下滑落。

我著迷地打量著他，他迎上我的視線，我試探地拉了他的頭髮第二次。他任由頭歪向一邊，往我手的方向垂落。不知為何，我瞭解那動作的意思：如果我想要，他會把全部的控制權交到我手中。一陣純粹而徹底的渴望讓我喘不過氣，諷刺的是，卻也讓我的腦袋恢復了一點理智。

「我們不能這麼做！」我驚呼，「快停下來。馬上。噢，天啊。」

我鬆開雙腿，抓住他的肩膀想回到地面，他在我可恥地跌落在地前就懂了我的暗示，主動將我放下來，臉色有點發灰，表情也有點震驚。

我質問他：「我們觸犯了良法了嗎？這算嗎？」

「不算。」他沙啞地回答，「除非——」他停下來搖搖頭，「不算。」他又說了一次，這次語調比較篤定，清清喉嚨，「如果妖精和凡人每次——呃——親吻都算觸犯了良法，那可以說現在倖存的應該沒有幾個人了。」

「性真的會把正常人變成蠢蛋。」我說，很訝異又犯下另一個低等人類錯誤，不知為何，我原本還以為自己免疫，「風鴉，我們下次不能再這樣了。下次我真的會用鐵。不是說說而已。」

他抿著蒼白嘴脣從地上撿起外套，「很好，」他說，似乎真心這麼覺得。

我把裙襬拉直，綁緊鞋帶，把糾成一團的長襪拉回膝蓋上方，希望還有更多事情可以保持雙手忙碌，這樣就不用看他了。剛剛發生的事很不像我會做的，我簡直不敢相信。我不會被秋境的魔法影響，對吧？我擺脫不掉有某種黑暗事物在我記憶邊緣蠢動的感覺——我不知怎地已經忘卻的經歷，彷彿一場噩夢。我這麼想的同時，那天早晨縈繞不去的其中一個黑影變得銳利清晰起來。

「毒芹！」我脫口而出。

風鴉猛然轉身，還把劍抽了出來。

「不，不是在這裡，至少不是現在。我覺得我昨晚看到她了，也可能是我夢見她。」我已經開始懷疑自己了，毒芹棲在樹枝上的影像難以觸及，我越想抓住，它就溜得越快。「我不確定，但如果是真的，我應該不會翻個身繼續睡。」

他小心查看我的臉，有一部分的衣襬從褲頭鬆開跑出來，我咬牙忍住想叫他紮好的衝動。

「妳不是腦袋會出現幻覺的人。」他說，至少他對我還有這種程度的瞭解，「如果妖精想要的話，可以讓凡人睡得更熟，這樣一來就可以不被察覺地在附近移動，凡人把這樣的情況解讀為夢境是很正常的，不過這就表示——」

「她已經找到我們了。」我緩緩地作出結論，不祥預感讓說出口的每個字都異常沉重。

他的劍用一個俐落的弧度劃過一叢蘑菇，砍得菇傘到處飛散，然後他背對著我，靠著劍柄站著，掙扎著不要透露出挫敗的心情。現在我瞭解為什麼毒芹的舉動特別困擾他。他已經對自己是否適任王子有所懷疑了，而毒芹又在他的領地這麼輕而易舉追蹤到他，更加讓他質疑自己。

但是我親眼見過風鴉的力量，不敢相信事情就這麼簡單。

「她有事情想告訴你。」我說，努力在腦海中搜羅夢境的各個細節，想不起有用的資訊，感到很沮喪，「我覺得她是想給你一個警告，她說只剩下你了，還說她不再聽令於冬境的號角。這些話對你來說有任何意義嗎？」

「沒什麼道理，但聽起來都不太妙。」她把劍收回劍鞘，「伊索貝，我……」那個停頓擴展成折磨的沉默，「當然，我說過我還沒完全恢復，這不是謊言。我本來全仗著和大狩獵之間拉開了至少好幾天的腳程，如果我們在回程時受到攻擊，到時候，我可能沒辦法保護妳。」

我咬著嘴唇低下頭。兩人之間的熱力已經消散了，炙熱的火焰化為濕漉漉的灰燼，「一定有其他辦法。」

「回到夏境於事無補，而且很危險。冬境就不用說了，」他猶豫了一下，「考量到近來的事件，也不用指望我自己的宮廷。但如果我們直接前往春季宮廷，毒芹不會敢貿然接近我們。我們可以待上幾晚，接著再循著安全的路線回到幻息鎮。」

從來沒有凡人可以造訪妖精宮廷，而後再活著回來。或者至少沒有人回來時還是個**凡人**。我是工藝大師，還由一名王子陪同，但我很好奇我真的算是特例嗎，又或者每個凡人都說服自己相信能不被規則所約束呢？

我顫抖地深吸一口氣。「我在春季宮廷的確認識很多客戶。」

風鴉點頭表示同意，「如果我出了什麼事，賈弗萊也會尊重妳的意思帶妳回家的。這點我很確定。」

「等我回到幻息鎮之後……」

「我們就不會再見面了。」他說，「無論因為什麼原因。」

一陣和肉體無關的劇痛扭絞著我的胸膛，我們分道揚鑣後，風鴉會發生什麼事？我想像他回到秋季宮廷，沿著幽暗長廊行走，坐在盡頭的王位上，周圍有一千雙眼睛盯著他看──全都在他臉上搜尋一絲一毫屬於凡人的瑕疵，經由我筆下的肖像暴露出來的瑕疵。他在一敗塗地前可以撐多久？然後就只能等著他的臣民齜牙咧嘴，像餓狼撲上去撕咬受傷的公鹿？他能對抗他們多久？我知道他不會輕易放棄，絕對會奮戰到底。

「那就走吧。」他說，踏步經過我身邊，臉龐轉向一旁。

林間空地外，閃爍的秋日等著我們，我們接連走了好幾個小時，都沒看到大狩獵的蹤跡，偶爾有橡實掉落在眼前的小徑上，除此之外並沒有遇到更危險的東西。森林寧靜的美麗包圍著我們，陽光曬得背部暖烘烘，很難保持悲觀的心情太久。眼看一路上都沒發生什麼意外，風鴉的腳步也不禁輕快起來。

「你在笑什麼？」我問，狐疑地看著他，又一次彎腰想用落葉把手指擦乾淨，我們找到了蘋果當午餐，吃得我手指黏黏的。

「我剛想到每年的這個時候，春季宮廷都會舉辦宴會，如果我們沒錯過的話，可能可以參加喔。」

「是啊，逃命的時候，最適合參加宴會了。」

「那麼我們就應該參加。」他愉快地作出結論。

我悶哼一聲，完全不覺得訝異。「妖精真是大費周章。」

「那就奇怪了，一個沒辦法生吃兔肉的凡人還會說我們大費周章。」

我在他身後快步前進，試圖跟上他寬闊的步伐。我開始瞭解工藝對妖精來說太謎樣難解，兔肉要烤過才能吃的道理，對他來說大概就跟兔肉要在新月時浸過寡婦的眼淚才能吃一樣。領悟到自己擁有妖精無法理解的魔法，甚至比妖精的魔法本身更讓我驚奇不已。我感覺像某種巫師，而不是藝術家，更不是一名再平凡不過的人類。

我們經過一顆上頭有松鼠的青苔大圓石，我轉頭想再看一眼，但大圓石和松鼠都已消失無蹤。我掃視周圍的樹林，發覺雖然周圍的樹種和先前經過的沒兩樣，但樹木本身卻不一樣。我往前看，然後又回頭。沒錯——那棵有著低垂枝椏的樗樹不見了，我努力張望，在我們身後大概一英里處找到了它，由於中間隔著眾多枝葉，很難確定到底是不是同一棵。

我記起了古老的故事，不禁膽怯。

「你沒對時間動什麼手腳吧？」我問。

他回頭高傲地看我，意思是他對我的問題感到很困惑，卻不想承認。

「我回到幻息鎮後，不會發現我認識的每個人都在一百年前就死了吧？或者我忽然變成了一個老婆婆？如果是這樣的話，你必須把一切都修好才行。」我堅定地說，試著想安撫越來越升高的警戒心。「我剛注意到我們旅行的方式，我們每踏出一步，大概就等於走了超過十五分鐘的距離。」

「沒有，秋境只是按照我的意思催促我們往前走而已。妳的意思是，妳到現在才注意到嗎？」我皺起眉頭，的確是這樣沒錯。「我保證，我們進入森林後，時間都以正常的速度流逝。妳想的那招是一種巫術，是用來戲弄人類的惡劣把戲。當然了，這就是為什麼妖精會做出這種事的原因。」

「你最好沒用這招整過任何人。」我警告他。

「我沒有！」他認真地說，但接下來說的話卻讓剛剛的解釋大打折扣，「那似乎很麻煩，之後他們只會一把鼻涕一把眼淚，回到森林裡對你大吼大叫。」

我搖搖頭，天啊，大吼大叫的凡人還真是可怕。

我們繼續走，上一秒我還在欣賞一叢火紅的花楸木，下一秒就進入了景緻完全不同的森林中。所有事物都翠綠欲滴。不是夏季的那種濃厚豔麗的綠，而是淺綠色，蕾絲般的綠色，泛著金色光澤的嫩綠。像糖霜和薄紗一樣在樹木上層結交錯。和膝蓋等高的野花在我腳邊分開，一隻蜜蜂懶洋洋地嗡嗡飛過我臉龐。

興奮的笑聲在我胸膛裡啵啵冒泡，我們在春境了！

「我們可以停一下嗎？」我喊道，風鴉沒停下腳步，已經走到一塊空地中央了，「前提是如果安全的話。這裡太美了。我回到家後要試著畫畫看。」

他停頓了一下，瞥了我一眼。

「幾乎就和秋境一樣漂亮了。」為了他的自尊著想，我大聲補上一句。

這似乎成功安撫了他，「這裡有地方可以坐下。」他低頭鑽過幾根樹枝，我趕上前後，他正坐在一顆矮胖大石突出的邊緣，石頭的一半都覆蓋著青苔，四周長滿藍鈴花和羽毛似的蕨類。有鑑於那天早晨發生的事，保持距離似乎才是明智的決定，我在另一邊背對著他坐下，考慮把鞋子脫掉。

然後我看到那口井，想要在蕨類叢中扭動腳趾的念頭瞬間拋諸腦後。那口井很小，很古老，而且無論怎麼看都很不起眼。我盯著它看了很久。

風鴉低聲說，「我帶妳來綠意之井了。」

我倏地站起來，彷彿被一床炭火燙到屁股。我耳中充滿淙淙流水聲，視野外圍開始發黑，絕望地想逃跑，我踉踉蹌蹌移動到一棵樹邊，靠在上面，渾身滿是濕黏冷汗，我從來沒昏倒過，不過身在綠意之井邊緣的這件事實在無法想像。

他又歪頭說了些什麼，轉過身但沒仔細看我，我忽如其來的舉動讓他困惑不已，我不覺得他看得出我的反應很激烈，「除非妳喝了井水，不然什麼事都不會發生。但是我瞭解飲用綠意之井的水是很多人類的熱切夢想。」

我靠著樹幹滑坐在地，不舒服地坐在它多結、突出的樹根上，野花搔弄著我的腿，他說得沒錯。消失在森林裡的那些凡人，大多數都是去找綠意之井的，雖然旅途危險至極，仍執意想靠著一己之力找到。工藝大師努力了好幾年，最後的目標就是這口井。過去幾百年來，或許只有一個凡人獲得過這樣的殊榮。比起任何其他魔法、任何數量的黃金，也都比不上綠意之井。而世界上最讓我害怕的，也非它莫屬。

「我想到，」他繼續說，「目前的情況下，這對妳來說也許是最理想的選擇。妳再也不需要我的保護，也不必害怕任何森林裡的危險。妳可以在秋境——或任何妖精宮廷自由來去。」他迅速地接下去說，「如果妳願意的話，當然了，妳還會長生不老。」

我不知怎地找回了我的聲音，「我不行。」

這次換他看我，試著理解我的表情，然後半站起身，「伊索貝！妳是不是病了？」

我搖搖頭。

他安靜了一下。「妳是不是快餓死了？」他緊張地問。

我僅僅閉起眼睛，吞下一聲痛苦的大笑。「不是。是綠意之井。風鴉，關於我，有件事你必須瞭解才行，我的工藝不只是我的職業，還是我的本質。如果我喝了井水，就會失去自我還有我在乎的一切。我知道這對你來說很難理解，因為你從來沒當過凡人，但是我從你們族人身上窺見的空虛，比死亡讓我更害怕，就算是最後的手段，我也不會考慮綠意之井。我寧願被妖獸撕碎慘死，也不想當妖精。」

他緩緩坐下，吸收我說的每一個字，我本來預期會冒犯他，但是他看起來只略為茫然而已，好像有東西打了他後腦勺一下，也許他正努力想搞懂我的意思，因此頭昏腦脹。畢竟從他的觀點看來，人類情緒不是上天的恩賜，而是痛苦和詛咒。而我又有什麼理由**不願意**擺脫呢？

他猶豫良久，微微點了點頭，「好吧，我不會問妳對這件事的意願了。不過，在繼續前往春季宮廷前，有件事我們非討論不可。很重要的事。」

「請說下去。」我說，原本抓住我的那冰冷僵硬的恐懼慢慢融去，留下顫抖的虛弱，看見綠意之井，又拒絕了它的誘惑，不知為何讓它看起來沒那麼嚇人了。我面對它，並且毫髮無傷地離開。

蕨類發出窸窣聲，我抬頭看見風鴉信步從空地那頭走來，「妖精不會輕易帶人類進入森林。其實，妳即將成為過去一千多年以來，第一個踏入春季宮廷的凡人。為了不讓他們起疑，我們必須想出一些藉口，好解釋為什麼我們會一起旅行。但是……」

「但不能是謊言。否則你就說不出口了。」

他瞥了我一眼，緊繃地點點頭。

「我聽說，最接近真相的謊言，往往都是最好的謊言。他們看見我們兩人在一起，第一個想到的會是什麼？」

「覺得我們愛上對方了。」他用平穩冷靜的音調說。

「而且也不是你第一次愛上凡人了。」他僵在原地，「你失去意識的時候，我不小心看見你烏鴉別針裡的東西——真的是意外。我很抱歉，風鴉，我不想窺探你的隱私，可是這跟我們目前的險境有關。他們自有定論，不管有多穿鑿附會……」我注意到他動也不動，恐懼像銅鑼巨響一樣在我體內迴盪。我的皮膚繃得死緊，起了雞皮疙瘩。

「你愛上我了嗎？」我脫口而出。

緊接而來的是一片可怕的靜默。風鴉沒轉過身。

「拜託說點什麼。」

他逼近我，「那很糟糕嗎？妳說的方式，好像這是妳能想像得到最糟糕的事。我又不是故意的。不知道為什麼，我開始喜歡上妳的——妳的那些討人厭的問題，還有妳的短腳，以及妳企圖殺了我的意外之舉。」

我瑟縮，「這是我聽過最糟糕的告白！」

「妳真是幸運。」他挖苦地說，「妳很幸運，我們兩個都很幸運。短時間內我們還不會打破良法。」我不去看他雙眼中赤裸裸的煎熬。「說到底，還得兩情相悅才算犯法。」

「很好。」我對著我的雙手說。

「對，很好！」他來回踱步，「妳對妖精的觀感如何，已經表達得很清楚了。現在別再害我心煩意亂了。」他要求，好像事情這麼簡單似的，「我需要思考。」

我的臉同時發燙又發冷，他說的話在我腦中縈繞不去。這一點也不像我幻想中的浪漫戀情，如果我哪天真的能談戀愛的話，天啊，我離萬劫不復到底有多近，如果我們對彼此的情感是互相的就好了……

但那會有什麼差別嗎？我再也不確定在家裡客廳中，我對風鴉的感覺到底是不是真的愛情，感覺的確很像。我從來沒有過類似的感受。但當時我其實根本不算認識他，就算在我狂熱的癡迷中，覺得好像已經彼此傾吐了好多年的心事。如果一個人對你來說只是個賞心悅目的幻影，真的就能這樣愛上他嗎？如果我有注意到他會因為一幅肖像就綁架我，我敢說我一定會改變心意。

但是——我的確對他有些感覺。那是什麼樣的感情呢？我小心翼翼對自己的情緒抽絲剝繭，彷彿想解開一個糾纏的結，不過仍舊沒有答案。我是不是喜歡上了他所代表的事物——桀驁不馴的秋風，以及終結永恆夏日的承諾？我只想要我的人生有所變化嗎？還是我想和他一起改變我的人生？

老實說，我不知道大家是怎麼察覺到自己戀愛了。有辦法從那千頭萬緒中抽出一條，然後說：「對——我戀愛了——這就是證據！」嗎？又或者這檔事往往和無數的「如果」、「可是」與「也許」糾葛不清？

噢，真是一團亂，我把我的臉埋進裙子裡哀嚎，我只確定一件事。如果我不搞清楚自己的想法，良法也不能替我作主。

風鴉的陰影落在我披垂的頭髮上，「妳的舉動真的很讓人分神。」他宣布，「我得快點拿定主意，不然我們就會被困在這裡過夜了。」

我隔著衣料說出口的回答聽起來糊糊的，「不管是什麼，都應該和工藝有關，這是我們唯一能指望可以轉移他們注意力的東西。」

直到這時候，我才領悟到風鴉根本就不知道該如何啟齒，他對工藝的意義一無所知。我透過髮幕偷瞧了他一眼，發現他就佇立在我旁邊，可想而知，一臉挫敗的樣子，咬緊牙關時，臉頰上的一束肌肉抽動著。

所以只能由我來解決了——我確信這樣做的結果應該對我們兩人都比較好。我在心中盤點我們的問題，像在畫布上點按顏料般整理：我在森林裡、風鴉的同伴，甚至還有他肖像所造成的難關，相關消息肯定已經傳到春季宮廷了。這時，有如混合出新顏色一般，我開始看見某個方案，不只令人滿意，或許還能說是天才至極。

「聽著，」我說，抬起頭來，「我有個主意。」

11

我的計畫需要一些討論，確定風鴉能說出幾句關鍵台詞，我們一邊走路一邊排練，他很高興整個故事聽起來的感覺。我則是雀躍不已，那感覺媲美剛談成了一個特別曲折而巧妙的幻咒，也堪比事先將一整個月份的畫布都拉好、裝框。我的世界再度恢復秩序，而我終於能對自己接下來的命運有某種程度的掌握了。更棒的是，有機會能彌補我無心造成的傷害。

「你真的覺得這樣能恢復你的名譽嗎？」我問，抬起裙子踏過一片垂著報春花的草坪。微風改變方向時，都會吹來不同的芬芳——我能辨認出其中一些氣味，剩下的我這輩子聞都沒聞過。

「事到如今，我想應該都於事無補了。」他回答，露出一個歪扭的微笑，「不過肖像的事……嗯，我想行得通。我很慶幸自己終於不再是妳詭計的受害者，妳比外表上看起來還壞心很多。」

儘管我很想忽略，離開綠意之井後，他說的每句話似乎都能隱約聽出他對我的情感。現在我知道該怎麼解讀他的表達方式，就能在他語調中聽見溫暖的讚賞。我們的心情或許放鬆了一點，但花香瀰漫的空氣卻充滿緊繃張力。我勉強大笑一聲，專注在步伐上，小心穿越那高挑又茂密的花朵。

「我才不壞心。我只是比較實際，但我猜妖精應該跟實際沾不上什麼邊。」

他皺眉，努力想分辨我剛剛是不是批評了他。

「你看，」我很快地說，藏起我樂滋滋的感覺，躡腳走到一顆青苔巨石邊，「這朵花跟我的手一樣大，不知道這些花為什麼可以長這麼大？」

我一彎腰摘下那朵花，一隻包裹在長褲裡的腿就出現在我身邊，布料是閃爍的絲綢，帶著玫粉色澤的灰色，然後另一隻穿著相同長褲的腿也緊接著出現。我嚇得往後跳，屁股著地跌落，剛好及時看見賈弗萊從巨石中間的裂隙現身。這很奇怪——因為我非常確定他不是從巨石的另一邊鑽過來的。不知為何，我誤打誤撞找到了一條妖精小徑的入口。

「午安，伊索貝。」他愉悅地說，拉直綁得一絲不苟的領巾，看見我坐在他面前的草地上，滿臉警戒，還拿著一朵報春花，似乎一點也不驚訝。

驚嚇的感覺退去後，我發現自己很開心能看見他，過去這幾天我無暇沉浸在想家的感覺中，現在卻像一輛失控的馬車般狠狠撞上我。好幾年來我和他在家裡客廳共度了不少時光，雖然他那雙淺藍色的眼睛沒透露出半絲真正的暖意，比起我離家後見到的其他事物，他的臉對我來說再熟悉不過了。

我差點大喊出他的名字，不過在最後一秒鐘阻止了自己，我和風鴉相處的這段時間以來，已經無禮到誇張的程度。

「賈弗萊，能見到你真是太好了。」我說，站起來屈膝行禮。「風鴉有通知你我們會來嗎？」如果有的話，那對我來說還真是個新聞。

他翩然鞠躬，然後責備地看了風鴉一眼，「我們親愛的風鴉何時將一般的禮節放在心上了呢？不，單純是我自己知道你們要來。在春王國裡，很少有什麼動靜能躲過我的注意——連摘了朵花我也知道。」

我罪惡地看著報春花。

「留著吧，」他鼓勵道，「就當作是來到我領土的歡迎禮。」

我消化他頗有蹊蹺的發言時，賈弗萊踏步經過我，繞著風鴉轉圈，他則抬起下巴，咬緊牙關讓賈弗萊打量。

我比較著他們倆，很自豪地發現風鴉高出幾吋，擁有凌亂的黑髮和奇特的眼睛，與賈弗萊粉嫩精緻的色調相較之下，兩人的差別就像白天與黑夜。雖然風鴉年紀比賈弗萊輕，在各方面來說卻都能與他平起平坐。

「你這身衣服，至少過時五十年了吧，」賈弗萊正這麼告訴他，「春季宮廷裡沒人穿黃銅鈕扣了啦，如果你堅持要留下來，我們得……」

不管他接下來說了什麼，或者風鴉又說了什麼回答，我都沒注意，因為我想通了賈弗萊說的話——**來到我領土的歡迎禮**。

我清清喉嚨，賈弗萊回過視線，「先生，你是春季宮廷的王子嗎？」我問。

他微笑，「呀，對啊，正是我本人！我一定跟妳提起過吧？」

「沒有，恐怕你沒提過。」

「我真是太糊塗了，我跟凡人相處時老忘東忘西的。我以為大家都知道了。」賈弗萊說話時，風鴉用高深莫測的表情緊盯著他，「嗯，別擔心，伊索貝，妳對我的禮數十分周到，我在妳家受到的招待，無非是王子專屬的禮遇。好了，在我又忘記另一個細節之前，妳能告訴我為什麼會在這座森林裡遊蕩嗎？而且還有個這麼優秀的同伴相陪？」

「其實——」我瞥了眼風鴉，很慶幸我們計畫好由他來解釋，因為賈弗萊的地位一揭曉之後，我就有點啞口無言，不知該說什麼。

「我們邊走邊討論吧。」他建議，綁緊長劍的腰帶，我感覺到他的動作似乎有點火大。我好奇他是不是把賈弗萊的批評給聽進心裡去了。他踏步穿越草坪，留下我們追上他的腳步。

「他是個奇特的傢伙，對不對？」賈弗萊說。

我怎麼可能在不洩漏任何事的情況下回答這個問題呢？於是只好說出我所能想到最平淡乏味的答覆，「大人，其實我覺得每個妖精都各有奇特之處。」

「噢，我真希望是這樣！但恐怕我們都是一樣的。」他給我的微笑有如春季融雪一樣幽微而冰冷。「大多數的妖精都是一樣的。對了，風鴉，你剛剛說到哪了？」

風鴉帶頭在前面走著，顯然厭倦了那些報春花，「如你所知，」他不耐煩地說，「伊索貝是目前幻息鎮最出色的工匠。她畫的肖像和我們在秋季宮廷中看過的那些截然不同。」

「我也是這麼聽說的。」賈弗萊回答，我得花費吃奶的力氣才不去看他，試著想衡量他的反應。

「我們兩人都很訝異，尤其是我。一開始我想這是惡意破壞，而伊索貝必須接受審判，但前往秋季宮廷的路上，我發現她沒有半點想傷害我的意圖。她只是在我臉上畫出了人類的情緒，而且技巧非常高明，卻不瞭解自己到底做了什麼。」這是真的──就某方面來說，「現在，伊索貝想要多發揮一點她新發現的工藝。」

「賈弗萊，是人類情緒耶，」我告訴他，隨著我們越走越遠，卻沒說溜嘴，我的自信心不禁膨脹起來，「你嘗試過了所有的工藝：蛋糕、瓷器、絲綢服裝、書和劍。我們做出的東西，都有一個古老的版本作為原型，但我覺得我想嘗試嶄新的創舉。我可以在你臉上畫出真正的快樂。讓其他人臉上出現驚奇、大笑、憤怒──甚至是哀傷的表情。風鴉告訴過我，你們妖精覺得這非常有趣。」

「所以我帶她來春季宮廷，她可以在這裡優先為最忠實的一群客戶示範。」風鴉煞有介事地說，「要是成果很令人滿意，我相信這樣的工藝值得給她一個豐厚的獎勵，我提議，如果伊索貝選擇接受，應該帶她前往綠意之井，作為報酬。」

我露出無辜的燦爛微笑。**前往綠意之井**而已。而不是**喝綠意之井的水**。

「嶄新的創舉。」賈弗萊用遙遠縹緲的聲音忖度，那瞬間，他看起來比外表的年齡衰老很多。充滿蜜香的空氣中，蜂群不再嗡嗡作響，鳴鳥也都噤聲。我和世界一起屏息以待。「對，對，這個主意太妙了，伊索貝、風鴉，我很高興可以接待你們。不管你們在春季宮廷待多久，想要什麼，都不必煩惱。」

我們到達春季宮廷的速度，比我想像中還快，我幾乎就這樣直接走進去，沒發現我們到了。我們四周環繞著比人的身高還寬的樺木，以不可思議的高度聳入雲霄，我拉長脖子，看見它們的枝幹和風鴉創造出的避難所一樣交織形成頂蓋，鳴鳥和珠寶般明亮的蜂鳥在其間飛舞。唯獨有一棵樹與眾不同：古老多節的山茱萸，開滿了花，巍峨佇立在鋪滿青苔的小丘上。它的形狀很奇怪，我納悶了一下，才恍然大悟那不是普通的樹木，而是王座。

我一領悟到這件事，四周的森林就幡然改變，空氣中充滿銀鈴般的笑聲，伴隨著亮閃閃的一朵煙霧，彷彿從茶壺裡逸散的水氣，錦緞椅子、絲綢枕頭與野餐毯在鮮花盛開的草坪上延展開來。先前不見蹤影的數十名、甚至數百名妖精以各不相同的慵懶程度看著我們靠近。我的膝蓋似乎溶成了一攤水，必須強迫自己繼續前進，我從沒在單獨一個地方看過這麼多妖精，更糟的是，他們盯著看的不是我們這群人，而是我這個人：超過一千年來第一個踏入春季宮廷的凡人。

我們靠近王座時，一個女孩從一張毯子上站起來——她剛剛似乎在喝茶，不過所有的茶杯都是空的——她蹦蹦跳跳衝向我們，燦金長髮在身後飄逸，好多層長春花藍紫色的禮服像海浪般起伏。她來到我們跟前，一把抓住我的雙手，把我嚇了一跳，她的皮膚很冷，像瓷器般無瑕。她如果是人類，我會猜測她約莫十四歲左右。

「噢，是凡人耶！賈弗萊，你帶了一個凡人來給我們呀！」她模仿著欣喜若狂的語氣說，露出的小小白牙像鯊魚齒一樣銳利。「我們一定要把她介紹給艾絲特，她一定會非常開心！妳要喝綠意之井的水嗎？」她把注意力轉向我，「拜託妳喝，拜託妳喝嘛！我們一定會成為最好的朋友。當然，如果妳不喝，我們還是可以當最好的朋友，但是妳很快就會死翹翹，這樣好可惜喔！」

賈弗萊的手輕放在她肩頭，「伊索貝，這是我的——」他搜尋著適當的用詞，「姪女。雲雀。請原諒她的興奮失態，這是她第一次見到凡人。我相信她會好好表現，把妳當成我們最尊寵的貴賓來接待。」這話顯然是說給雲雀聽的。

我對她行了個彆扭的屈膝禮，因為她還巴著我的雙手不放，不過顯然算是奏效了，眼見她放開手，屈膝回禮，我鬆了口氣，感覺剛剛手指浸在冰塊中，「雲雀，見到妳真好。」

「當然囉！」她說。

「至於風鴉，妳已經認識了。」賈弗萊愉快地說。

「你好啊，風鴉。」雲雀說，目光卻從沒離開過我的臉龐，「你能再變成一隻野兔，讓我追著你跑嗎？」

風鴉哈哈大笑，「那是小孩子的遊戲了，雲雀，妳現在是個年輕小姐了。」

「你真的很無趣。可憐的伊索貝，她跟你在一起肯定無聊透了。我可以幫她換新衣服嗎？」她問賈弗萊，而賈弗萊臉上的微笑已經開始僵硬了。

「親愛的，再等一下。現在，我和伊索貝要討論她的工藝。妳何不去王座邊坐好，思考一下想讓她穿什麼裙子呢？記得，她沒辦法用幻術，所以一定要是**新**裙子才行。」他別具深意地低下頭。

「噢，好吧！」她在王座邊頹然坐下，悲劇地倒在一團藍色雪紡紗中。

「好了。」賈弗萊說，優雅地在山茱萸平坦的枝幹上坐好，「我們要幫妳準備什麼，才能讓妳製作工藝品呢？恐怕我們沒有妳客廳裡那些材料。我可以派人去幻息鎮拿補給品，但是我的宮廷目前正忙著準備化裝舞會，可能要好一會兒才能送到。」

我克制不要偷瞧附近的妖精，除了齧咬奶油麵包之外，似乎沒有人在做其他有用的事。

「大人，容我想想。」有什麼我可以用的材料呢？「首先，我需要畫布或紙張的替代品。也許能用樹皮，要薄一點、顏色淡一點的，而且必須堅固耐用，但彈性也要夠，延展開來時不會破掉。樺樹的樹皮應該會很好用，這裡看起來也有足夠的樺樹。」是我的想像，還是構成賈弗萊王座的樹枝移動了一下，彷彿山茱萸覺得受到了冒犯，「我覺得我可以自己去採集自然顏料，我小時候常常這樣做。」

「太棒了。」他說，用一隻跟蜘蛛腳一樣修長的手指點點嘴脣，「是不是還要準備一張椅子，還有一個讓妳放樹皮的架子？」

「聽起來很不錯，先生。」該拿什麼當畫筆或筆刷，我毫無頭緒，但我會想出辦法的，必要的時候，也可以用手指，「因為材料不同，肖像和我之前的創作會有差異，也無法長久保存，但如果你們很滿意作品，我很樂意用油彩再畫一次，也就是說用我原本的方法。」我補了一句，怕他聽不懂。

「**現在**我可以打扮她了嗎？」坐在地上的雲雀問，她仍然頹然倒坐在一堆衣物中，模樣可憐兮兮。

賈弗萊對我揚起眉毛。

「呃，」我說，「我想可以了，雖然我應該——」

「妳一定要每件都試試看！」雲雀呼喊，冰冷的手像鉗子般掐住我的手腕，在我意識到之前，她就已經拖著我走過一邊野餐、一邊呵呵大笑的妖精，逃跑的機會十分渺茫。我轉頭瞥望風鴉，他正專注地看著我離開，我安慰自己，不出多久，他就會找到藉口來確認我沒被上個世紀流行的絲綢馬甲給勒到窒息。

雲雀拉著我穿過其中一棵巨大樺樹，粗大的藤蔓像螺旋梯一樣圍繞樹幹往上，她毫不猶豫就踏上這看起來不太可靠的階梯，將我拉在身後。我們繼續越爬越高，地上的妖精已經縮成玩具士兵的大小了。我發現如果我全神貫注，注意多節樹幹上的踏腳處，而且不要往下看，同時用空出來的手緊抓著樹皮的話，就能克制往雲雀的一身雪紡紗嘔吐的衝動。一路上，她開心地對我絮絮叨叨，似乎沒注意我沒回答過半次。

爬到頂時，我們來到一座枝葉繁茂的迷宮中，我覺得有點像樹籬迷宮，不過這裡的樹籬卻是柳條般的白色樹枝交錯成的拱形，綴滿淺綠色的葉子。地面踏上去有點彈性，不過還算穩固，如果我不知道這裡離地面有多高，應該就能放心踩上去。各種工藝品沿著走道散落，搖搖欲墜的傢俱、靠枕、書籍、畫作和瓷器堆疊成牆，翻過來的椅腳上垂掛著珠寶，蜘蛛在地圖和青銅衣帽架之間織出閃亮的細網。

「這裡！」雲雀大喊，拉我轉身沿著另一條走廊走下去，力道簡直能讓我的肩膀脫臼，我跟在她身後狂奔，必須偶爾停下來，才能躡足越過狹窄的走道，並懷疑在途中不小心讓好幾隻蜘蛛無家可歸。

她說：「我把裙子都收在鳥洞裡，我們會幫自己的每個房間取名，雖然不一定是真的房間，凡人就是這樣做的。」

「噢，好棒唷。」我頭暈目眩地回答，滿心害怕。

結果，聽起來很不祥的「鳥洞」和迷宮其他地區看起來差不多，只不過這裡是從一條走道往外突出的一座圓頂房間，裡頭有一隻鳴鳥，我們進去時，牠就爆出一連串樂音，然後飛走了。開花的藤蔓像簾幕般覆蓋了遙遠那頭的牆壁，雲雀終於放開我飽受虐待的手腕，鑽進藤蔓裡，整個人只剩腰部以上看得見。

「來。」她說，手穿過簾幕，把一堆雪紡紗塞進我懷中，「把妳那件又舊又無聊的棕色裙子脫了，換穿這件。妳太矮了，所以裙襬可能會太長，但是妳可以把它變短對不對？然後之後再改回來？」

我花了點時間才想通她的意思。「很可惜，妳說的那種工藝我不太在行，我會一點點縫紉，修補裂縫之類的，但我不是裁縫師。」

雲雀直起身，大惑不解地盯著我看，她那雙藍色大眼分得很開，令她看上去像隻打破砂鍋問到底的麻雀，如果不是生著一口利牙，我可能會覺得她的樣貌很迷人。

我試著這樣說：「有些妖精的魔力也各不相同，對不對？有些魔法，只有一個妖精會，或者只有妳的一小群族人會，比方說，風鴉可以變幻形體。」

「對！」她驚呼，「就像賈弗萊在事情發生之前就能先知道一樣。」

我將這個資訊擺到一邊，留待之後再細想。「嗯，凡人和工藝也是這樣。我的專長是繪製每個人的面孔，我也會一點食物的工藝，但對服裝就不拿手了，對各種武器則是一竅不通。」

「反正誰需要武器！如果我是凡人，會想要擁有製作衣服的工藝。妳可不可以快點穿上那件裙子？」

我陰鬱地看著粉紅色的布料，「好吧。幫我拿著好嗎？我準備一下。」我把裙子遞回給她，脫下身上的裙子。因為沒有更好的地方可以放，只好鋪在地上，然後我在雲雀的「幫忙」下，掙扎著穿上新裙子，她很沒必要地又戳又捅，這期間我不斷想著藏在口袋裡的鐵戒指。懊悔自己沒事先想到要藏在褲襪中。

「妳看起來好多了。」換裝完後，她說，「只是粉紅色跟妳不太搭。脫掉！」她又在衣櫃中埋頭翻找。

我從層層疊疊的布料中踏出時，牆壁那裡傳來一陣窸窣聲，我轉身看見一隻烏鴉從樹枝間把鳥喙探進來，牠左右歪著頭，啄著樹葉，把葉片都扯掉，為自己清出空間，還斜著一邊嚴格的紫眼看往我們的方向。我全身都放鬆下來，卻也不自在地意識到自己正穿著內衣褲站在那裡，我倏地伸出雙臂抱在胸前，這時風鴉剛好把整顆頭給鑽了進來。牠半邊身體卡在牆壁裡，喉嚨裡發出不悅的咕嚕聲。

我無法克制，不禁大笑，實在無法在一隻鳥面前扭捏太久。

「好了，別動。」我告訴他，過去把手滑進他羽毛旁邊，把樹枝拉開，他拍著翅膀停在地上，高傲地昂首闊步，走向房間那頭，拉拉雲雀的裙子。

「別拉！」她說，「我在忙，我不會把她弄壞的，我保證。」

我和風鴉交換了一個眼神，她剛剛給出了承諾，無論真心與否，我都得懷疑她諾言的可信度，因為她怎麼可能了解把凡人弄壞的確切方式呢？

她旋身，「這件。」她的臉閃爍著滿意的光芒。

噢，天啊，是芙絲與梅斯特縫製的服裝，我不情願地接過，大概就跟接過女王的鑽石項鍊一樣不情願，然後雙膝併攏，拿著裙子貼緊身體，滿腦子都是風鴉就站在幾呎之外的念頭，「雲雀，我不確定穿這件好不好。換裝完後，我得在森林裡跋涉尋找莓果，我很不想毀了裙子。」

「妳為什麼要擔心這個呢？」

「嗯，因為如果毀掉了，賈弗萊不會因為必須更換一件而生氣嗎？」

「妳好笨喔，看好！」她從藤蔓中拿出另一件裙子，我不由自主往後退縮，看來它很久之前是一件結婚禮服，不過曾經潔白的布料現在髒污發灰，到處都是蟲蛀的小洞。腰間垂下的緞帶爛得很嚴重，雲雀拉開時，其中一條還斷了。但裙子一碰到她的身體，就有新的雪白綢緞滾滾展開。蕾絲如花朵綻放般恢復原狀，緞帶也一圈圈旋轉垂落到她腳趾邊，彷彿那件禮服才剛縫製好，沒有一絲腐敗的痕跡。

雲雀看見我的表情，尖聲大笑，露出每顆銳利的牙齒，不過又忽然停止大笑，像是音樂盒忽然蓋上了盒蓋。

「他說要我給妳找件新的，就是這個意思。」她解釋，「不過我們只能讓它們回復成當初做好時的模樣。所以如果我想要，也不能改變它的形狀，或者添加任何東西。」她上下打量我，我看得出她又要問起我的縫紉技巧了，所以我趁她來得及開口前，趕快換上了芙絲與梅斯特的禮服。

它是美麗的鼠尾草綠綢緞，胸衣用銀絲繡著小巧的鳴鳥，奶油色絲綢緞帶凸顯略高的腰線，而下方則是另外一層透明薄紗，輕覆綠色的底裙。我感覺自己輕飄飄又閃閃發光，像蜻蜓翅膀。平常，我就算穿只比得上這禮服一半精緻的裙子，裡頭也一定會再搭一件襯裙，柔亮的布料覆蓋住裸露雙腿的感覺很陌生，觸感絲滑細緻，堪比流水，搭配我裙襬下方突出的那雙破爛皮革短靴實在非常突兀，不過那是我在穿著上不可能妥協的一部分，我無法預料什麼時候必須拔腿逃跑。

「穿去摘莓果最適合了。」我虛弱地開玩笑說。

「那你呢？」雲雀質問風鴉，他正歪著頭看我。我雙頰溫熱，抵抗著想再度在胸前交叉雙臂的衝動，儘管沒什麼好藏的，「賈弗萊把你那身可怕的秋境服裝換掉了嗎？」

風颸過鳥洞，風鴉在我們旁邊現形，滿頭亂髮，看起來很生氣，「對，那是他要求的第一件事，一點都不意外。不過這顏色和我一點都不搭。」

「別掃興了！黑色或棕色或你身上原來穿的各種顏色，和任何人都不搭，我覺得你現在這個打扮，看起來體面得很。」

「穿著品味這方面，我們就互相尊重吧，」他威嚴地回答，「而且，那才不是棕色，是古銅色。」

「古銅色！」她重複說，又發出另一聲尖笑，雖然我聽不出到底是哪裡好笑。

平心而論，風鴉就算披著一件床單走來走去，看起來還是很英俊。不過他穿著自己的衣服的確是好看多了——賈弗萊替他找的那件蕨綠色外衣和他的黑髮並不相襯，肩膀處也太緊了，而那條多災多難的領巾，看得出來他不斷伸手去抓，我猜它大概不久於世了，但也挖苦地想到，至少我們兩人穿著相配的顏色。

「妳們兩個好了沒？他們叫我在伊索貝打扮好之後就帶她下去，當然了，妳可以幫忙把她介紹給宮裡的人。」他對開始噘起嘴的雲雀補上一句。

「噢，太好了！」她抓住他的手臂。

風鴉意味深長地抬起一邊手肘，我微笑搖頭，「我們手勾手是不可能穿越這些走廊的。我一定會跌在衣帽架上，把自己捅出一個大窟窿。」

「照做就對了，伊索貝，」雲雀大喊，「我們沒有要走**那個**方向。」

不然還有哪個方向？想必我一定要經歷另一樁妖精怪事了，我抓住風鴉伸出的手臂，觀察到自己的手掌和手腕在他衣袖上看起來有多精巧，不禁承認妖精變得這麼愛慕虛榮，穿著芙絲與梅斯特的禮服，喋喋不休討論哪種顏色在他們身上看起來最出色，多少可以理解。

風鴉低頭看我，眼神裡的情緒一覽無遺。

他真的愛上我了。我心想，心臟像隻驚嚇的鹿一般往前一跳，在他眼中看見坦承的愛意，和聽見他大聲宣告不一樣，如果可以，這是能讓時間凍結的眼神。同時柔軟又銳利，某種痛苦的溫柔，以憂傷為輪廓，那是已經心碎之人的赤裸證明。我穿著蜻蜓翅膀般的裙子，挽著他的臂膀，他知道我們相處的時間已經所剩不多。

我體內好像有一千雙翅膀在拍動，我追逐它們，想讓它們安靜下來，把它們塞在無法造成傷害的地方，然而我卻像站在一場蝶翼漩渦的正中央，想用手抓住每一隻蝴蝶，卻注定徒勞無功。我越來越注意到風鴉的皮膚透過絲綢外套傳來的熱力，我的手開始微微顫抖。

他在雲雀面前什麼也不能說，但也什麼也不用說，我從他眼中的倒影看見了我必須知道的一切。

我的感覺是什麼？我怎麼能確定呢？

我們是不可能相愛的。我強迫自己面對，如果我容許這樣的情感自由奔放，就只有兩種選擇：喝下綠意之井的井水，或者害死我們兩個人。這兩者我都不能允許。我比我的情感更堅強。就算我有一千條命，也絕對不會因為愛情而毀了自己或是對方的生活。我胸裡有一場風暴正匯聚成形，蝴蝶紛紛虛弱地墜落在地。

風鴉銳利地抽了一口氣，望向一邊。

根據我大腦的判斷，我做了正確的事，但他避開視線後，我的心在空虛之中裂出一個黑暗的開口，我好奇我的大腦和心什麼時候才能和解，又或者我剛對自己下了詛咒，接下來好幾年都必須一次次回想剛剛的那瞬間，半信這就是我唯一的選擇，也半疑著**如果**呢？然後滿心充滿苦澀的後悔。

鳥洞發出嘎吱聲，地板在我腳下顫動，構成牆壁的柳枝開始像織布機上的絲線般往外交纏、相織、傾瀉、低垂。我的反射動作是一把抓住風鴉的手臂。我們四周的房間開始轉變，一個慌張的念頭攫住我：在我和風鴉親暱的那瞬間，是否終究還是違反了良法？

12

柳條地板從我的腳尖開始往下傾斜，每間隔一小段就有纖細的樺樹枝從地面向上生長，與新成形的階梯會合，在梯級上下搭成優雅的拱形，枝椏也散開成為欄杆。

幾秒鐘的時間內，我就站在一道寬闊、綿延的階梯上方，比任何皇宮裡的階梯都還要壯觀，往下綿延了超過五層樓的高度。一大群妖精聚集在階梯盡頭，在開闊的草坪上圍成半圓，我想接下來我們便是要步下樓梯走到那裡。賈弗萊跪在半圓形中央，正在查看他食指的指尖，默默舉到唇邊把血吸掉。看來，他只用了一小滴血，就召喚出了眼前的這一切。

我的脈搏跟著踉蹌加速，雖然我最深沉的恐懼還沒實現，但現在我對「最深沉的恐懼」多了各種不同的想像。這裡聚集的妖精甚至比先前在草地上時更多，雖然我身旁的風鴉看上去威風凜凜，他們來這裡真正想看的人其實是我，他們的裝扮完美無瑕，身穿春天花園裡會有的細緻粉紅、綠、藍和黃色調，以華麗的銀色刺繡和珍珠母貝鈕扣妝點，再搭配和他們長生不死的眼睛一樣閃亮的珠寶首飾。我知道就算我在之中轉來轉去好幾個小時，也找不到一根有缺口的指甲或是凌亂的髮絲，我也知道他們每個人都能輕鬆寫意地把我殺了，舉手之勞，有如失手掉落一個茶杯。

賈弗萊對我們微微低頭。

踏出一隻腳，再踏出另一隻。就這麼簡單。然而走下台階的過程似乎不僅幾秒鐘，而是長達好幾分鐘，眾妖精在全然的靜默中等待，唯一的聲音是我禮服的裙襬拖曳過身後梯級時發出的沙沙聲。隨著我們走近，那一大群形形色色的妖精也更加不自然。僅有一兩名妖精在場時，那樣的完美無瑕只讓我微微困擾，現在眼前有這麼多妖精，就放大成一種恐懼感，好像有一整群活生生的人偶正盯著我看。

我的第一隻腳碰觸到青草時，一陣由大笑、嘆息和輕語交織的悅耳交談聲在群眾裡往外擴散。相見歡就此開始。

賈弗萊轉身，前排的妖精開始推推擠擠，一個有著迷人榛果棕雙眼的女子勝出，她戴好歪掉的帽子，臉上掛著女王般的笑容，邁上前把手放進賈弗萊的手中。她身穿一件丁香紫禮服，蕾絲高領緊掐著她修長的脖子，她外貌幻術的破綻：稜角鋒利到不自然的顴骨，要比其他妖精的破綻來得不顯眼。和在場的許多妖精一樣，她擁有白皙的皮膚，這是春季宮廷的共同特色，秋季和夏季宮廷的妖精則有各種色澤的膚色，像風鴉，從陽光金、橡實棕到赭土的暗紅色都有。

「伊索貝，這是毛地黃。」賈弗萊說，我深深蹲低行禮，「毛地黃，這是伊索貝，雖然妳已經聽過她的大名了。」她也屈膝回禮。

我也知道她的大名。偷走芙絲太太的母音的，正是此妖。她從沒拜訪過我，我一直覺得自己很幸運。

「妳能來，我好興奮喔。」她說，傾身靠近，鼻息搔著我的頭髮，聞起來有甜美的花香，掩蓋住某種濃烈而致命的香料基調，「自從妳的作品開始在妖精宮廷上出現後，我就一直注意著，妳在這裡的時候，能替我畫一幅肖像那就太棒了。」

我的下巴已經因為微笑而開始疼痛，而這場酷刑不過才剛開始而已。「謝謝，這是我的榮幸。」

「妳真討人喜歡。」她回答，眼神飢渴。

妖精紛紛上前，永無止境。很快地，我的膝蓋就因為屈膝行禮而發出嘎吱聲，客套話也麻痺了我的大腦，這段時間，我和風鴉像陌生人一樣並肩站著，視線從沒交會過。很多來打招呼的妖精都是我目前或者曾經的客戶，例如燕尾，他對過去委託我畫的幾幅肖像高談闊論，隊伍後方的其他妖精嫉妒地在他肩膀後探頭探腦。他們所有人都熟知我的工藝。

午後時光緩慢前進，我越來越不耐煩，我需要趕在黃昏前收集好材料，更重要的是，我必須把目前的情況告訴艾瑪——寫在信裡——現在我終於有機會寫了。如果賈弗萊能在準備茶宴的百忙之中派出妖精信差，那口頭傳遞的消息只會害艾瑪煎熬到天亮，試著想搞清楚我實際上是不是死了或受傷了，而他們只是想出了一個扭曲的花招來掩飾。

所以我很不專心，盤算著我該如何在時機太遲之前逃脫，這時賈弗萊拉來另一個妖精，介紹她的名字是艾絲特。

「我想妳認識我們的艾絲特，應該會特別開心。」他說，語調多了一份熱情，「她曾經是凡人，跟妳一樣，後來喝了綠意之井的水。艾絲特，那是什麼時候的事呢？」

「一定是好幾個世紀以前了——雖然感覺像昨天剛發生的事。」她用虛無縹緲的輕柔嗓音說，像是微風拂過的柳枝。

我忽然間回過神，如果我原先不知道，絕對無法看出艾絲特和其他妖精有什麼不同，她或許矮了一些，但不到醒目的程度。她及腰的波浪黑髮間編著花朵，襯托得肌膚特別蒼白，也凸顯了她幻術的破綻：她消瘦得不成人形。鎖骨和肋骨從她禮服的胸線上方凸出來，他的肩膀看起來和鳥兒的骨頭一樣脆弱，她凝望著我的棕眼顏色快要和我的眼珠一樣深。

我們互相屈膝行禮，「很榮幸見到妳，艾絲特，我希望自己有天能喝下綠意之井的井水。」在這種時候，可以說謊的能力不僅實用，還是生存必備技巧。「妳覺得當妖精怎麼樣呢？」

她給我一抹閃爍的微笑，笑意並未擴及她臉孔的其他部分，「跟妳說喔，很美好，需要煩惱的事情好少，這些日子我幾乎無憂無慮了，我記得生病的感覺，或者我曾經能感受到疼痛，現在就……減少了很多。」她的微笑淡去，然後又出現了。

「聽起來好棒。」我注意到每個人都在看我，努力維持臉上的表情不要出現變化，「跟幻息鎮比起來，森林好美喔。」

「是啊，」她說，「沒錯。」

「妳以前是工藝大師嗎？」我詢問。

一抹微笑點亮她的臉，如同燧石迸發的火光，「我是！當然囉，一定要先成為工藝大師，才有機會喝綠意之井的水。這個嘛——」她開始支支吾吾，很慘，「話說，我好像忘了工藝的名字。哈哈！好奇怪！」

我起了雞皮疙瘩，一隻長了千百隻腳的昆蟲從我的頭皮一路竄到腳趾，我滿心希望其他妖精不要看到我的寒毛豎起來，「也許妳可以描述給我聽，」我建議，「我來幫妳想是叫什麼。」

「嗯，我製造出字。我幫書本製造文字，講的是沒有真實發生過的事情。很奇怪對不對？我以前會做喔！」

「妳是作家。」我說。

她的瞳孔吞噬了眼珠，有一拍心跳的瞬間，我很害怕她要撲到我身上，把我的喉嚨咬斷，然後我看見她雙手緊緊握拳，抓著裙子的布料，緊繃的關節泛白，手指好像快斷了，「對，就是那個。我是作家。哈哈！作家耶！我好蠢——的確有時候會忘記這些事。我們偶爾都會健忘一下。」

「對啊，沒錯。」我努力保持語調平穩，「能不能告訴我，妳喝下綠意之井的井水前，是否也有幸造訪春季宮廷呢？」

「噢，沒有。」她說，「如果有機會的話，一定很精彩。我是變成妖精之後才來的。」

艾絲特做決定之前，見過幾個妖精？她對抉擇的後果有多瞭解？我無法在不惹人起疑的情況下繼續問下去，不過在我看來，她當初似乎不明白這會對她造成什麼影響，沒有徹底想明白，和幻息鎮的每個人一樣。

「我懂了。」我回來，「很榮幸認識妳，艾絲特。」

「我好高興我們有機會說上話，真希望妳能跟隨我的腳步，有妳在春季宮廷就太好了，非常好。」她的手指抓緊又放鬆，「也許妳回到幻息之前，我們能再聊聊天，這樣妳就能再提醒我那個詞是什麼，噢，我這麼健忘也太有趣了。」

她離開時，我的笑容像是雕刻在臉上的，風鴉在我身旁動了一下，但我不敢看他，我全身涼入骨髓，耳中響起大狩獵獵犬令人膽寒的嚎叫聲，我看見毒芹蒼白的臉和大眼融入黑暗中，想起我畫過的每名妖精，都藏著某種渴望，撕開了有禮而冰冷的微笑顯現出來。我們怎麼會欣賞妖精？怎麼會希望能變成他們？

「賈弗萊，」風鴉雀躍地說，「我想伊索貝今天夠累了，你知道凡人是什麼德性，站個一兩小時，就累癱倒地了。如果我們明天想看見她的工藝，她就得保留體力去——嗯，做她今天晚上必須做的事。」他這麼說的同時，我雖然沒看他，卻聽得出那抹迷人的似笑非笑。

「哎呀，我們絕對不能攪擾了她的工藝！」賈弗萊提高音量，「宮廷的女士先生們，你們只能稍安勿躁了。我們晚餐後再聚。」

不悅的呼喊聲淹沒了我，再來是低聲咕噥的交談聲，我麻木地抓住風鴉的手臂，讓他帶著我走到階梯底端，雲雀在我們身後蹦蹦跳跳，對她的朋友揮手，他們用厭惡的怒容目送我們離去，據我所見，雲雀十分樂在其中。

「現在我們可以霸佔妳了。」她說，過來勾住我另外一邊手臂，風鴉苦笑，努力藏起挫敗的神情，有雲雀在，他沒辦法暢所欲言，不過也正因為這個理由，我慶幸有她的陪伴。我們如果獨處太久，一定會有人起疑。

我對他點點頭，希望這能告訴他所有我想說的事：我沒事，很感激他出手干預。但是沒讓他看起來快樂多少。

雲雀來回擺盪著手臂，「伊索貝，妳怎麼這麼安靜啊！妳一定累壞了。那是什麼感覺啊？」

「什麼是什麼感覺？」

「當然是指疲憊的感覺啊。」

就算和妖精相處了這麼多年，他們仍然有能力讓我大吃一驚，「大概會讓妳想坐下，或者想睡覺，想做任何不用移動或者思考的事情。」

「就像喝了太多葡萄酒一樣。」雲雀理解地說。

我揚起眉毛，想到賈弗萊如果是人類的話，應該要有人跟他好好談談這件事，「對，但少了好的那個部分。還有，嗯，其實也少了喝酒大多數的壞處。」我加上一句，想起我第一次，也是最後一次試喝艾瑪的假日白蘭地的經驗。

雲雀直直對著我的耳朵驚叫，「這一點道理也沒有。」她鎮定下來之後說，「我們現在該怎麼辦？拜託不要睡午覺，那好無聊喔。」

「不會，我想開始收集做顏料的素材了，你們兩個可以幫忙嗎？」我斜眼瞥了瞥風鴉，「還是這種雜事配不上王子？」

最後，他終於露出微笑——這次是真正的笑容，還有酒窩什麼的。「一般來說我會拒絕，但我覺得我不能錯過把賈弗萊的可怕衣服弄得髒兮兮的機會。對雲雀來說可能不重要，但對他來說肯定不一樣。所以，就告訴我們該找什麼吧，我們來幫妳。」

他們帶我離開大廳一段距離，我已經將那裡視為春季宮廷的王座大廳了。我們來到看起來像是正常森林的地方，然後我坐在一截斷掉的樹幹上，將需要的東西描述給他們聽：藍莓、黑莓、接骨木莓、桑椹——各種他們找得到的莓果。做黃色顏料用的野洋蔥和蘋果樹皮，做棕色顏料用的胡桃殼，至於黑色，我就用煤渣。

「蛋是做什麼用的？」風鴉高傲地問，挺直身體俯視著我。

「我需要東西把顏料變成油彩。通常是用亞麻仁油或穗花薰衣草，不過蛋白是另一種可用的替代品。」看見他的表情，我趕緊加上：「好啦，不要拿烏鴉蛋就對了。噢，還有記得找新鮮的——我不想要有小雞跳出來。」

「我可以幫妳把牠們吃掉。」雲雀向我保證，一副端莊淑女樣。

「妳一定可以和我那兩個妹妹處得很好……算了。」天啊，我怎麼能在這裡逍遙自在，留下我的家人在家哭等，以為我死了或者發生了更糟糕的事？風鴉瞄了我一眼，幸好雲雀沒察覺到什麼異狀。

「我們來比誰比較快找到！」她大喊，然後就消失了，附近一叢灌木的葉子微微顫動，好像有東西剛好以高速衝過去。

「伊索貝，」風鴉輕聲說，「妳和艾絲特說話的時候——」

雲雀的聲音從遠方傳來，「快點！」

他猶豫，天人交戰，我四下張望，確認這裡只有我們兩個人之後，握住他的手，他立刻低頭看著我們交纏的手指，彷彿那裡頭有宇宙的奧祕。

「去吧。」我說，「這個計畫是我想出來的，記得嗎？現在我需要你的幫忙。」

他臉上出現糾結的神情，但是雲雀又出聲叫他，他這次就沒再逗留。

那天晚上，妖精聚在一起觀看我準備工藝的必需品。我們在相同一塊空地預備，這樣才不用來來回回奔波，過不了多久，整個宮廷的妖精都來了。我每每轉過身去，就有看起來更加空靈的爵爺和仕女憑空出現，令人心神不寧。他們著迷地望著我在扁平的石頭上研磨莓果、貝殼和樹皮，然後把它們刮到幾個雲雀從迷宮裡拿來的瓷碗和茶杯裡。我敲開一顆小巧的鳴鳥蛋，用手指把蛋白撈出來，拿小細枝把蛋白和顏料混在一起。附近有一堆營火的樹枝正在劈啪作響，翻動著，製造出我收集煤渣需要的燒焦木頭。

顏料很昂貴，在獲得妖精資助之前，我只用炭筆，以及任何我能自己製作的顏料。我工作時，小時候實驗調色的回憶紛紛湧現。黑莓是最深邃、豐富的紅色，接骨木莓乾掉時，會有種土黃色澤。桑椹和胡桃殼混在一起時，會產生一種濃淡適中的漂亮棕色，泛著葡萄紫底色。藍莓一開始會呈現粉紅色，放置了一天後，便慢慢變幻成靛色。也許，很諷刺的，綠色是最難從大自然取材調配出來的顏色——我需要拿洋蔥皮和蘋果樹皮煮出來的黃色實驗一下，看看和藍色顏料混合後是什麼樣子。

終於，我把火堆裡的燒焦木頭全都壓碎了。「我應該完工了。」我說，本來是在跟風鴉和雲雀說話，最後卻發現整群圍繞著我的妖精都在聽我說話。

「太棒了。」賈弗萊宣布，彷彿我是皇家鍊金術師，正在把鉛變成黃金。我坐在那邊抬頭看他，手指沾滿黏黏的蛋白，他拿了一小方剝下來的樺樹皮給我，我在地上擦擦手，然後才接過樹皮。

「謝謝你。」我說，「這看起來很適合，我能不能請你幫一個忙？」

賈弗萊頷首，「我的確答應過，你們想要什麼，都不必煩惱。」

「如果我寫一封信給我在幻息鎮的家人，能不能幫我送到？如果可以幫我安排，用鳥捎信也可以。能盡早送到就太好了。」我匆匆加上一句，意識到如果沒說清楚，那封信可能會在一百年之後，才遲遲送達我們廢棄、傾圮的小屋前門。

「沒問題。我保證，妳的信會在兩天後的日出前送到妳家裡。」

「送到我阿姨艾瑪手中嗎？」我繼續問，察覺到另一個漏洞。

他會心一笑，「什麼細節都不放過。我保證會把信直接送到艾瑪手中。話說，我承認我從沒有過這個好運氣，能目睹寫字工藝！」然後他交叉雙腿，在我身旁看著。

「噢，呃，我很高興能夠示範。」我回答，試著忽略他的專注。他盯著我手中的樹皮，好像我即將要一揮手，將它變成一隻鴿子。我伸手拿煤渣碗，但中途停了下來，卻想起了什麼，一顆心往下沉，「我沒有可以用來寫字的東西。」我大聲對自己說，四下找尋。

風吹亂我的髮絲，風鴉變成的黑鳥跳上我旁邊那截斷掉的樹幹，扭著頭梳理尾羽，就在我正要噓他走開時，他咬住最長的一根羽毛，從身體上拔下來，彬彬有禮又泰然自若地把羽毛遞給我。摸起來還很溫暖，半透明羽毛莖管的底端有一小顆琥珀色血珠。

我在手中轉著羽毛，指尖滑過絲柔的邊緣，為自己多爭取一點時間。不知道為什麼，他這個舉動讓我感動至極。明明他還有很多根羽毛，只要瞬間就能長回來。我再也拖延不下去時，清清喉嚨，在地上點點筆尖，把血跡清乾淨。

這可能是個錯誤。

那瞬間，青草爆開來，一株樹苗從野花間冒出，迅速往上伸展成一棵年輕的樹，樹枝像舞台道具一樣散開。鮮豔的紅色樹葉一叢叢往外綻放，枝葉在春季宮廷的空地上往外擴展，有點魯莽，我忽然發現這就是風鴉的個人風格。

「小心啊！」賈弗萊驚呼，「我絕不允許你醜化我的宮廷，風鴉，這實在太難看了。」

風鴉張開翅膀，發出一連串挑釁的嘎嘎叫。我藏住臉上的一抹微笑。

「謝謝。」我輕聲對他說，以兩指指尖滾動著我的羽毛莖桿。

我一用濕煤渣開始寫起字來，賈弗萊很快就忘了剛才的冒犯之舉，妖精也許無法寫字，但閱讀倒是沒問題，所以我得小心我透露了哪些事。

親愛的艾瑪、三月和五月，我寫道，我很安全，也平安。一想到我失蹤會害妳們多麼驚慌，我就好難過。真相是，我踏上一段意想不到的冒險旅程。我知道艾瑪會理解我對「冒險」的感覺——而且在這之前沒機會寫信給妳們。目前，我正在向春季宮廷展示我的工藝。是秋王子風鴉帶我來的，他出其不意地將我帶走，我很期待再次看到妳們。滿心的愛，伊索貝。

這封信帶給艾瑪的疑問會比答案更多，但是在那塊小樹皮上，已經沒位置可寫了，所以也只能這樣，我等著筆跡乾掉，然後交給賈弗萊。

他拿著信紙湊近臉龐，以淡漠的著迷細細打量。「這麼簡單的小動作。」他終於開口說，「但是，妳知不知道，如果有妖精企圖模仿妳剛剛做的事，就會化為一堆灰燼？」

「是的，我——有聽說過。」

賈弗萊蒼白的目光往我身上一閃，「別誤會了，要享有力量、美麗與永生，這只算得上渺小的代價，不過還是令人好奇，對吧？為什麼比起其他的一切，我們最渴望能摧毀我們的力量呢？」

「工藝不會傷害你們。」我指出，「你們每天穿上身、吃下肚，卻都不會有任何後果。」

「啊，沒錯，但還是一樣。」他擠出淡淡的微笑，「有些後果是看不見的。有一天，妳可能會發現，工藝具有能毀滅我們一族的力量，而且是妳無法想像的。聽起來很令人沮喪，對不對？恕我直言了。」他對我眨眨眼，然後一拍雙手站起身。

這時我才發現信不見了，在我察覺之前就從他掌握中消失了，我提醒自己，他承諾過了，想擺脫我們對話後殘留的那股古怪的不安。艾瑪很快就會讀到信，也仍然會為我提心吊膽，不過至少不會以為我死了。

「誰想幫伊索貝把工藝材料運送到王座邊？」賈弗萊問，彷彿是鼓勵一群學校裡的小朋友。一群咯咯輕笑的妖精立刻包圍我，紛紛拿起碗來觀察。一開始，我很擔心他們會攪亂我的顏料，不過一看到他們拿著容器的樣子，疑慮立刻煙消雲散，捧在他們手裡的彷彿是有魔法的高腳杯，如果一掉在地上，就會爆炸，或者把旁邊的人都變成石頭。顯然，風鴉覺得自己幫的忙已經夠多了，因為我站起來的時候，他就拍翅來到我肩膀上，好像我允許他停在那裡似的，他坐在我肩頭，昂著鳥喙睥睨著每個人。

我們列隊走回去，好像是從織錦畫裡走出來的隊伍——我走在最前端，穿著薄紗禮服，肩上搭載著一名偽裝成動物的王子，身後跟著一大群妖精，夕陽讓每樣事物都閃閃發亮，就連被打攪的野花間冒出的昆蟲看起來都像懸浮在空中的小金點。

一行人來到王座大廳時，明顯看得出我離開時，這裡費了一番工夫布置，通往王座的那條兩排都是樺樹的道路上擺了一張長桌，鋪著白色桌布，中央披垂下刺繡地毯，大概延伸了超過四十呎。淡綠和銀色的絲綢搭配座椅靠墊以及精緻的全套瓷餐具。不過與桌上的食物相比，這些全都相形失色。一堆堆閃亮的葡萄、梅子和櫻桃，一疊疊灑著糖霜的糕餅、烤鵝，以及還插在烤肉叉上閃著油光的鷓鴣。

「這些是誰做的啊？」我對風鴉喃喃自語，「每個人都輪流當僕人嗎？還是松鼠和野兔會從森林裡衝出來，趁你們不在時把雜事做好？」

他一跳轉身，用尾羽彈我的鼻子，藉此表達他對我調侃之言的看法。

桌子的景觀實在太驚人，靠近些之後，我才注意到王座大廳裡的其他細節。距離王座幾步遠的地方，擺了一張刺繡椅，椅子前方則是一座畫架。畫架裝飾繁複，比較像是用來展示畫作，而非作畫用。我發現賈弗萊為我收集的樺樹皮數量多得嚇人，堆得比椅子本身還高，這顯然是他的期望。

「我們吃完晚餐後，恐怕已經很晚了。」賈弗萊說，「也許等到明早，再讓我們一睹妳的工藝？」他拉開長桌主位的椅子。

13

我深切希望自己能拒絕這項殊榮，不過這樣太不禮貌了，而且有這麼多雙閃閃發亮的眼睛注視著我。我屈膝行禮，坐下時，風鴉從我肩頭飛走，在我身旁變回人形，即時將椅子向內推，讓我坐下。賈弗萊給他一個讚許的微笑，我想知道這對風鴉來說到底是不是個明智的舉動。

妖精上前入座，雲雀坐在我左邊，風鴉坐在我右邊。賈弗萊一路走到桌子末端，坐在盡頭的位置，就在我的對面，中間這漫長的距離隔著各種精緻美食，我都快看不見他了。隨著一陣絲綢與薄紗的窸窣聲，眾妖各就各位。

接下來的盛宴古怪得很迷人，妖精不用湯匙、叉子或勺子，直接用手抓取他們想吃的東西。他們的外形太美、動作太輕巧，這樣的舉止不會令我覺得反感。沒有僕人圍繞著桌子——如果有妖精想吃的東西擺在太遠的地方，他若不是自己站起來拿，要不然就請其他賓客幫忙傳遞，一雙手傳過一雙手，冒著可能會在途中忽然被吃掉的危險。酒瓶四處亂傳，我們都各自倒了一杯，我的品味不怎麼講究，但只啜了一滴，就知道那瓶佳釀價值等重的白銀。酒是我們在幻息鎮無法製造的東西之一，這是從彼岸世界冒著極大的風險和代價進口來的。

我和妖精一樣挑選水果和糕餅，但是要吃閃著蜜汁和香料的鵝時，我拿起刀叉，我切肉時，感覺到他們的目光。我抬起頭後，看見幾個妖精開始使用銀器，小心翼翼地模仿我的動作，還有人好奇地檢視著他們的碗盤刀叉，很明顯，這裡大部分的妖精之前都沒用過銀器。那為什麼要將餐具擺成這樣呢？

因為凡人都是這樣做的。我心想。心中隱隱生起一絲不安。

談話從我的工藝轉移到其他各行各業，妖精討論服裝和刀劍，我努力回答各種匪夷所思的問題，還必須解釋擅長一項工藝，並不代表我就能自動精通別種工藝。盛宴繼續進行，我原本以為能聽到關於其他宮廷、夏境和腐敗妖獸相關實用資訊的希望，也隨著連珠砲似的閒話家常而土崩瓦解。

白晝的天空暗成黑夜，團團飛舞的螢火蟲數量之多，就像在樹木間閃爍的星星。幾名妖精召喚出各種不同顏色的妖精光暈，飄浮在桌子上方。我覺得越來越冷時，風鴉很快地把賈弗萊借他的外套讓給我穿，似乎很高興能擺脫它。不管那顏色配不配他，那件合身外套的剪裁都襯托出了他的身材，很難不盯著穿著襯衫的他看，至於領巾，早就不知道丟到哪裡去了，留下開到喉嚨處的衣領。

一段時間後，我發現了一個奇怪的模式，一名面帶微笑的妖精會往我的方向傳遞甜點或其他華麗的食物，不過風鴉總會在我拿到之前攔截下來，第五、第六次時，他甚至得拉長手臂，越過和輪子一樣大的一堆葡萄，伸到桌子那邊，把東西從雲雀中抓走，他重新坐好時，把東西從雲雀手中抓走，給我一個困擾的眼神，手抵在椅子扶手上。這時，他已經喝了很多酒，我以為會開始展現出一點醉意了，這樣的觀察也讓我意識到自己的處境，幾杯酒下肚之後，我得承認，旁邊有這麼多妖精陪伴，變得比較好忍受了。

我對他俯身，試著想忽略我移動時光暈搖晃的樣子，「它們是不是有魔法？還是有毒？」

「不太算。」

「那不然是什麼？」

我們迎上彼此的視線，「妳不知道會比較好。」他說，臉上表情很痛苦，我不敢繼續追問。

但是風鴉沒能看見所有的食物，最後我自己發現原因，雲雀快步走回，拿了一把果子餡餅，自己吃了一個，拿了另一個給我，我碰到時，它就改變了，糕餅萎縮，因為黴菌而發灰，裡頭包的餡料流出來，看不出是什麼的黑色黏液，還散發著腐臭。更糟的是，扁掉的那一小口在我手中蠕動，裡頭滿是蛆蟲。我一把將餅皮丟到桌上，錯過了我的盤子，然後倏地站起來，撞得水晶和銀器嘈雜地鏗鏘作響，雙腿後方把椅子往後推。

就這樣，那天晚上的魔法粉碎了，桌邊的所有妖精都注視著我，雖然我知道應該是我的幻覺，卻不禁覺得他們的雙眸看起來好像貓眼，在晃動的微光中流失了所有的幻術。然後，原本呆若木雞抬頭盯著我看的雲雀發出刺耳的大笑，一把抓起桌布上壞掉的糕餅，在她的碰觸之下，看起來就不腐敗了——只有點扁扁的，除此之外，外觀和原本沒什麼兩樣。她一口塞進嘴裡。

桌邊此起彼落響起一陣緊張的嘻嘻傻笑，空氣中緊繃的氛圍消散了。慢慢地，我往回坐下，看著自己的盤子，想確定這整件事不是我想像出來的，也不是他們捉弄我的殘酷惡作劇，看見瓷器上還有蛆蟲扭來扭去，我不知道自己是鬆了口氣的感覺多一點，還是噁心的感覺多一點。

風鴉臉頰上的一束肌肉抽動著，他拿自己的盤子跟我交換，俯身傾近，頭髮刷過我仍然舉起的手臂。接著，他從借給我的外套前方口袋抽出一條手帕，默默遞給我。我擦擦手指，不過讓我腸胃翻攪的不是黴菌或蛆蟲，我從前摸過不少黴菌，將來肯定也會接觸到更多，我也處理過不少腐敗的食物，當然了，我更看過三月把各式各樣的東西吃下肚。

不，讓我反胃的，是知道環坐在我四周那些空洞的軀殼，穿著腐爛衣服，齧咬著有蒼蠅盤旋的餐點，一邊隨口說著些無關緊要的話，臉上掛著虛假的僵硬微笑。如果沒了幻術，這場盛宴會是什麼模樣？我猜亮晶晶的新鮮葡萄旁，會有一盤變成泥巴棕色的布丁，裡頭塞滿蒼蠅幼蟲。眾人毫無怨言地暢飲瓶子裡凝固的液體，我胃中的酒開始發酸，好像也已經腐敗發臭。

反胃的感覺繼續翻騰，就快要克制不住，嘴裡不斷分泌著唾液，我吞嚥了好幾次。

「我不知道妖精有辦法投射幻術，」我對風鴉說，迫切地想要一個解釋，一個可以讓我分心的話題，「雲雀在碰到禮服前沒辦法改變它。」

「這是很不尋常的能力，產生出來的幻象不如幻術一樣完整——如果凡人碰到，就會土崩瓦解。如果我沒猜錯的話，現在的幻象是毛地黃製造出來的。」

就算風鴉低聲說話，毛地黃還是聽見了她的名字，從桌邊抬起頭看我們，露出微笑。

「幻象是不是影響到，」我猶豫，「我的味覺，有嗎？還有你？」

「啊，」風鴉說，「沒有。不過基本上，我們比較在意表象。」至少，他還有知道要尷尬的羞恥心，「如果妳有興趣知道的話，這其實是冬季宮廷和其他妖精之間主要的衝突點。」他忍不住繼續說下去，「他們相信收集一堆人類的小東西，還有這一切，甚至只是穿戴幻術，都違反了我們的本性。」

「他們的生活該有多沮喪啊，」賈弗萊在我們身後說，「我的確很享受違反本性的感覺。老實說，我覺得這才是我的本性呢。」

如果不是酒精減緩了我的反應，我應該會嚇得跳起來，我很確定半秒之前，賈弗萊還在桌子的那一頭，我回頭看，轉身時腦袋裡有不安的感覺在流淌，我和風鴉應該沒表現得沒太過熟稔，對吧？

「賈弗萊，謝謝你的招待，」我說，笨手笨腳尋找浮上心頭的第一句客套話，「這場宴會真是太美好了。」

他的蜘蛛腳手指輕按在我的椅背上，「但還是有點小瑕疵，對不對？很抱歉妳拿到了我們比較……沒那麼完美的菜餚。我想風鴉應該有好好照看妳？」

我身旁的風鴉皺起眉頭，我有種難以言喻的衝動，覺得必須出言維護他。「他表現得就跟任何人可以做到的一樣好。」我回答，語氣比我原本意圖中還要強硬，我迅速補上一句：「真的，有位王子在旁邊照料我，實在太榮幸了。」

「對，妳說得沒錯。」賈弗萊說，來回瞥著我們兩人。

狗屎。我在臉上堆出最有禮、最無知的笑容，拒絕給他繼續說下去的任何把柄。就讓他覺得我受到一名英俊妖精王子的注意，所以暈頭轉向的，就這樣。也不是說還有怎樣。風鴉的感覺才是需要隱藏的，不是我。

「我承認，大人，」我繼續說，「剛剛的意外讓我有點不太舒服。如果我明天早晨還要早起，開始製作我的工藝，那麼我得在午夜前休息。」

「很有道理。」賈弗萊的手指若有所思地敲出節奏，離我的臉頰太近了，令人很不自在，「雲雀，妳可以帶伊索貝到她的房間嗎？當然了，要給她我們最好的房間。」

風鴉似乎要出言抗議，也許是想提議由他來帶路，所以我在桌子底下撞了一下他的膝蓋作為警告。我確定他終究會找到方法上來，但是必須低調點，不必在整個宮廷眾目睽睽之下。

雲雀搖搖晃晃站起來，跑來黏在我手臂邊，「我有好——多的睡衣喔。」她說，拉著我走上樹木階梯。

「我也想去！」她的一個朋友大呼，他們介紹她的名字是蕁麻。

雲雀一轉身，對她發出憤怒的嘶嘶聲，蕁麻重新坐下，雲雀露出漂亮的笑容，把我的手臂抓得更緊。

我們來到大樹底端，開始往上爬，盛宴的燈光像一整個城市的燈海般在我們下方閃閃爍爍，在腳步比我還不穩的雲雀後方沿著藤蔓蜿蜒向上，我擔心自己性命安危的程度，堪比遭逢墳塚領主那場意外之時。不知怎的，我們毫髮無傷爬到了頂端。有足夠的星光透過迷宮的枝葉灑落，走廊像有螢火蟲飛舞的鑽石礦脈一般晶瑩閃爍。

「妳介意我去鳥洞拿一下東西嗎？」我問，那一整個晚上，關於戒指的思緒都在我心底徘徊，那場盛宴的結尾令人緊張，我沒辦法再讓戒指離身了。

「我不懂妳為什麼要在意那件無聊的裙子，不過我剛好也把睡衣收在那裡，所以我們無論如何還是得去一趟。妳最好別穿原本的裙子睡覺啊！」

「我不會的。」我向她保證，但是我一定會貼身帶著鐵戒指。

據我所估計，我必須試穿十幾件絲綢睡衣，全部都比紙還薄，幾乎是透明的。我發現我其實不介意——最後一個確切的跡象，可以斷定我的確喝多了。雲雀決定給我穿一件綠色睡衣，大概認為那就是我的招牌顏色。睡衣在我胸部下方收攏，還有一堆緞帶，數量多到令人疑惑該怎麼睡覺，除非是睡吊床，可以在風大的時候綁好固定。但是睡衣很美，希望有面鏡子可以讓我看看自己的倒影。不，我希望能目睹風鴉看見我穿這套睡衣時臉上的表情，想知道會跟我穿蜻蜓翅膀禮服時他凝望我的模樣有什麼不同，我立刻甩開這個念頭，雙頰滾燙，但不管我多努力試著忽略，那個啵啵冒泡又微微發光的念頭仍然縈繞不散。

最後，雲雀終於允許我收拾東西，引領我穿過閃爍的迷宮前往另一個房間，我在門口猛然停下。

房間裡有張四柱式大床，還有十幾個賈弗萊從裡頭盯著我看，有些一塵不染、有些布滿灰塵、有些掛得微微歪斜，幾乎房間裡的每一吋都掛著畫框，描繪穿著過去幾世紀以來各種不同風格服裝的賈弗萊，用長滿葉子的藤蔓固定住，看起來像有部分和牆壁融為一體了。其中有幾幅是我的作品，大概八幅。多半的畫作，我已經好幾年沒見到了，看到它們時我嚇了一跳，彷彿在人群中認出了好友的臉孔，在明滅的螢火蟲光芒之中，畫中人物的眼珠似乎在移動。

「我怎麼能睡在賈弗萊的房裡。」我說。

不過反抗無效，雲雀把我拉到一邊，「妳當然可以了！賈弗萊一個月只在這裡睡一天，新月的時候，他來這裡只是為了看他的肖像。這些是妳的作品，他會很高興妳能住在這裡。」

以妖精古怪的行事作風來說，賈弗萊一定覺得可以在他許多張臉的注視之下輾轉難眠一整晚，是莫大的禮遇。底下的盛宴傳來模糊笑語聲，雲雀惆悵地停頓了一下。

「如果妳想回去，我不會怪妳的。」我說，「我睡著後，就沒辦法好好陪妳了。」

她抓住我的手，「噢，妳確定嗎？真的真的確定嗎？想到妳一個人孤孤單單待在上面這裡，我就好過意不去。」

我微笑，「我不會孤單，我從這裡可以聽到下面每個人的聲音，而且我好累，我一定會馬上睡著。」

「妳好棒，」雲雀把我的手按在她胸口上，「我知道我們一定會成為最好的朋友。明天見囉，伊索貝！」然後她放開我，蹦蹦跳跳離開房間。

我打了個寒顫，交叉雙臂，把手掌埋進胳肢窩取暖，然後我把衣服放在床單上，坐下，解開靴子的鞋帶，然後溜進毯子裡——一床鵝絨被，下方有柔軟的被單。我望著門口看了好一段時間，確定雲雀不會再度出現，然後才偷伸出手，摸著裙子口袋。我在衣褶裡盲目搜索，想像如果有妖精發現了那塊鐵會發生什麼事。但很快地，我的指尖就撞到那令人安心的形狀，我在床單下方扭動，在黑暗中把戒指塞進其中一邊襪子裡。

交談和大笑聲從下方飄來，幾乎像人聲一樣撫慰人心。但是我沒辦法，也不想入睡。眨呀眨的螢火蟲光暈中，賈弗萊的微笑隱隱約約，從上方和四面八方看著我。我的眼角餘光似乎看見他的雙眼在變幻莫測的光線中移動，有時候甚至還眨著眼。我有種受到監視的感覺，卻無從得知這是否僅止於錯覺。我忽然想到，還沒檢查床底下：這是個孩子氣的想法——卻不難想像有個妖精躺在黑暗中，蜘蛛腳手指交疊在胸前，像具屍體一樣，一邊自顧自微笑，準備好隨時跳出來嚇我一跳……

希望現在可以安全戴上戒指了，我握起拳頭，緊到指甲都在掌上刻出了凹痕。

「該死的茶壺！」風鴉的聲音惱怒地說。

就這樣，我的恐懼消散了，想到風鴉醉得搖搖晃晃，惱羞成怒的樣子，穿過迷宮擁擠的廊道，還被掉落的茶壺攻擊。「風鴉，」我輕聲說，相信他能聽得到我說話，

「你在外面沒事嗎？」

一陣心驚膽戰的沉默，然後，他冷冷地說：「我一點也不懂為什麼我會有事。」

「的確，」我說，「你殺了一個墳塚領主，怎麼會拿茶壺沒轍呢？」

他進到房間裡來，在賈弗萊的綠色外套裡掙扎，終於脫掉時，像丟垃圾一樣把衣服丟到地上。然後他邁開大步，一個流暢的動作，就來到床上，鑽進我旁邊的被窩裡，面對著我，那大膽又不自覺的虛榮，就像一隻貓蟠踞在一本打開的書本上。

我用一邊手肘撐起身體，皮膚刺刺癢癢，注意到他彎起的腿就快要碰觸到我的腳，我還能感覺到他身體的熱氣透過床單下狹窄的空間傳過來。我想起身上的衣服，還有先前那危險的念頭，把毯子拉近了些。

「你在做什麼？」我問，「你不能睡在這裡。」

「可以，我當然可以。其實，我非睡在這裡不可，免得妳受到什麼傷害，所以我最好離得近一點。」

「你可以學習紳士的作法，自告奮勇睡在地上。」

他似乎對這個建議驚駭不已。

「而且我也不確定以你目前的狀況，有沒有辦法保護我，」我繼續說，察覺到自己是在白費唇舌，「你剛剛才差點被茶壺謀殺。」

「伊索貝，」風鴉嚴肅地盯著我看，「伊索貝，聽好。茶壺不算什麼。我可以隨時隨地，想打敗誰就打敗誰。」

「哦？是嗎？這是真話嗎？」

「當然。」他回答。

我抵抗著一股對他束手無策的好感，儘管他很惹人厭，我覺得要忍住微笑實在困難得驚人，「那麼你一定醉到不行。」

「我沒醉。可能喝了很多沒錯，但我是貴族，妳知道吧，我是秋王子。所以說，我只有微醺而已。」然後他閉上眼睛。

「你不能睡在這裡，你真的、真的不行，太——」

房間裡的葉子開始顫抖，有人從走廊那頭狂奔而來，「噢，不。」我哀嚎，「快點，去床底下，或者變形——」

風鼓起了床單，然後柔軟滑順的羽毛漩渦輕撫我的手臂，平息後，風鴉變成的黑鳥憤怒地窩在凌亂的被子上，交叉著雙翅，彷彿他的身體剛剛是在我的一聲令下、沒經過他的同意就擅自變形的。我趁他改變心意前，從床單上一把抓起他，緊緊貼在我的肚子上。

我剛藏好，雲雀就從門口往內窺視，我裝睡的時候，她看了好一會兒，然後才又咯咯笑著跑開。

「別動。」我說，風鴉掙扎，「如果你想留下來，最好低調一點。」

他亂踢雙腿，還啄我的手指，企圖想掙脫，才能變回人形。我覺得必須採取極端一點的策略。

「你真是隻漂亮的鳥耶。」我哄道。

他的掙扎慢了下來，然後靜止了，我感覺到他歪著頭。

「真是隻美麗的鳥，」我用甜滋滋的聲音說，「沒錯，你是世界上最美麗的鳥。」

我輕撫他的背部，他胸膛中發出一個滿意的咕噥聲，很快地，那洋洋得意的沉默似乎暗示他很滿足維持現狀，只要我繼續連珠砲讚美他就好。

我知道現在並不算真的安全，但有了風鴉在旁邊，即便是現在這個樣子，都是無可否認的安慰。那天的辛勞像沉重的羊毛毯一樣覆蓋過我，風鴉的心臟透過柔軟的羽毛貼著我的指尖跳動，我的眼皮慢慢下垂，一邊對那個被寵壞的王子喃喃訴說讚美之詞，他貼著我的肚子，在一窩毛毯中感覺暖呼呼的。

頭頂上，賈弗萊的眼睛眨呀眨呀眨，一百個他凝視著我們，掛著高深莫測的微笑，陪伴著我們入睡。

14

等著要我畫肖像的那排妖精沿著通往王座的那條兩邊是樹的小徑延伸，我看不到盡頭。沒有一絲痕跡看得出昨晚舉行過盛宴。我再努力看，都無法在草坪上找到一顆葡萄或一丁點麵包屑。那整個晚上都有可能是一場幻象。

過不了多久，毛地黃就坐在我對面，臉上掛著的微笑，好像那緊得要命的衣領就快要害她慢慢缺氧窒息，我想知道她是怎麼搶到隊伍中眾所覬覦的第一個位置。

噁心暈眩感蜷縮在我胃中，想出這偉大的計畫是一回事，執行起來又是另外一回事，如果毛地黃看見畫作的成果，然後和風鴉一樣暴跳如雷呢？我告訴自己她沒理由這麼做——情境完全不同，然而，事實就是，倘若他們對我翻臉，我唯一的護身符也就只有我的機智和那枚鐵戒指了，它現在是個熱燙燙的硬塊，藏在我綁得死緊的靴子裡。還有，我想……還有風鴉。

我很清楚，風鴉會為了保護我而不惜拚命對抗其他妖精，有如知道朝陽會在黎明時升起一樣篤定，這不是個浪漫的念頭，而是個陰霾。如果真的走到這一步，除了我們兩個雙雙慘死，我想不到其他結局。

我往坐在賈弗萊王座邊的風鴉瞥了一眼，他坐在為他準備的錦緞座椅上，看起來很優雅，但也很不舒服，他躁動地彎著身體，手肘放在大腿上，有一搭沒一搭聽著雲雀往他耳裡絮絮叨叨。他發現我在看，我們視線交會，不知道為什麼，我注意到一綹黑髮滑落在他臉上，我迅速將注意力轉回畫作上。

毛地黃的肖像，我選了人類的歡樂。在我看來，妖精展現出來類似歡樂的情緒有兩種：第一種接近自滿，就像丈夫出軌的太太聽見他的情婦跌下樓梯摔死了，所感受到的那種冰冷的高興。第二種是虛榮、自私而自溺的欣喜：一名富有的貴族計算著他的銀礦賺來的財富，足以讓他接下來的三個世紀都吃魚子醬為生，如果他能活那麼久的話。

所以我用風鴉的羽毛筆尖沾藍莓顏料，描繪出毛地黃的五官，我給了她被愛人一把抱進懷中時那從內心滿溢出來的燦爛歡樂，或者在相隔數月之後，在道路那頭看見深愛之人走來，並在晨光中認出他剪影的歡樂。沒有油彩在帆布上鮮明亮澤的完美，我的畫作有某種原始感，沒那麼美麗、沒那麼寫實，但是更**強烈**。毛地黃嘴邊有一絲我無法更正的線條，讓她看起來像正在忍住一抹微笑。笑聲在她微微皺起的眉眼後積聚。用這個不完美的媒介作畫，讓我更容易轉化人性。宮廷鍊金術師將黃金重新變回鉛。

我完成後，起身行屈膝禮，毛地黃接近，從畫架上拿走樹皮，我四周的妖精屏住氣息，沒人說話，我注意到賈弗萊那個方向靜得不尋常。雖然只過了一拍心跳的時間，毛地黃在那一拍心跳的時間面無表情地掃視我的作品，壓力在我胸中不斷累積堆砌，直到我想尖叫。

「噢，好古樸呀！」她用高亢清晰的嗓音大喊，像用叉子敲水晶玻璃的叮噹聲。她微微轉過肖像，只來得及讓等在後頭的妖精意猶未盡地瞄到半眼，然後又咻地轉回來，繼續自顧自凝望。她微笑的特質改變了，雙眼變得空洞，宮廷在她身後開心地竊竊私語時，她僵在原地，看著能感受到人類歡樂的那個自己。除了我之外，沒人察覺到她有異樣。

除了我，以及賈弗萊之外，我糾正自己。還有風鴉，他又重新瞥向王座。他們兩人都專注凝望著毛地黃。

我想起雲雀說的話：「就像賈弗萊在事情發生之前就能先知道一樣。」

那天早晨，他拒絕了當第一個示範的殊榮，他在等什麼嗎？某件他已經知道會發生的事情？

我的眼角瞥見動靜，回頭看見毛地黃匆匆走到眾人看不見的地方，肖像拿在身前，彷彿有人違反她的意願，給了她一個嬰兒抱在懷中，而這是她這輩子第一次。

羽毛筆在我手中微乎其微地顫抖，幾乎無法察覺，我屏氣凝神，想恢復冷靜。

下一個靠近的是燕尾。他的破綻是頭髮，那是蛛網般的銀金色，細緻的不可思議，像一團乳草的棉絮飄浮在他頭旁邊。他的年紀看起來介於雲雀和風鴉之間，大眼和年輕的五官很適合露出人類驚奇的表情。我完成後，他抓著肖像快步離去，向隊伍中的每個人炫耀，特別是那些還得等上好幾個小時的人。

那天漫長的時光繼續延展，每幅肖像都是一顆墊腳石，全部累積在一起，就能構築成我回家的小徑。我數不清畫了幾幅肖像，只能依照我使用的情緒來計算：好奇、驚訝、愉悅和狂喜。茶杯裡的顏料越來越少。

這期間，我感覺到風鴉注視著我，並堅決地不要感受到憂傷。

每名妖精看見自己的轉變，反應各不相同。有的大笑，彷彿這只是個可以尋開心的笑話，有的則瑟縮眨眼，神經兮兮地傻笑。我觀察到，這些大多數都是較年輕的妖精，其他較年長的妖精都像毛地黃一樣佇立呆視。還有少數幾個走到一旁坐下，默默遙望遠方，臉上的表情很不像人，我無從猜測他們的想法，雖然妖精會在長到差不多賈弗萊那個模樣時就停止老化，在我看來，這些似乎是最年長的一群。

畫上一整天就和跑馬拉松一樣疲憊，我的右手肘因為長時間彎曲而發疼，臀部和膝蓋也因為久坐而痠痛。緊抓著羽毛筆的手指起初先變得僵硬，接著開始隱隱作痛，我一伸直，關節就開始痙攣。最慘的是，我的臉因為微笑而疼痛，凍結的表情後來應該變得很可怕，不過似乎沒有任何一個妖精注意到。

過了一段時間後，很多肖像已經完成的妖精聚集在草坪上玩遊戲，我鬆了一口氣，發現自己不再是唯一的注意力焦點，王公大臣和仕女在附近玩羽毛球和九柱滾球。這場聚會洋溢朝氣蓬勃的氣氛，我聽到風鴉在我身後的某處坐立難安，我的微笑開始變得發自內心，我想像要他好好坐在那裡這麼久，對他來說該有多難受。

最後他呼道：「我得說，我看不出坐在這裡還有什麼意義！」然後便大搖大擺去玩草坪撞球，擊敗燕尾，然後他和毛地黃玩矇眼捉迷藏時輸了一場，不過振作起來，在九柱滾球和羽毛球毫不羞赧地擊敗每個人。然後繼續贏得他面前的每場遊戲，雲雀像隻好奇的蝴蝶跟在他身後團團轉。

我感興趣地注意到，妖精以人類的速度玩遊戲，這可能是唯一對他們有挑戰性的規則。有好多次，我看見羽毛球飛越玩耍妖精的距離，他們一定能輕輕鬆鬆接到。

風鴉沒穿外套，每次轉動身體時，一兩吋白襯衫就從合身的背心下方露出，襯托出他精瘦的身材，他捲起的袖子展露肌肉結實的前臂，衣領沒扣，上方的頸子閃著一層隱約的汗珠。我見過他毫不揮汗就斬殺一隻妖獸，看得出他正在努力克制，每一揮、每一擊，他都掙扎著不要招搖展現力量，像配戴脆弱的遊行鞍具，昂首闊步卻姿態僵硬的戰馬。

毫無預警，我身上湧過熱流。那天早晨——他是否也費力克制過自己？我記得他的手舉起我的方式，好像一點重量也沒有，沿著我身側往下，將我壓上樹木……

我雙頰滾燙，繼續勾勒畫中妖精的頭髮，一把從畫架上扯下，交給主人。他看著肖像臉龐的迷惘表情，大笑著跑走，去玩九柱滾球。下一個我要畫的妖精坐下來，順直裙襬，蓋住脆弱如鳥骨的裸露膝蓋。

熱流像冬季石板路上的炭火一樣降溫。

是艾絲特。

「午安，艾絲特。」我收集好剩下的材料，若無其事對她說話——彷彿看著她不會讓我起雞皮疙瘩，「妳心中已經選好了嗎？還是要我替妳選一項情緒呢？」

「噢，妳選吧，拜託，我很確定妳選得會比我好。」她給我一個蒼白的微笑，但是她的雙眼……她的雙眼很飢渴，她的雙手糾纏在一條條薄紗中顫抖，我知道她想要什麼，但是不確定能不能給她，或者，更重要的是，不確定該不該給她。

她想看見自己再度成為凡人的樣子。

我拿風鴉的羽毛筆沾沾顏料，我描下第一筆深棕色線條時，壓碎橡實的苦澀氣味從碗裡升起，感覺好像正拿著一杯水，從監獄牢房的鐵欄杆這一頭，慢慢傾倒進另一頭犯人乾渴的喉嚨中。我從沒這麼恨過綠意之井，我討厭它的存在，也恨有人渴望它。我痛恨我坐在水井邊緣，感覺不到它青苔滿布的石頭散發出的惡意。一個邪惡又空洞的東西，它怎麼敢看起來一副無辜貌，還有蕨類、藍鈴花和鳴鳥環繞。如果當初艾絲特有別的方法，能知道她答應接受的是怎麼樣的永恆恐懼？羽毛尖端因為我的憤怒，在手裡微微顫抖。

我用大膽而狂暴的筆觸勾勒出她的五官，墨水潑濺出來，看起來彷彿她的肖像是用黑暗的粒子拼湊出來的，她銳利的下顎、空洞的雙頰，還有過大的眼睛在我筆下成形，輪廓粗獷，但很真切。我改變她臉龐的角度，顯得微微抬起，眼睛直直凝望觀畫者。你怎麼敢？她的雙眼灼灼質問，你怎麼敢這樣對我？你的報應又在哪裡？她看起來好像就要衝出紙頁復仇去——去用手指掐住某人的喉嚨。我會讓你受到報應！

就這樣，我給了艾絲特憤怒，醜惡的憤怒、人類的憤怒，她應該感覺到卻無法感覺到的憤怒，因為她憤怒的能力已經永遠被剝奪了。

我畫完後，重重喘息，一股奇怪的能量在血管裡嗡嗡流竄，好像我的鮮血變成了呼嘯的狂風，我對上艾絲特肖像中的眼神，一陣顫慄在我體內迸發，她在紙頁上活靈活現的程度，就算是我的工藝，也鮮少能達成這種效果，她再度成為了有血有肉的人。

我得站起來，那股暴風般的力量讓我非活動一下不可，我痛苦地從椅子上起身，大腿、臀部和膝蓋都失去了知覺。我把肖像拿去給艾絲特，她帶著一臉有禮的困惑看著我靠近，樹皮在我手裡顫抖，我在最後一刻想起來要屈膝行禮，整個宮廷，有十幾個優雅的形體也不得不向我欠身回禮。

「我得站起來一下。」我用沙啞的聲音解釋，清清喉嚨，「凡人的身體沒辦法在同一個地方坐太久。」

理解的喃喃輕語漣漪般在隊伍裡擴散，每個人都在觀察我，試著理解我的動作。對，沒錯，凡人真是太脆弱了……

我把肖像交給艾絲特。

她細細端詳，又黑又長的髮幕覆蓋住半邊臉頰，所以我看不見她的表情。最後，她舉起一根手指，描繪未乾的筆跡，顏料暈了開來。她一路將污跡拖曳到畫布邊緣，用力壓著，我還以為她要把我的畫作捏成兩半了，她的手指來到邊緣時，放了開來，樹皮彈回原本的位置，她翻過髒兮兮的手指檢視著。

「我想起來了。」她低聲說，微微將頭轉向我，只足夠讓我透過髮絲短暫瞥見她的雙眼。

彷彿有一陣鐘聲在空地上迴響——一陣只有我聽得見的鐘聲。艾絲特的眼裡有憤怒，真實的、屬於人類的憤怒，像烈火在夜裡一樣狂野地掙扎燃燒，我全身都起了雞皮疙瘩。

她說得好小聲，我幾乎聽不見：「謝謝妳。」

鐘聲止息，她站起來，表情一片空白，空白到我以為那憤怒的火花是我自己的想像。但是我知道不可能是我捏造出來，也不可能看錯。她遊蕩到草坪上，肖像鬆鬆拿在指尖，一副無憂無慮的樣子。然後她坐下來，肖像在膝頭朝下放著，就像她想緊緊守住的祕密。

我硬起心腸，轉過身。

「大人，」我對賈弗萊說，「我的工藝讓我累壞了，而且顏料也快沒了，我能休息一下嗎？」

他兩手一拍，「沒問題，伊索貝，妳不需要問的，這妳瞭解吧？妳是我們宮裡的貴客，值得我們的每一分禮遇。」排隊的妖精不約而同地嘆息，輕輕訴說著他們的失望，「好了，好了。」賈弗萊斥責他們，然後注意力才轉回我身上。「妳想要有人護送妳到森林裡嗎？風鴉如何？」他提議，不帶一絲狡詐。

我瞥向羽毛球遊戲，發現風鴉站在那邊看我，胸膛因為運動而上下起伏，忘了要玩遊戲，一顆球掠過他的頭，弄亂了他的頭髮。

「不。我自己一個人不會有事的。」最後我開口說道，聽見自己的聲音，很像遙遠的角落另外一個人的說話聲，「我打算就待在附近而已，這點小事，我不敢麻煩王子。」

賈弗萊的問題是否別有用心，我無從得知，如果他要建議任何陪伴我的人選，風鴉自然是第一個選擇，但是，我擺脫不掉**他知道**的不安疑慮。也許他甚至看見了什麼——未來會發生的事——

我對賈弗萊微笑，屈膝行禮後離開，然後緩慢又刻意地收集好茶杯，朝有風鴉那棵秋之樹的谷地走去，它在遠處開展著猩紅的枝葉，我感覺風鴉的凝視搜尋我的蹤影，但是我沒回頭看。

終究，我還是得讓自己習慣把他留下。

15

我跋涉過灌木，安慰自己風鴉會沒事的，他可能已經開始因為在羽毛球比賽擊敗了眾人十幾次，開始一臉倦怠，令人無法忍受。但是他為什麼非要這麼笨？表現得這麼明顯？這樣根本和在臉上寫了「我愛上了伊索貝！」幾個大字給大家看沒兩樣。

我發出一聲挫敗的大喊，把靴子從藤蔓糾纏的觸鬚中拔出來，就連精緻的春日花草也沒有原本那麼友善了。藍天裡有羊毛般的雲絲，和賈弗萊的笑容一樣燦爛，松鼠沿著我頭上的枝幹蹦跳，搖落鬆動花朵的白色花瓣。但如果我從妖精那裡學到了任何事，就是不要相信事物的表象。

我清開旁邊的植物，坐在昨天下午那截斷掉的樹幹上，一陣微風晃動風鴉那棵樹的葉子。幾片葉子旋轉落下，四散在我膝頭，我撿起一片，手指描過它的邊緣，那鮮明的顏色格格不入，就像風鴉本人。

事情的進展並不完全如我原本所設想的，我畫艾絲特的時候，不該讓自己被沖昏了頭，無庸置疑，雖然很不可能，她確實感覺到真正的怒氣，人類的怒氣，不僅如此——我的肖像還影響到了其他妖精，我已經畫妖精畫了很多年，從沒看見他們對我的工藝有這種反應。我很確定，毛地黃感受到了一些什麼，也許她體驗到了人類的情緒，又或者她驚鴻一瞥，知道沒有感受是什麼樣的感覺，被迫面對自己空洞的存在，從來不曾知曉歡樂的空洞。我不確定哪種可能性比較令人警戒——或者比較危險。

我只知道，我不能失敗。危在旦夕的不止我一個人的性命而已。

我發現我把那片葉子撕碎了，剩下纖維狀的葉脈，我丟開碎屑，把臉埋進手裡，眼睛刺痛，心也在痛。就算一切根據計畫完美進行，我這麼努力，最後也還是徒勞無功，我面對著我再也不確定自己能不能承受的未來。

「希望妳在這裡，艾瑪。」我喃喃說，現在最想要的無非是我阿姨的擁抱。她會知道該說什麼，她會安慰我，告訴我不是個糟糕的人，因為我心裡有一部分不想回家，也許她甚至能說服我，只要將我的心好好埋葬在秋境，永遠拋下，在這之後我還能繼續過日子。

「艾瑪是誰？」一個雀躍的聲音問，就在我耳朵旁邊。

我差點魂飛魄散，「雲雀！我不知道妳在這裡。」

她棲息在我坐的那根樹幹邊緣，妖如其名，她對我微笑，雙手抓著一把剛摘下的新鮮藍莓。她看到我的臉時，微笑消失了，「妳漏水了！」

「對，我剛剛在哭。」看見她揚起的眉毛，我補上一句：「這就是凡人悲傷的時候會做的事，我想念我的阿姨，艾瑪。」

「嗯，拜託，馬上停下來。我幫妳帶了一些藍莓，賈弗萊告訴我，妳的工藝還缺材料。給妳。」她把藍莓倒在我膝頭，散落在我裙襬在兩腿之間形成的籃子裡。她在最後一秒鐘抓了幾顆回來，塞進嘴裡。

我忽然覺得莫名感動。「謝謝妳，雲雀，妳真的很體貼。」

「對，我知道，我只是腦子裡有好多想法，但沒人在乎要怎麼實現，大家都幫我當成春季宮廷最蠢的生物。」

「我沒有，對吧？」我關切地問。

「對，所以我才這麼喜歡妳！」她跳起來，「快跟我來，我們去找更多莓果。」

我破涕為笑，從膝上撿起一顆藍莓丟進嘴裡，成熟、酸溜溜的滋味在我舌尖上甜蜜地爆開。

一隻黑眼烏鴉飛來停在風鴉那棵樹最上方的枝頭。

雲雀咧嘴而笑，露出每顆沾滿紫色果汁的利牙。

甚至在世界在一團萬花筒般的色彩中旋轉前，我就知道我千不該萬不該吃了那顆莓果，根本連**考慮**都不該考慮，我往下墜落，好像土地裂開一個大洞，天空往後退，越來越小，溫暖、柔軟而皺巴巴的黑暗包圍著我，我墜落時，起初先瘋狂亂抓，然後才在後知後覺的驚恐中發現，那黑暗的東西是我的衣服。

我猛力掙扎，布料從四面八方淹沒我，我的身體運作的方式不正常，我的臉、四肢和骨頭都以異常的方式聚合，驚駭沿著我的脊椎亂竄，我努力想搞清楚到底發生了什麼事時，兩個長長的東西就出現在我頭後面擺盪。不知為何，我嗅了嗅，我的鼻子反射性地抽動，我的心跳好快，一開始我還不知道那是什麼感覺，就像有隻黃蜂困在我的胸腔裡，瘋狂地嗡嗡叫。

我踢開衣服，跳過和肩膀一樣高的青草，陽光讓我盲了一半，最後我終於搞清楚我變成了什麼東西，雲雀的魔法莓果把我變成了一隻兔子。

她的尖叫聲在我身後迴盪，刺痛我敏感的耳朵，我的心跳竟然又跳得更快了，我朝一株山楂樹狂奔，還以為心臟就要爆炸了，那樹叢巍峨聳立，簡直比幻息鎮的鐘樓還高，比一座房屋還寬。森林變得遼闊到令人害怕，我幾乎連看都不敢看，我得找個黑暗、安全、封閉的地方躲起來，**立刻**。

「跑，跑，跑！」雲雀大笑，「我要抓到妳，伊索貝！」

我的記憶忽然可怕地綿延開來，想起昨天她曾對風鴉說過。*你能再變成一隻野兔，讓我追著你跑嗎？*我想起風鴉一直忽略她，把注意力都集中在我身上。

我跳進灌木叢中，撞得塵土和盤子大的樹葉到處亂飛。我的毛皮滑溜地鑽進只離地不到幾吋的樹枝下方，我蜿蜒向前，知道雲雀必定看見我消失在灌木叢中，以她大笑的聲音判斷，她已經跟上來了。

那裡——有個洞！但是我靠近山楂樹根挖出的那個洞窟時，聞到了它深處飄出的腐臭，我的直覺尖叫著：**危險**！不知為何，我知道住在洞裡的那個東西，只要逮到機會，就會把我生吞活剝。

「噢，妳跑得真快！我覺得我就要抓到妳囉！」透過枝葉的縫隙，我看見雲雀巨大的腳拔山倒樹壓扁我對面的灌木叢，她彎腰查看，閃閃發亮的金髮波浪流瀉而下，和皇家織錦一樣巨大。

這對她來說顯然是個遊戲，她肯定不想傷害我吧，聽起來，她時常和風鴉玩這個遊戲，然而如果她抓到我，會意識到我是隻凡兔？而不是變成兔子的妖精嗎？她的手指會不會握住我小小的四肢，捏得太過用力一點？我發抖，想起妖精抓住兔子時，會生吃牠們。

如果，她是真的氣我從她那邊搶走了風鴉的注意力呢？

在我有機會仔細思量之前，她猛地轉身，直勾勾盯著我，「找到妳了！」她又露出染色的牙齒，彎著腰、手臂往前伸，往我這裡快步跑來，手指彎成貪婪的爪子。我轉身逃之夭夭，瞄準一株忍冬，它們比我喜歡的還要稀疏一點，不過我跳到一截覆蓋著螺旋狀蕨類的木頭後方，我經過時忍不住偷看它們。也許，如果我成功逃跑，之後還能折回來，咬幾口試吃看看……

「伊索貝，伊索貝！」雲雀甜甜地唱道，「妳去哪裡了？伊索貝？妳知道我會找到妳的。我聽得到妳！我聞得到妳！」地面搖動，我身後傳來轟然巨響，她碰碰踏入忍冬裡，「妳只是隻小笨兔！」

小笨兔！小笨兔！那三個字在我耳裡迴盪，漸漸失去意義，而我整個人都緊縮成一個原始的渴望：生存。我活著是為了奔跑。翡翠綠的燈光和葉影往後飛逝，隨著每一步，我的身體緊縮成一團，然後又延伸拉直，直得像箭矢一樣。我避開路上的石頭和樹根，如果我先往這邊彎，再往那邊繞，在我身後追趕的那個野獸就會被我混淆，跟不上腳步。

我在一顆大圓石上佇足往後看，努力想喘過氣來，抽搐著發紅的鼻子，熱氣從我的雙耳蒸散，追我的人停下來查看一截木頭，她力大無窮地用上肢將木頭翻過來。就算隔著一段距離，我還是能聽見柔軟的樹皮碎裂，脆弱的蕨類連根拔起撕裂。我一邊耳朵單獨轉動，好聽得更仔細，追我的人直起身體。**危險！**我在大圓石上低身一撲，竄過空地。空地的其中一截樹幹看起來有點熟悉：鋪著布料，旁邊還放著茶杯，這幅景象讓我很不安，就像我可能會看到獵鷹的剪影掠過地面般。

然後，一名掠食者從我意料不到的角度降落。

不！不！不！

我被抓住了。

我又踢又扭，尖叫著，露出牙齒。巨大的雙手抓住我，現在還把我舉起來，陽光在我眼裡閃爍——世界往上翱翔，令人暈眩——抓住我的手太堅定，逃也逃不走，我用腿踢著那生物的胸膛，但他把我抱得好緊，我的腿怎麼也動不了，他還拉起一點衣物，把我的臉埋進去。

封閉的黑暗，悶住的聲音，我停止掙扎，想著危機總算結束了。在忽如其來的寧靜中，只有我的心還在噗通跳，那個聲音充斥我的雙耳，以迅速而有節奏的節拍搖動我的身體。

「雲雀，」那個生物說，他沒大喊，我察覺到他用不著這麼做，他的聲音像陣殘酷的風，把他前方的每樣東西颳得只剩骨髓。「**妳做了什麼好事？**」

一個任性的聲音說，「風鴉，你都不跟我玩了！除了她之外沒人會注意我！你還想一個人霸佔她——不公平！」

我的鼻子焦慮抽動，往抓住我那個人的衣物裡埋得更深，那個聲音是**危險**！但抱著我那生物的氣味散發樹葉和夜晚的清新氣息，很**安全**。

「妳這個小傻瓜。妳想過她如果真的逃跑了，會發生什麼事嗎？妳看。」一隻溫暖的手離開我的背部，我瑟瑟發抖，「她已經忘了她是誰了，她有可能就這樣以平凡野兔的樣子度過短暫的一生。」

一隻腳跺地，「我不會弄丟她的！我會照顧好我的東西！風鴉，你為什麼要這樣？你真的很糟糕，很**糟糕**。我要告訴賈弗萊你有多糟糕。」

「妳想跟賈弗萊告狀就去吧，」抓住我的人說，「不過他如果發現妳這麼無禮對待我們的客人，我不覺得他會開心。」

「隨便！」不過那個聲音聽起來不太確定，「我現在就去！」

「愛怎麼做隨妳。」抓我的人冷冷地說。

腳步穿過草坪跑開，我的耳朵平貼在背部，我聽不清楚那個獵食者是不是真的離開了。儘管如此，我不害怕了，我相信在度過危機之前，抓我的人都不會讓我暴露在危險之中。

他從黑暗中將我舉起來，提高到他臉旁，我垂著兩隻後腿，冷靜地盯著他看，沒察覺到空地上有其他人、獵鷹的影子，或者狐狸的氣味。

「伊索貝，妳認得出我是誰嗎？」他問道，他的臉蒙上一層陰霾，氣味也多了一絲苦澀，他很生氣，儘管如此，我還是心想著，**安全**。

我扭扭鼻子。

他嘆氣，再度把我抱在胸前，「我要把妳變回去了，別掙扎，這方面的魔法我練習得不多。也就是說，」他很快地補上一句，「我還是可以完美達成，我很確定妳已經注意到不管是什麼幻咒，我都很在行——但如果妳不要動會比較好。所以，請盡量。」

我聽話窩在他臂彎裡，抽動著鼻子。

一開始，什麼也沒發生，然後，正當我覺得現在是打盹一下的好時機，世界忽然內外翻轉，天翻地覆，又將我拋下，有幾秒鐘的時間，我好像變成了小孩子玩的陀螺。所有東西都縮小了，我的身體變得沉重、臃腫又遲緩。我頭暈目眩地眨眨眼，重新找回方向感。紅色葉子在空地紛紛旋轉，四周樹木在漸息的風中搖晃，風噴出最後的鼻息，秋天之樹光溜溜的，枝幹裸露，樹葉一片也不留。

我碰不到地，雙腳懸在空中，溫暖的手臂支撐著我的肩膀和膝蓋內側，風鴉，那是風鴉，正抱著我。

我沒穿任何衣服。

在我找到自己的聲音、要他放我下去之前，他就像丟一顆燙手山芋一樣鬆手。我沒尊嚴地「碰」的一聲落在野花叢裡。我驚駭地把兩隻腿縮在一起，往身體拱起來，雙臂緊壓在胸前，抬頭瞪著他。他看起來和我一樣驚駭。

「你剛剛幹嘛——」我開口，不過與此同時他也脫口而出說：

「妳沒危險了，我不能再碰妳！妳還好吧？」

「不好。」我剛變成一隻兔子耶！「可是我待會就好了，謝謝你來救我。你剛剛怎麼不快點把我放在地上？」

他撇開視線，「我分心了。」他威嚴地說。

喔——好吧。

他開始聳肩脫下外套時，我開口阻止他：「我要把裙子穿回去。只是……別看。」我站起來，偷偷摸摸往斷掉的樹幹前進，意識到最近我常常在森林裡光著身體躡手躡腳的。我帶著一抹從雙頰蔓延到脖子的紅暈，重新穿上內衣褲，還有今天新的一套芙絲與梅斯特作品，最後則是我的褲襪、靴子和隱藏的戒指，風鴉等我著衣時，堅毅凝望著旁邊的一個定點。「他們在宮廷上會找你嗎？」我問，希望紓解緊繃的氣氛，或至少轉移到一個沒那麼緊迫的話題上。

「無庸置疑。」他停頓，「伊索貝……」

我順順裙襬，覺得看著地上忽然變得很有趣，「對，我吃了雲雀給我的東西，實在是蠢到極點。我也不該一個人去的，但是我很擔心宮廷裡那些妖精——特別是賈弗萊——如果我們再花更多時間相處，他們可能會起疑。」我撕碎的那片葉子吹入其中一個茶杯中，「而且我得趕快離開。你注意到了，對吧？剛剛在那裡發生的事？」

我抬起視線時，風鴉的表情透露，如果我沒說，他也會自己提起。「對，不知為何，妳的工藝影響到我們了。伊索貝，我從來沒見過這樣的事情。」

「如果我繼續示範，你覺得會讓我們有危險嗎？」

「正如我說，這——很新穎。我的族類很渴望妳的工藝，因為和以前不一樣，所以更加渴望。老實說，我不能斷定其中沒有風險，但是我覺得，大家都期待妳繼續下去，如果妳現在停下來，宮廷一定會起疑。如果，有可能的話，我們再多待一天，參加完明晚的化裝舞會就回家……」

一陣很長的沉默後，我們兩人都沒看彼此，我們的同盟早已超越了生存下來這個共同的目標，我們兩人都因為極端不實際的理由，想爭取更多相處的時間。假裝並非如此，於事無補，然而我們倆誰也沒把話說出口。

「但我已經快痊癒了。」他果斷地繼續說，強迫自己說完，「如果妳今天就想離開，甚至是立刻，我們是可以走的。」

我緊緊閉起眼睛，咒罵自己的愚蠢，「那就明天晚上再走吧。」

他呼的一聲大鬆一口氣，實在有點明顯，我對他露出一個歪扭的微笑，不過有其他事情吸引了我們的注意力，「你的別針不見了！沒在你的口袋裡，對吧？一定是在你把我丟下來時不小心扯掉的。」

他警戒地拍拍胸膛，然後低身在野花裡翻找，這不是有人丟失懷錶或手帕時隨意的搜尋，他耙著地面，絕望地睜大雙眼，只有在丟了無價之寶或無可取代的寶藏時，才會出現這樣的表情。他找到時，緊緊抓在手中，大拇指移動到隱藏的卡榫上，然後想起來我在一旁，轉而把別針收回口袋裡。

見他這樣我很心疼，目睹風鴉因為一個小東西就變得這麼狼狽。他在乎那個別針，勝過多數人在乎他們在世界上擁有的所有物品。

「她是誰？」我問。

他跪在地上，停下了動作。

「我只是——我很抱歉。你不用回答。我猜我只是好奇你們兩個——是怎麼逃過良法制裁的。」

我以為他會對我生氣，但他看我的樣子，倒像我把他的心從胸膛裡扯了出來，他的雙眼因為羞恥和絕望而黯淡無神。

「我愛上她，但我們從沒違反過良法。」他說。

「這怎麼可能？」

真希望我沒問。他的痛苦令人怵目驚心。「她不愛我。」

草坪一片死寂，過了一段時間，有隻松鼠開始在我們頭上啃起橡實。

他支支吾吾繼續說，「她——對我有好感，但是她知道也只能這樣。我們決定最好不要再見面了。她給我這個別針當道別禮物，有好長一段時間，我都沒拜訪過幻息鎮，比我想像中還久。」他低頭看地上，「我回來時，發現村裡現在住的是她的曾孫，她很久以前就已經壽終正寢。直到找妳畫肖像之前，我都沒回去過。」他吸了口氣，「我知道，那是——錯的。我很在乎那個別針。我沒辦法解釋。就是——」

「沒有錯，」我的聲音很輕柔，我幾乎都快聽不見自己說話了，「風鴉，那沒有錯。只是人類的情緒罷了。」

他低垂著頭，「我到底出了什麼問題？」

我再也忍受不住，我走到他身邊，把他拉進懷中。他好高，我的擁抱幾乎不成樣，我的手臂圈在他腰間，像小孩抱大人，過了緊張的瞬間後，他就頹然靠向我，好像太絕望了，自己沒辦法站穩。

「你不軟弱。」我說，我知道過去幾個漫長的世紀以來，從來沒有人這樣告訴過他，「可以感受的能力是優點，不是弱點。」

「對我們來說不是。」他說，「絕對不是。」

關於這點，我無話可說。我的安慰之言一點用也沒有。我說不出什麼能安慰他的話，真正的安慰。因為在這座森林裡，他的人性會害他喪命。也許不是現在——也許也不是在百年之內——但是到頭來，無論如何，他終究得面對同類相殘。我堅強起來，抵抗刺痛眼睛的淚水，喉嚨裡那個堅硬、痛苦的結不斷腫脹。我得將他留在這裡一個人死去的念頭似乎不公平的可怕，而且無法想像。這樣的不公平在我體內形成一場呼嘯的風暴，撕扯著一切。

他退開，我一定沒注意到時間過了多久，因為少了他的體溫，我忽然覺得冷。

「以為自己能保護妳，不受到我族類的任何傷害，我真是太自大了。」他的聲音聽起來很空洞，「我差點就來不及救妳了。」

「不是你的錯。」

他搖搖頭，「如果明天又發生這種事，是誰的錯都不重要了，妳可能會被殺。」

看看我，還決定不顧危險多留一晚，多二十四個小時不算什麼。然而，這短暫時光卻也意義重大。明天，可能比這輩子接下來的幾年加起來都還精彩，我願意冒多大的險來交換？從前的我，將風鴉的素描藏在衣櫥後方的那個我，永遠不會問這個問題。但我漸漸瞭解，這正是那個我的問題所在。她接受了表現合宜，就意味著不快樂，因為那就是世界運作的方式。她問的問題不夠多——關於生命，或者關於她自己。

「你能不能在我身上施個保護咒之類的？」我問，「效果就持續到我們分開前。」

他的表情封閉，小心翼翼地說：「只有一個方法，可以保護凡人免於妖精魔法傷害。生效期間，沒有其他妖精能夠對妳下咒，或者影響妳，但這不只是個符咒而已，要有用，妳得先告訴我妳的真名。」

沙、沙、沙。松鼠發出聲音，粗糙刺耳，「你說的是巫術。」

「對，如果妳不准的話，我瞭解。不過如果妳要求，我只會用它來確保妳的安全。我絕不會控制妳的思想。」

「就算你控制，我也不會知道。」

換作別的妖精，我勢必會細細分析他的每個字，想找出是否有詐——想識破他如何將想殺害我的計畫扭曲成事實。但是，天啊，我沒有。我相信他，我閉起眼睛，在黑暗裡呼吸，收起我的評判之心。將真名當成祕密來守護，是我堅守的原則之一。信任妖精是瘋狂之舉。

我厭倦了這一切。也許不該繼續守密，也許就該瘋狂一點。

這次，我的心和我的腦子都尖叫著相同的真理。

我睜開眼睛，發現風鴉正在打量我，眼神籠罩在滑落到臉旁的髮絲投下的陰影中，他抿著嘴脣，讀著我的表情，只微乎其微地點頭，「我們可以想別的方法——」

「好。」我說。

他銳利地吸氣，「什麼？」

「我相信你。」強烈的篤定像晨光般湧入我體內，每絲疑慮都隨之蒸發，「我認識你，我相信你說的話。但是，」我補充道，「如果你對我施巫術時，我開始大肆讚美你，我會開始起疑的喔。」

他似乎沒完全理解我的答案，我不覺得他甚至有意識到我剛說了個爛笑話。他單膝跪地，讓我們倆的臉龐等高，「伊索貝，在妳正式決定之前，妳得知道這會解除我的承諾——妳沒有危險的時候，我又能碰妳了。」

「很好。我不想要你再把我扔在地上了。」

他發出一聲驚訝的大笑，險些接近啜泣，他看著我的模樣，彷彿我就是最難解的生命奧祕，「你們凡人真是奇怪得很。」他用緊繃的聲音說。

「從你的口中說出來，我開始懷疑那是讚美了。旁邊有別人嗎？」他搖搖頭，眼神沒離開過我的臉，但我相信他不需要看就能知道，「不要動。」我說。

名字蘊含著魔法。在世界的歷史上，我的真名只說出口那麼一次。我是唯一知道的活人。它的聲音和輪廓，從不曾離開過我，就算我其實不該記得它——我的母親在我出生後不久往我耳裡低語，那時我還是個小嬰兒，渾身通紅發皺。我就這樣將它給了出去。我往前傾，將嘴唇貼近風鴉的耳朵，聲音比耳語更輕，比蛾翼張開的聲音更輕，溫暖的空氣攪動了他的頭髮。

就這樣，我將我的真名告訴了他。

16

隔天，宮廷上上下下都在交頭接耳討論化妝舞會的事，盛會將在黃昏時揭開序幕，那時，陰影都已拉長，我不僅快完成了宮廷中每個妖精的肖像，還聽到了誰會穿什麼、誰從誰那裡偷了時尚靈感的詳情，還聽說了幾個令人警戒的衣著相關復仇計畫。

隨著我在毫無意外的情況下完成了更多肖像，也更加放鬆了。當我畫完隊伍中最後一名妖精時，我正謹慎地想開始相信我的計畫成功了，更多妖精對肖像有奇怪的反應，僵在原地盯著他們的臉，或者出神發呆一整個下午，天可憐見，他們或者其他旁觀者都沒發現我有什麼異狀——就這麼一次，他們對人類情緒的全然無知算是幫了我的忙。有趣的是，我發現就像昨天一樣，出現了一個明顯的模式：最受到我的工藝影響的，都是那些比較年長的妖精。

對於咒術，我什麼也沒感覺到。一無所查正是它最令人不安的特色。我在內心深處又戳又捅，好像在拔一顆鬆動的牙齒，明明知道那顆牙齒鬆了，卻感覺不到任何一點搖晃。有時候，我甚至還懷疑風鴉到底有沒有成功施法，但是他似乎很確定，我告訴他我的真名後，林間空地有了改變，像是一聲嘆息，好像所有樹木、蕨類和花朵全不約而同嘆了口氣。

這終究是個巫術，如果我感覺得到，它就沒有用了。

我站起來時，忍住一聲哀嚎，希望我的雙腿可以及時康復來跳舞。我最後畫的一名妖精名叫噓根草，身材高眺，一臉肅穆，帶著饒富趣味的表情，鞠躬接過肖像。他漫步走遠時一邊看著，過不了多久，他就把袖子貼向嘴巴，堵住一聲脫口而出的輕笑。他又大笑了一次。腳步跌跌撞撞的，然後背倚靠著一棵樹滑坐而下，無助地咯咯亂笑，掙扎著想喘過氣。他的歡笑不受控制、不像人類——近乎歇斯底里。

我逗得他哈哈大笑。

我滿身雞皮疙瘩，跪在地上整理工作的地方，很不必要地整理茶杯與其餘的樹皮，噓根草走得夠遠，沒人會注意到，並作出聯想。

然後我看見了毛地黃，她在草坪上的九柱球遊戲裡停下來，精明多疑地觀察著他。噓根草終於向大笑屈服，他倒在地上緊抓著肚子，毛地黃猛地轉身盯著我看，張著鼻翼，肩膀僵硬。

「伊索貝。」賈弗萊在王座上說。

我做好準備，抬起頭，他沒微笑，表情很嚴肅，不過是用一種溫和、愉快的方式，就這樣了，我最後一幅肖像，一切都結束了。

但是他只繼續說：「我想雲雀有事情要跟妳說。」

茶杯從我不穩的抓握中滑落，撞到旁邊另一個茶杯，發出輕輕的哐啷一聲。

雲雀原本站在賈弗萊身邊，半是隱身在王座開花的樹之後，現在朝我快步走來，臉龐面無表情，並對我深深屈膝行禮。然後，出乎我意料的，她忽然痛哭失聲。

「伊索貝，把妳變成野兔，我、我很抱歉。」她在抽泣之間結結巴巴說。傷心的斗大淚珠滑落雙頰，沿著下巴低落。她大聲吸鼻子，不安地思索她是不是在模仿我，這是她看過的唯一一次啜泣示範。先不論她做的事，我真的替她感到難過。「我原諒妳，雲雀。」

「我們還能當朋友嗎？」她可憐兮兮擠出這句話。

「沒問題，當然可以。」為了做做表面功夫，我又說：「但是，請不要再對我惡作劇了。」

「噢，很好！」她的一把鼻涕一把眼淚立刻消失，那瓷娃娃般的臉龐沒留下任何水痕與污漬。因為，當然了，她沒特別指出她很抱歉是因為差點傷到我，或者是嚇到我，比較有可能是因為把我變成兔子，又被逮個正著還受到處罰，所以才難過。

「快來吧。」她說，「舞會快開始了，妳需要一套服裝。我已經挑好了，妳一定會喜歡的，是——」

有人一把拍掉她朝我伸出的手，起初我以為是風鴉，但站在我身邊的是毛地黃，臉上掛著冰冷而勉強的微笑。雲雀的表情變得空白，迅速把手收回胸前，不過我已經先看到一道細長的傷痕從她關節處慢慢褪去，像是動物的利爪抓出來的。

「我想妳已經和我們親愛的伊索貝相處夠了，親愛的，是不是啊？」毛地黃轉向我，臉上綻放出一個牽強的微笑，「雲雀年紀太小了，她立意良好，卻不是凡人女孩的好同伴。至於我，已經應付過人類好多次了，我有滿櫃子的衣服，裡面收藏了幾百件裙子，我收集了**好長**、**好長**一段時間。」她的視線瞥向雲雀，沾沾自喜看著她那準確的一擊造成的傷害，「請和我一起來吧。」

想到要和毛地黃獨處，我的腸胃開始翻攪。和一隻餓昏頭的老虎關在一起，我還比較有可能生還，但如果我在整個宮廷前拒絕她，她會說什麼呢？

「這怎麼行。」蕁麻踏步上前，「妳何不跟我來呢？我才剛開始造訪幻息鎮，但大家已經開始談論我的幻咒囉！」

毛地黃的臉扭曲成一個醜惡的怒容，但時間很短暫、樣貌太野蠻，我差點沒看清。更多妖精加入，很快地我就站在一群吵吵鬧鬧又動手動腳的群眾間，幾個妖精貴婦爭著要借我面具或禮服，像貪婪的小孩爭搶玩具，而那個玩具很快就會被他們扯爛，而不是分享著玩。我尋找風鴉的蹤影，不過當我在兩名妖精之間捕捉到他的背影時，他已踏步離去，走到空地的一半了，賈弗萊走在他身邊，一隻手像父親搭兒子一樣攬在他背上，另一隻手在空中揮舞著一條領巾。

我們施下巫術時，設想的正是這樣的情況，除了風鴉之外，任何妖精的魔法都無法對我有影響，而如果有人想對我的身體造成傷害，他能感覺得到。不過現在眾多妖精同時包圍上來，推推擠擠抓著我，我無法用邏輯思考來平息越來越慌張的心情。

為什麼現在才發生這件事？我來到春季宮廷第一天，雲雀就在幾乎沒有任何競爭的情況下成功霸佔我。我瞥向她，卻不見她蹤影。而且不像風鴉，到處都沒看見他。

我一口氣卡在喉嚨裡，我的確知道答案：雲雀暴露了自己的弱點，妖精就像獵食者般，眼見她跌跌撞撞，就藉機襲擊。現在就看是誰能勝出來取代她。

頭頂高處，在彎腰注視著我的妖精間，我看到一根樹枝上下擺盪，似乎是有東西降落在枝葉間。我瞥見一抹閃亮的黑色，又或者那只是毛地黃髮間血紅石榴石裝飾發出的閃光？我看不清，聽不見，甚至都快缺氧了——他們像貓科動物的香水氣味令人窒息。我頭暈目眩，繃起肌肉衝過群眾，不顧一切想逃過四面八方襲來的氣味、噪音和未經同意的觸碰。

「停下來。」一個柔軟飄渺的聲音說，幾乎沒人注意到，聲音的主人站在群眾邊緣，雙手在身側臥成拳頭。

「艾絲特！」我驚呼，努力想朝她走去，但是有這麼多指頭拉著我、有這麼多軀體緊緊擠著我，我哪裡都去不了。

她注意到，對我微微點頭，「停下來。」她重複道，轉身回來，「各位，別打擾伊索貝。由我來幫她準備參加舞會。**由我來幫她準備參加舞會！**」她的聲音像槍擊一樣迴盪，所有人都轉過頭，也全都安靜下來。有一秒鐘的時間，就短短一秒，她的雙眼閃過灼炙炭火般的憤怒。我覺得我是唯一能看得出來的人。但就算妖精不懂他們看到的是什麼東西，還是受到了影響，紛紛往後退縮，遲疑不定。

我從兩名抓著我的妖精那裡甩開手，勉強笨拙地行了一個屈膝禮，「艾絲特，妳為什麼覺得自己能勝任？」我的聲音很沙啞，乾燥又絕望，希望他們察覺不到我的恐懼，「請告訴我。」

她抬起下巴，「我喝了綠意之井的水，你們誰也沒有過這種經歷。今晚，這個特權是屬於我的。」她伸出一隻脆弱的手。

我摸索的手指碰到了她的手指。她有如鐵鉗般的抓握一點也不像人類，不知怎的讓我吃了一驚，她將我從人群中拉出來，朝階梯走去，其他妖精惆悵嘆氣，「親愛的，也許等下一次吧……」「本來一定可以很開心的……」「我好喜歡妳的作品喔……」他們紛紛柔聲表達遺憾，鼻息像縷縷羽毛輕撫我的臉頰，我壓抑住一陣寒顫。

艾絲特安靜地領我走上階梯，一路上，我在心中算著。有隻烏鴉安靜停在欄杆上看我們，第二隻從山茱萸王座的花朵間偷瞧，第三隻掠過空地，像一道水融融的幽影，第四隻和第五隻沿著樹枝跳躍。牠們都沒露出半點要散會的跡象。如果有第六隻——

但是艾絲特的手拉拉我的手腕，我無法繼續站在毫無遮蔽的階梯平台上，我們一起進入迷宮中，不知道是不是我的想像，她挑的那個彎道看起來比較陌生、也比較狂野，裡頭堆積的物品看起來比較沒那麼友善。我沒認出放在角落的搖搖木馬，油漆斑駁，也因為歲月而褪色。我踩到一個東西，如果不是艾絲特的手穩住我，我早就扭到腳踝了。那是一只烏木雕，被草地板覆蓋了一部分。我們經過一只巨大的教堂鐘鈴，從牆中歪斜地突出來，更往前進，還有一隻玩偶的手從枝葉繁茂的的天花板伸出。這些工藝收藏品一定在這裡躺了很久都沒有人碰，迷宮逐漸吞噬了它們，它們會永永遠遠留在這裡，遭人遺忘。

最後，艾絲特拉著我拐過另一個彎，停了下來，她往回看著我們走來的方向，側耳傾聽，壓低聲音警戒地說：「沒人跟著我們。」她喃喃自語。

「我得謝謝妳。」我說，「謝謝妳來救——」

她轉身，睜大眼睛，「別謝我！」每個焦慮的音節都像一道巴掌一樣搧過我的臉，我僵住，十分錯愕。

她用一隻顫抖的手把頭髮撥到耳後，一抹微笑拉動她的嘴角，又迅速往身後瞥了一眼。「來吧。」她說，彷彿什麼事也沒發生，把我拉進前方的一個房間裡，「我必須幫妳準備好參加化妝舞會。」

我的思緒團團轉，不祥預感在我胃袋深處裂開一個黑色大洞，我花了一點時間才搞清楚自己踏進了什麼地方。這個房間裡擺滿書，一疊疊書籍像磚塊堆砌成牆壁，也像石板排列成地板。燙金書名從磨損的書背對我眨眼。皮革和泛黃書頁的霉味充斥整個房間。

「這些都是妳收集的嗎？」我屏息道，「這些妳都讀過嗎？」

艾絲特猶豫，她空出的手無用地揮舞，然後放在書本上，用指尖往下輕撫，卻沒從牆上抽出來，「它們是工藝，」她輕聲說，「那些文字——有時候什麼意義，但我還是需要它們，妳懂嗎？就好像我在找什麼，我總這樣覺得，只要再一本，就夠了……」她話音漸弱。

「卻從來就不夠。」我說。

她似乎沒聽到，「跟我來，我們不能耽擱太久。」

她的手從我手上滑落，反覆看著我肩膀後方，我跟著她走進下一間房裡，太陽一定往樹木後方傾斜了，因為迷宮籠罩在一道陰影中，裡頭的東西在朦朧之中看不清楚。我的心臟漏跳了一拍，誤將走廊前方的人形看成是妖精懷抱著拘謹的期待站在那裡等待我們。不過它們只是沿著兩邊牆壁排列的假人，木臉上毫無表情。艾絲特帶我來到了她的更衣間，她打了個手勢，一朵琥珀色的妖精光暈出現在我們頭上，朝天花板飄去。一面立鏡擺在房間那頭，光暈倒影在我四下張望的不安臉龐上飄移。

「我們兩人身材差不多。」她說，「大多數衣服妳都可以穿。妳是不是特別喜歡綠色啊？」

「沒有，我其實沒有特別喜歡哪個顏色。一個藝術家這樣說肯定很奇怪，不過我沒有畫自畫像的習慣。」我停頓，想起繪製她肖像的時候，「妳可以幫我選嗎？」

她的肩膀緊繃起來，將最近一件禮服輕透的紗裙襬捏在指間，漫不經心打量著布料，然後興趣缺缺地放開，「妳穿綠色很漂亮，不過那是春天的顏色，等妳從綠意之井喝水時，我不覺得妳會屬於我們的宮廷。」

我沿著那排衣物滑過，撫摸絲綢與蕾絲，視線從沒離開過艾絲特，「妳為什麼這麼說？」我問。

「噢，我不知道，就是個很蠢的感覺。」

我保持語調輕描淡寫，「能不能告訴我——在下面的時候，妳為什麼要救我？我可能誤會了，不過在過去的短短幾分鐘，我覺得這是有原因的，也許妳想告訴我什麼事。」

她停下來，手麻痺在兩件禮服之間的半空中，我猜對了。恐懼是一個低沉、迴盪的音符，在我體內鳴響，要出大亂子了。

「他知道。」她說。

「知道我的工藝？」

她的黑眼迅速一瞥，「他知道你們打破了良法。」

才沒有，我心想，然後，**有**。

因為忽然之間，我忽然很清楚，我愛上了風鴉。一如所有安靜、完美而又自然而然的事物一樣，是在我毫無察覺的狀況下發生的。我們一起站在空地裡，而我對他信任至極，竟然還將真名告訴了他。我在腦袋裡忖度這個怪異、驚奇的念頭。我愛風鴉。我愛他。這是我有史以來體驗過最美好的感受。也是我有史以來做過最糟糕的一件事。

我害我們只有死路一條。

我身邊沒有任何東西改變，雖然在一切即將結束之前，總該有個什麼具體的跡象才對。我沒跪坐在地上或者放聲大哭。我只站在那裡一如既往地呼吸，企圖理解這件事到底有多嚴重，我的思緒沉著冷靜。

「他」是誰？賈弗萊？我猜一定是。他可能老早就預見了這件事。雖然我們有點交情，他可能還很享受看著我犯下凡人會做的蠢事。這個念頭賦予了雲雀、毛地黃、蕁麻和其他妖精爭搶著裝扮我的行為全新意義，她們搶的，是替我挑選這輩子穿上的最後一件禮服的機會。

艾絲特猛地轉身抓住我的手臂，迅雷不及掩耳的速度堪比出擊的蛇。她骨瘦如柴的手指爪子般掐進我的肉裡，眼睛炯炯有神，「所以，妳一定要趁化妝舞會逃跑。照常進場，但賈弗萊一轉身，妳就得逃到綠意之井，趁他抓到妳之前趕快喝下井水。非如此不可，我會幫妳。」

也許是我的想像，但艾絲特抓住我時，我覺得我感覺到了不是自己的身體發出的警報，隱隱約約的遙遠感覺是一陣竄遍全身的顫慄，像池塘水面往外擴散的漣漪。風鴉？我問，但是沒得到任何回應。

「伊索貝。」艾絲特喚著。

「不行，」我搖搖頭，「不，我不行。我和風鴉告訴宮廷的故事，全是謊言，我絕對不喝井水。」

「妳不得不。」

「如果時光倒流，妳會再做一次嗎？妳會做相同的選擇嗎？」

她眼裡的光芒消失了，鬆開手，別過身去。

「我可以趁沒人看見的時候帶妳離開春季宮廷。」她說，「但不管妳逃去哪裡，他們都會找到妳。」

艾瑪。雙胞胎。她們今天早晨應該收到我的信了，她們永遠不會知道我也將在當天晚上死去。我搖搖頭，一遍又一遍。

「我不能要求妳為了我冒無謂的風險。」一陣冰冷霧氣包圍著我，我還能做一件事——還能最後一搏，「我會參加化妝舞會。我得和風鴉單獨相處一下。」

艾絲特什麼也沒說，她覺得我這個人早就跟死了沒兩樣，也許她是對的。她沿著走廊移動，在最後一件禮服前停下來，「這件，」她說，從假人身上取下衣物。

我從沒見過這樣的衣物，深紅色玫瑰蕾絲刺繡覆蓋內層裸色柔紗，玫瑰在胸衣上最為密集，沿著流瀉的裙擺往下散布開來，好像被微風給吹走了。禮服背面沒有任何裝飾，營造出裸背的錯覺，曾經，這樣的禮服能讓我屏息，現在，世界裡沒有任何美麗的事物或美好的感覺，能幫我擺脫知道即將發生什麼事的沮喪念頭。

我機械式地脫下身上的衣物，踏進禮服中，差點絆倒。恐懼讓我的身體笨拙遲緩。我蹲下去捧起腳踝邊的布料時，稍微停了一下，手刷過襪子，想起戒指的存在，一個可笑的護身符，但仍然是個護身符。

我直起身。

「噢。」艾絲特讚嘆道，她抓住我的肩膀，帶我到鏡子前面。

我移動時，蕾絲胸衣很硬挺合身，但是裙襬在我身周波動，創造出的漩渦近乎不可思議，那樣的輪廓讓我想到一幅名畫，描繪黃昏時溺斃在湖中的少女，她沉入黑暗中，裙子在她身後輕飄飄波動。我踏步上前迎向鏡中人影，幾乎認不出自己。我來到這裡後，換了一件又一件芙絲與梅斯特出品的禮服，卻從沒在鏡中看過自己這副模樣。禮服飽滿的猩紅色襯托我蒼白的膚色，更突顯了我的黑眼，效果驚人。我的雙眼就那樣凝望、凝望、凝望，像兩個吞噬光線的無底洞，而那張面無表情的臉就像我面前那尊剛剛穿著禮服的假人一樣。

「珠寶，」艾絲特自言自語，「還要一副面具。我知道有副面具可以搭配，如果我找得到的話……」

她漫步離開，一個彈簧鎖發出叮噹聲，接著是箱子嘎吱打開的聲音，我等待時，雙手不禁舉起來鬆開綁起的頭髮，梳過打結的髮絲。我漠然看著自己重新編好辮子，盤起一個凌亂的髮髻，我用艾絲特借我的別針固定住。暗自覺得，如果我看起來夠鎮定——如果妖精沒立即察覺我的恐懼——那麼我或許能替我們爭取多一點時間。我只需要和風鴉單獨相處一下子。

艾絲特蒼白的手指降落，將一頂精緻的冠冕擺放在我的髮辮上。這只小巧纖細的珠寶是由鑲著細小葉片的金絲做成的，我的雙眼掃過鏡中倒影，以全新的視角看待自己，秋天的顏色，搭配風鴉那頂王冠的冠冕。我想這是她親切的表現，用她唯一知道的一種方式：在我生命最後的時刻給我尊嚴，不像毛地黃或者其他人，我猜想她們只打算趁舞會之前，像貓玩弄受傷老鼠一樣折磨我，因為率先知道我不知情的事而沾沾自喜。也許在我逼問艾絲特之前，她都不想讓我知道這件事，好讓我有個迅速仁慈的善終。

她在鏡子裡站在我身旁，疏離的表情略帶淡淡的憂傷，有點顫抖、有點遙遠，像是深深水井底部的閃爍月光，她拿著一張半臉面具的手柄，搭配禮服的玫瑰面具，沒有表情，綻放的花瓣中有兩個洞來取代花心。

「妳看起來像凡人的皇后，」她說，「妳一定會成為舞會上最美的人。」

我試著擠出一抹虛弱的微笑，但失敗了，很可能，我永遠都笑不出來了。「最漂亮的人類？我給毛地黃端蠟燭都不配吧？」

「不，妳超越了我們所有人。」她在我身旁看起來毫無血色又脆弱，「妳就像一朵朵蠟雕花之中的真花。我們可以保存到永遠，但妳卻綻放得最燦爛，香味也最甜美，妳的刺還能讓人流血。」

我小心從她手裡接過面具，「我看得出妳從前為什麼是作家了。」

艾絲特撇開視線。

我將面具舉到眼前，遮住我的表情，凝視著鏡中倒影時，我只想得到一件事，我知道艾絲特也想著同一件事。我看起來的確像皇后，但是我穿的禮服是喪衣，她將我打扮得漂漂亮亮，準備好去赴死。

17

我和艾絲特回到賈弗萊的階梯上，王座廳改變了，枝椏間懸掛著一圈圈蛛絲花環，露珠在月光中晶透發光。夜晚時才會綻放的花朵在每根樹枝上顫抖，花瓣中央有燭蕊般明滅的妖精光暈，照亮整朵花。它們讓整片空地沐浴在空靈的光線中，一切看起來都不太真實：擺滿美酒、甜食和水果的桌子，或者一群群唱著歌的鳴鳥，它們先低空掠過，再倏地飛回枝頭。妖精看起來也很不真實，像是故事書裡走出來的生物，月光在他們髮間的珠寶閃爍，宛如冷冽火光倒映在他們衣裙的銀色刺繡上。沒有音樂，但他們兩兩成對跳著舞，那古怪又死寂的華爾滋在下方空地上翩然展開，成為透過面具上的眼洞瞥見的一幅幅圖像。每名妖精都和我一樣藏起原本的面目，成為了鳥和花朵、狐狸和鹿，他們的微笑比水晶玻璃的弧度反射出的燭光還銳利刺眼。

每個人都穿著春季宮廷的粉嫩色調，除了我——還有風鴉之外。我立刻就看見他和賈弗萊一起站在階梯底端。這天晚上，他從頭到腳每一吋看起來都是秋王子的模樣，他身穿一件英姿煥發的酒紅色外套，邊緣滾著金線。他的王冠在凌亂鬈髮間對我眨眼，一個烏鴉面具遮蓋住他上半部的臉。我觀察著他輕鬆自若的舉止、微笑和放鬆的肩膀，注意到他的手沒游移到劍柄旁，我在陰鬱的恐懼中發現他還不知道，賈弗萊還沒告訴他。我愛他，但是他不知道。

這樣的恍然大悟像枷鎖般拖著我的腳，就算有艾絲特的手支撐著我的手肘，每一步都很費力。

直到我們走到階梯一半，才有人注意到我們，然後整場舞會都靜止下來，空地陷入死寂，每個人都目不轉睛，滿心期待。我駐足，努力鼓起勇氣繼續下去，這就是風鴉的感受嗎？老是戰戰兢兢，每分每秒都在竭力隱藏脆弱的跡象，才不會有見獵心喜的妖精撲上來給他致命一擊？要是沒有面具，我就死定了。

一片玫瑰花瓣墜落在我腳邊的階梯，然後又一片。我差點忍不住瑟縮，回頭看它們到底是從哪裡來的。玫瑰花瓣沿著我剛剛步下的階梯往上延伸，交織的白色樺樹枝襯托著猩紅色更加鮮明，但是我沒看到任何變出玫瑰花瓣的人。

「這件裙子有魔法。」艾絲特耳語道，朝我俯身，「妳所到之處，都會有花瓣飄散。不過它們不是真的——妳看。」

一陣微風拂過，吹散了花瓣，它們翻動時像陰影一樣消散。那是個迷人卻糟糕的景象，我在化妝舞會上走過的路，都會有類似受傷動物在雪地上留下的血跡。考量到目前的狀況，這真是個合適的比喻。

我強迫自己繼續走，終於，藏在寬鬆飄逸裙襬下方的靴子終於踏上地面。賈弗萊抓住我的手親了一下，他旁邊的風鴉努力不要顯露出任何反應，如果他知道，肯定會當場抽出劍來指著賈弗萊，而這一切在我們有機會逃跑前就會先結束了。

「我們有史以來第一場化妝舞會，有凡人出席真是太開心了。」賈弗萊說，他那副天鵝面具的雪白羽毛幾乎遮住了整張臉，只露出一點點下顎的線條，但我聽見了他話語中的笑意，「還有艾絲特為妳挑了件多別緻的裙子啊！看看，妳和風鴉真是太登對了！當然了，如果他霸佔妳一整個晚上，那就太可惜了，我一定要堅持跟妳跳第一支舞。」

我的腸胃在暈眩之中翻攪，彷彿我還在下樓梯，卻踩空了最後一階。我咬著牙，勉強露出一抹微笑，賈弗萊繼續說個不停，但是我半個字都沒聽見，希望禮貌點頭就足夠了。風鴉不耐煩地移動。有這麼多雙眼睛盯著我們看，對於是否有機會單獨和他說話，我感到絕望。

也許有機會可以趁賈弗萊把我拉走前警告他。我短暫閉上雙眼，在心中想像冰冷、利爪般的手緊掐我的喉嚨用力擠捏的感覺，掐得我快窒息而死。暈眩感、恐懼、死亡。與此同時，微笑從沒離開過我的臉，希望在賈弗萊眼中，我的模樣只像因為聽了他舌燦蓮花的讚美而謙虛地垂下頭。但實際上我看起來可能比較像消化不良。

我抬起頭時，發現風鴉正在打量我，他感覺到了，兩隻框在面具漆黑羽毛間的眼睛帶著驚愕與關切，直直看穿我。我看著他的表情改變，一開始是困惑，因為看見我分明好端端的，接著才恍然大悟。他的手沿著外套前襟往下滑，向大家保證他臉上表情古怪，只是因為擔心掉了東西。他拍拍劍柄檢查配劍。沒有，他沒忘記帶劍。就在那裡！他燦爛地笑著，調整劍鞘貼著腿的角度。天啊，他真的是個糟糕透頂的演員——對於一個無法說謊的人，我還期待什麼呢？不過他的意思很明顯。他收到我的訊息了。而且會保持警戒。

「……這就是為什麼我拿到一整個拖車的鬱金香，而且索爾斯比先生必須歸還我第二好的背心。不過已經說得夠多了。」賈弗萊正滔滔不絕，一邊欣賞著自己的袖扣，什麼也沒察覺到，或者至少假裝如此，「我可以講自己的事講到天荒地老。我們來轉幾圈吧，畢竟美好的夜晚時光不等人，而且好像大家都在等我們。」

我伸出手，彷彿正往絞刑台上伸脖子，我別無選擇。他彬彬有禮挽住我的手臂，護送我到空地中央。其他妖精都隔開一段距離以示尊敬，停下了自己的舞步，迎接他們的王子進場。他將另一隻空出的手擺到我腰間，最後我只得放下面具，將我的手搭在他肩膀上。他嫻熟地帶領我進入起伏的韻律中，其他人也繼續跳舞，大臣與仕女在我們四周以非人的優雅舞姿旋轉，經過時發出薄紗和絲綢的窸窣聲，除此之外——是全然的靜默。

「賈弗萊，你今晚的打扮真好看。」我毫不帶感情地說。

「對，我知道。」他回答，「但是聽到自己的猜測獲得證實，不可否認的，還是很美好。」

透過天鵝面具的眼洞，我看見他眼周出現了笑紋，這是在我家客廳作畫時前所未見的。也許在這之前，它們並不存在：只是精湛的騙術，就如同我得知風鴉要委託我作畫的那個命運之日，從他的緞帶裡散開的一綹髮絲，也如同他當了我好多年的忠實客戶，卻從沒對任何人透露過他是春季宮廷的王子。他的面具用一條淺藍色緞帶固定，因此他能將我整張臉一覽無遺，我卻什麼也看不到。

「我聽說妳和艾絲特提起綠意之井。」他繼續說。

我的嘴巴乾澀，腸胃糾結，掙扎著想辦法拖延時間，想繼續假裝不知道自己的命運，想否認艾絲特出手幫我。

「妳不必對我說謊，伊索貝。即使在我的族類之中，我的天賦也是獨一無二的。但是妳已經知道了，對不對？」

就這樣，用不著繼續假裝了。「雲雀告訴我的。」我說，熱血湧入我的耳朵，耳語般的華爾滋節奏安靜下來。

「這樣啊。當然了，這一切並非毫無改變的可能。未來從來都不是固定的。妳知道嗎？和森林很像。裡頭有成千上百條小徑，每條小徑都有朝四面八方開展的分岔。有些事會改變，哪怕是在最後關頭。昨天我還不確定今天發生的，會是這個版本呢？還是妳拒絕告訴風鴉妳的真名、然後毫髮無傷地回家，而我在別處與蕁麻跳舞，一隻路過的夜鶯在我頭頂解放，毀了我衣領的版本？這就是為什麼我今天選擇穿我最不喜歡的一套服裝，而且還特別點了檸檬霜的原因，以防萬一。」他惋惜地嘆氣，「哎呀，我們現在沒機會吃檸檬霜了，但至少燕尾會毀了他那件慘不忍睹的黃色外套。」

一隻鳥兒發出甜美的叫聲飛過空地，舞者之中，一個年輕男子發出惱怒的大喊聲。

「你知道多久了？」我的嗓子因為害怕和怒氣而腫痛，喉嚨像被人掐住一樣糾結在一起，「你等這件事發生，等了多久？」

他看了我一眼，**妳可以表現得更好**，那個表情說，「我沒在等，我一路上與妳同行，點亮妳的道路，確保妳在幾百條岔路中選了正確的方向。回想起來，妳不覺得我是妳的第一個客戶很怪嗎？不覺得風鴉躲了好幾個世紀，卻忽然出現委託妳作畫很怪嗎？」

「你這個大混帳。」我們倆異口同聲說，賈弗萊在我頭上泰然自若地模仿道。他搖搖頭，失望卻毫不驚訝，然後說：「這我也料到了。」

我想我就要吐了。

一陣溫暖的安定感碰撞到我，很笨拙，像有人從漆黑的房間裡往外探索。不過無疑是風鴉。他正在測試我們兩人之間的連結，察覺有事情不太對勁，因此盡力安慰我。他不知道，我心想。他不知道我害死了他。我很快就得告訴他。我嚥了口口水，盡我所能推開他的陪伴，那股感覺消失前，我收到最後一波不悅的驚訝感，好像我剛對著他的臉無預警地甩上門。

「你這個人不僅空虛，」我說，喉嚨擠出字來，「還很殘酷。」

「啊，是的。的確如此。妳想知道妖精最大的祕密嗎？」我沒回答時，他逕自說下去，「我們喜歡假裝，但事實上，長生不死的，從來就不是我們。我們也許活得夠久，可以看見世界改變，但改變世界的，也從來不是我們。我們終於走到生命盡頭時，既無愛，也無人陪伴，無法留下任何東西，就連刻在石板上的名字也沒有。然而——凡人，透過他們的作品，他們的工藝，世界會永遠記得。」他優雅地領著我在妖精之間轉圈，一步也沒踏錯，「哦，妳無法想像妳的族類對我們有怎麼樣的力量，無法想像我們有多們羨慕凡人，妳最小的指尖蘊含的生命力，比我一整個宮廷加起來還多。」

真的是這樣嗎？妖精就是因為這樣才唾棄凡人的情緒——因為只有少數幾個妖精能體會的感受，令他們想起自己無法擁有的那些？因此，愛，成為了他們又妒又恨最想得到的，也成為了最致命的罪行。

「那你又為什麼要做這些？」我輕聲問，「因為嫉妒嗎？」

「伊索貝，妳把我想得這麼差勁，我真是太受傷了。」賈弗萊回答，聽起來卻一點也不受傷，事實上，他聽起來根本不在乎其他人的意見，就算是已經明明白白送到他眼前，他可能也認不出來那是什麼，「不，我玩的是更長線的遊戲，在森林更深處，也在更遙遠的道路上，現在我得放妳走了，時間不多了，我很確定妳比較想和風鴉跳舞。」

他帶著我穿梭過其他舞者，引領我們朝風鴉猶如肉中刺般顯眼的地方前進，他正心不甘情不願地被迫和毛地黃跳舞。賈弗萊一直懷抱著期待虎視眈眈，但我對他已經無話可說。

「別害怕。」他在我陷入沉沒時說，「這件事進行時令人不太開心，但很快就會結束的。」他的絲綢手套滑過我的肩膀，面具湊近我的臉，「記得：雖然有我的干涉，**妳**的選擇才是最重要的。嗨，毛地黃！風鴉！我能劫走這支舞嗎？」

我們互換舞伴時，玫瑰花瓣在我身周飄落，在令人頭暈的隱約香氣中消散。如果我能活下去，再也不想聞到玫瑰花的味道了。

「我感覺到——」風鴉開口，但是我猛一扭頭打斷他的話，我想等賈弗萊和毛地黃離我們遠一點之後再說話。但過了幾秒鐘後，我發現我說不出口，根本無法描述，它們牽涉太廣、太可怕，我不知道該如何啟齒。

我們轉了一圈又一圈，光暈在風鴉髮間和衣服的金線上閃爍。大臣和仕女在我們身邊川流不息，團團轉圈但從來不互相碰觸，就像湖面上旋轉的落花。一名戴著狼面具的妖精經過時轉過來瞪著我，我感覺到無數雙眼睛注視著我們倆，等待這場追獵即將進入高潮的徵兆。兩個獵物，其中之一心存警戒，另外一個卻渾然未覺，即將要從樹叢中被趕出來，迎向血腥的終局。

「伊索貝，怎麼了？」

「我得請你幫我做一件事。」我說。

他迅速回答：「什麼事都行。」

我強迫自己不要移開視線，「你必須用那個咒術，改變我的感覺。」

風鴉差點踏錯一步，「妳在說什麼？」

「風鴉，對不起，」我說，「我愛你。」

我們轉了下一個圈後，看到了宴會桌，一名妖精將梨子舉到嘴邊，但梨子卻在她手中發黑，流出腐爛的汁液，因為蛆蟲而腫脹。她還是吃了，臉上戴著甜滋滋的高興表情，果汁和膿液一起流下她的下巴。所有盤子上的水果都變爛了。黑色的腐敗在瓷器上擴散，污染了桌布，還流到地上。

「什麼時候？」他問，嘴脣幾乎沒移動。下半張臉也很像面具，映襯著深黑鬈髮和高領，顯得格外蒼白。

一隻鳴鳥往下飛撲，用鳥喙將蝴蝶撕得四分五裂。妖精光暈的繽紛色彩中，繞圈旋轉的狂歡者顯得臉色蠟黃，也越來越狂熱。動物面具齜牙咧嘴，花朵面具對我們瞠目結舌，看不出他們真正的表情。他們用不顧一切的執著，旋轉得暈頭轉向，將凡人的舞會模仿成一場夢魘般的化妝舞會。

「昨天。可是我本來不知道，直到……」我不忍說出口，「拜託。我們已經快沒時間了。」

「我做不到。」他說。

一隻烏鴉在頭頂嘎嘎叫。

「你別無選擇！」

他放開我的腰，去拉固定他面具的緞帶末端，面具墜落在地，消失在舞者的步伐中。「我保證我做不到。」他明明白白地說。

我們往前踏了一步，又往後踏了一步，然後轉圈，我嚐到字詞有如毒酒般的滋味，「那麼一切都完了。」

「伊索貝。」風鴉說，停下腳步，現場只有我們倆佇立不動，「我從來沒遇過像妳這麼討厭、這麼勇敢、這麼美麗的人。我愛妳。」

一聲啜泣卡在我喉嚨裡。我踮起腳尖，拉近我們之間的距離，然後吻了他。我狠狠吻他，足以讓他瘀青，而旁觀的妖精發出此起彼落的嘲諷哭嚎與震驚反感的尖叫。他們在等的就是這一幕。

一陣輕語。忽然之間，就只有我們兩人單獨站在那裡，彷彿春季宮廷的妖精全像夜裡的幽靈般消散了。但是不可能——他們還在——我捕捉到奇形怪狀的面具從灌木叢、樹木和每一道陰影中窺視，它們隱身的主人蹲伏著，滿心期待，像等待出擊的螳螂。

而且我們並非真正獨處。一抹纖瘦的白髮人影穿著黑色盔甲站在桌邊，背對著我們，我沒看見她抵達，她可能已經在那兒站了一段時間了，她撿起一塊壞掉的糕餅，細細檢視，然後嫌惡地丟掉。

號角聲在森林間迴盪，我也從地面感覺到了，全身骨頭都隨之震動。另外傳來兩聲巨響來回應它的召喚，不過那低沉的吼聲不是號角發出的。在樹木間霧濛濛的黑暗中，兩個巍峨聳立的陰影在移動，它們好高，還冒出樹枝，如果它們沒有動作，我可能會誤認成兩株高聳的橡木。兩隻巨大的瑟恩現形，都比我和風鴉初次見面那天他殺死的那隻大上一半。獵犬從森林中竄出，像是在紛紛走避，牠們像黑夜裡蒼白的火焰，纏繞在毒芹腳邊，爭搶著她的注意力卻得不到一點關注時，把桌子也給撞翻了。

牠們吐在嘴外的猩紅色舌頭冒出蒸氣。

號角又響了，這時，她才轉過身。

隨著那個動作，就好像她拉掉了覆蓋在王座廳上的防塵布。空氣波動，樺樹枝枯槁萎縮，樹皮斑駁，布滿甲蟲蛀的洞。腳底的青苔衰退成不健康的黃綠色，花朵在土壤冒出的潮濕熱氣中枯萎了，散發腐敗植物的臭氣。夏季宮廷的腐敗氣息也蔓延到了春境——而且已經在這裡很久了。

「我是來執行良法的！」毒芹清脆的聲音說，她接下來說的話讓樹木開始哀嚎、低語，所有等待的烏鴉像一團緊張而安靜的烏雲般振翅飛走，「奉我們的至高君主，古木妖王之令。」

18

毒芹在只有幾步遠的地方停下來，打開的手往兩側伸出，似乎是想讓我們看她沒帶武器，又或者像是準備擁抱我們。看見她細長多節的手指末端那邪惡的爪子，我想我也不必猜了。

風鴉上下打量她，用一個帶著輕蔑的流暢動作抽出佩劍，移動身體擋在我前面。我逮住機會彎下腰，把戒指從襪子裡挖出來套上手指，這時他說：「毒芹，妳當古木妖王的走狗多久了？」他啐道，「我沒注意到冬季宮廷竟然沉淪到這種地步。在儀式上屈膝臣服是一回事，聽他的命令行事又另當別論了。」

就算有風鴉擋在中間，毒芹令人不安、森森發光的綠眼仍盯著我的臉，「還請注意你的禮節，風鴉，」她說，「看看四周。我本人和賈弗萊，甚至是冬王子——我們現在沒人隨心所欲。」她的五官因為一抹微笑而微微抽動，「我的確告訴過你們兩個傻瓜快跑，我說過我會追上你們。」

風鴉的劍在空氣中鳴響，速度之快，我甚至沒看見他揮劍，也沒看見毒芹舉起手臂格擋。他們站著僵持不下，劍刃卡在她盔甲上，風鴉的外套在他身周飛舞，隨著風慢慢平息下來。她的微笑變得僵硬，用力站穩腳跟，奮力抵擋住他的手臂微微顫抖。不過風鴉和我寡不敵眾，我們都知道，她也知道。

她彎彎一根手指，要大臣仕女們都上前來，「拜託，發揮一點用處，抓住他們兩個。不過記得先擦擦臉。」

妖精從森林裡湧上來，在我來得及反應之前，就把我從風鴉身邊扯開，十幾隻手抓住我的衣服、手臂、頭髮，因為抓腐爛的水果吃而黏黏的。他們將我扯來扯去，好像在假裝和我跳舞——獰笑的嘴臉像旋轉木馬般在我身旁迴繞。我用戴戒指的手亂揮，有人發出一聲嚇得我血液凝固的尖叫。

「她手指上有鐵！」妖精驚呼，很熟悉的嗓音——毛地黃。「把那東西弄走！有必要的話，把整隻手都給砍了！」

一隻手重擊我背部，打得我撲倒在地。我用沙啞的嗓子想喘過氣，把壓在身下的手臂抽出來，抬起下巴時看到風鴉也寡不敵眾。賈弗萊站在他身後，手肘繞在風鴉喉嚨上，另一隻手捏住他的手腕，他的配劍已經掉了，正齜牙咧嘴想掙脫，沒戴面具的賈弗萊看起來冷靜又愉快。因為兩人身高的差距，風鴉被迫往後仰，腳步踩空，毒芹的獵犬在他踢踹的靴子邊喀喀咬牙。

我們只贏得兩場小小的勝利：毒芹前臂上有一小片樹皮盔甲脫落了，正站在一邊小心翼翼呵護，樹液汩汩流出，散發冬天松樹的刺鼻清香，樹皮已經開始重新長回，覆蓋過傷口。另外，毛地黃正坐在我對面的地上，一隻手捂著臉頰。我打到她的地方，出現了很顯眼的紅腫傷痕，不過在她那如同牢籠般顫抖的手指後方，已經開始融入原本無瑕的肌膚了。

我知道她的命令是認真的，其他妖精也不會吝於遵從。我把戒指拔下來丟到一邊，滾過在我身旁一攤攤宛如血跡般的玫瑰花瓣。生鐵現在也無法保護我了。

「妳這個邪惡又壞心的東西。」毛地黃嘶聲說，一把將我從地上拉起來，她將我一邊手臂用力扯到脫臼時，我忍住一聲痛喊。疼痛像又刺又麻的明亮火星竄過我的肩膀。我踉踉蹌蹌往前，差點站不直，有人從後方推了我一把。我頭上的冠冕歪到一旁。

「住手。」附近傳來艾絲特飄渺的聲音，「別傷害她——請盡量不要傷害她，拜託——」她的手輕輕放在我手臂上，卻迅速被拍掉。

「如果我想要，我會把手伸進她喉嚨中，把她的心臟扯出來。」毛地黃怒斥，「妳怎麼了，艾絲特？居然還為打破良法的人求情？這個凡人拿生鐵攻擊我。」

這次，艾絲特的答案似乎從更遠的地方傳來。「對不起……」

「而且，不要再用那種眼神看她了。」毛地黃氣沖沖補上一句，我以為她還在對艾絲特說話，直到她繼續斥道：「真是太噁心了，有點尊嚴好不好，死也要有妖精該有的樣子。」

我抬起頭，發現風鴉在看我，滿臉痛苦的溫柔，再清楚不過了。有些妖精作嘔卻著迷地看著，其他人則往後退縮，無法承受這樣的景象，但是賈弗萊低頭看他，然後又看看我，嘴角有一絲幾乎可稱為遺憾的隱約微笑。我想到他的那些畫像，一百個版本的賈弗萊在螢火蟲亮光中變幻莫測。

「毛地黃，我很感激妳的熱心，不過還沒到把心臟扯出來的時候。」他說，「我們的化妝舞會很不幸必須提早結束，我啊，還沒有心理準備要這麼快就結束今晚的餘興節目。」他對踏步向前的毒芹露出一個令人膽寒的眼神，「噢，我堅持，畢竟這個宮廷還是由我作主，對吧？嗯，那麼——就這樣決定了。首先，我們得帶他們到綠意之井，我們就給伊索貝最後一個拯救王子性命的機會吧！」

接下來的嘈雜混亂淹沒了我的尖叫聲，毛地黃的抓握讓我全身癱軟，眼冒金星。

「好了，各位。」賈弗萊說，「這很公平。我保證，這一定會是永世難忘的奇觀。」風鴉抵著他扭動掙扎，發出斷斷續續的憤怒大喊，賈弗萊雀躍地眨眨眼。

一大群妖精推著我們往前，穿過林間空地，穿過樹叢和草坪，經過嶙峋石塊和藍風鈴花。月光讓萬物覆蓋了一層銀霜，如夢似幻，我的頭低垂著，不過有時候會瞥見那兩隻瑟恩跟在隊伍兩邊一起前進，巨大的陰影橫亙過林間，龐大卻一聲不吭的軀體格外可怖。獵犬在妖精之中縱躍，像貴族打獵隊伍中的獵犬。當然了，我和風鴉是獵物。也許，在風鴉第一次向我表達愛意的地方死去，似乎再適合不過了。

我們來到綠意之井時，就算四周漆黑一片，也跟我記憶中一模一樣。那圈低矮的青苔石頭和先前一樣讓我充滿無法遏制的恐懼，我的步伐變短、變得淩亂急促，幾乎快停下來時，毛地黃繼續無情地推著我前進。她就著這樣一路不停押送我，直到我的腳尖撞到石頭。我扭動掙扎時，她從我頭上扯下冠冕，把我的肩膀推過水井邊緣。我的髮辮鬆開，髮絲紛紛飄散在水井的陰影上方。

很快的，賈弗萊也把風鴉帶到我對面，看見風鴉在剛才的短暫路途中撞傷了賈弗萊的鼻子，我感到陰鬱的滿意。鮮血染髒了他的嘴巴，滴落在地時，蕨類和花草在他腳邊紛紛綻放。

「伊索貝——」風鴉開口。

毒芹大步上前，踢開蔓生的植物，她用一邊手肘用力撞向風鴉的肚腹，他彎下腰，說不出話來。幾名妖精冷笑，這時我意識到，我們的死法可能有很多種，但沒有一種會是迅速乾脆的。

燕尾帶著勝利的微笑上前，他偷走風鴉的王冠，戴在自己頭上，然後驕傲自大地昂首闊步，假裝在揮羽毛球的球拍，在場的妖精見狀不禁哈哈大笑。另一名妖精似乎受到鼓舞，也上前來抓住風鴉的衣領，將他的衣服扯掉一半。烏鴉別針掉落在花叢中，風鴉跌跌撞撞，撲向攻擊者，賈弗萊卻伸出一隻腳，恰好絆倒他，害他栽倒在地。

一陣啜泣卡在我喉嚨裡。風鴉爬起來，衣服扯破了，胸膛上下起伏，我從來無法想像他可以被羞辱至此。

「想怎麼折磨我都行，」他說，「但是不要讓她在旁邊看。讓她走。」

賈弗萊嘆氣，用一隻慈父般的手撥掉風鴉髮間的小樹枝和葉片。風鴉沒有反應，仍然低垂著頭，藏起臉孔。我想到如果妖精之間有類似信任的情緒存在，他原本應該是信任賈弗萊的。

「要打破良法裡這條規則，恐怕還得要有一人一妖才行。」賈弗萊說。

「她是中了巫術。」

「啊，不過她仍然有自由意志，你好像愛她愛到不想用巫術迷惑她。」這次，沒人冷笑，低語聲顯得不安又疑惑，「而且，無論如何，你我都心知肚明，早在她中了巫術之前，你們就已經打破良法了。」

「動作快點，賈弗萊。」毒芹的微笑看起來像貼在臉上的，「我不想讓妖王等這麼久。」

「那麼就殺了我！」風鴉怒吼，轉過身面對賈弗萊，「如果我們其中一人死了，就無法打破良法了。凡人的性命對古木妖王來說算什麼？在他呼出下一口氣之前，她早就已經回到家、結婚生子、壽終正寢化成灰了。她微不足——」他因為無法說出謊言而忽然停住，「她對他來說微不足道。」

「風鴉，等等！」我大喊，但周圍的妖精根本不屑一顧，我的聲音就像啁啾鳥鳴一樣無人理會。只有風鴉有反應，好像我痛揍他一樣瑟縮。

「我想我們應該**可以**這樣做。」賈弗萊停頓，「可是那樣就不好玩了，對吧？而且，這樣就好像我們沒給伊索貝任何選擇。」

他忽然隨手鬆開風鴉，他原本的重心都靠在制服住他的賈弗萊身上，這下子摔倒在地，用雙手雙膝撐住身體。他伸出一隻手搭在水井邊緣，扶著站起來，一邊喘氣，雖然我看得出他想撇開視線。他用盡全身力氣才敢正眼看我。

「我不夠強壯，無法保護妳。」他說，音量只有我能聽見。

「沒事的。」我說，「沒事的。」

我們絕望地凝視彼此的雙眼，才不會沒事。

「好了，我很抱歉掃了你們的興，但是毒芹說得有理——我們這是在拖時間。所以，」賈弗萊脫下手套，先一邊，再換另一邊，然後收進口袋中，「伊索貝，有件事，風鴉說得沒錯，你們兩個只有在保持現在這個狀態時，才算打破了良法，也就是說，兩個人都活著，一個是凡人、一個是妖精，而且彼此相愛。啊，」他看見我的表情說，「對，如果你們其中一個不愛對方了，我們就得放你們走。來吧，你們想要的話就試試看。」

這麼多年來，我怎麼沒發現賈弗萊是這樣的怪物？但是，天啊，我至少必須試試看吧。我緊閉雙眼，閉得死緊，刺眼的光線在我眼皮內迸現。我想著風鴉在深夜裡將我擄走，他的自大、他的壞脾氣，我愛上他真是蠢得可以。我想像艾瑪一個人哄三月和五月上床睡覺。但是我那顆叛徒心臟不願投降，我強迫自己改變心意的難度，就像我想要天空在我一聲令下就下雨，或者太陽在午夜來臨時升起一樣。

我呼出卡在胸膛中的一口氣，發出的聲音像驚呼也像尖叫。賈弗萊知道，該死，他知道對我來說，無法控制自己的心意是最痛苦的折磨。

「但是還有別的方法。」他的聲音鑽進接下來的靜默中，「兩名妖精相愛並不算犯罪。」有人竊笑，妖精彼此相愛——的確是天大的笑話，「妳只要喝下綠意之井的水就好了，妳可以救自己一命，還能救風鴉一命。你們兩人可以永遠在一起。」

我搖搖頭，「我不相信你。也許你會放過我一條命，但不會放過風鴉，不會讓他活太久。」

「哦……我喝了點酒，正好覺得慷慨呢！」我睜開眼睛，正好看見賈弗萊用靴子戳戳風鴉，他似乎已經完全放棄了，額頭靠在岩石水井的邊緣，「他當然得放棄所有力量，也當然無法繼續當王子了。但是——我答應會讓他活下去。在那之後，有一部分的他當然寧願一死了之，他一直都很自傲。不過他會為了妳而活。」

我顫抖得很厲害，連我的頭髮也跟著在臉龐周圍抖動，「不。」

「不要？真的假的？妳這麼想當凡人，自己死了不打緊，還忍心拖風鴉一起？他本來還有好幾千年可以活呢！我看冷酷無情的，不是我的族類吧。」

我的視線落在烏鴉別針上，在藍鈴花之間閃爍，「我永遠不會淪落到你們這樣。」我說，「絕不。」

賈弗萊悲傷地對我微笑，「那妳的家人呢？」

我抬起頭，現在是因憤怒而全身顫抖，不是恐懼。他怎麼敢。

「當然，」他繼續說，「如果妳的阿姨艾瑪和那兩個小妹妹，三月和五月，能再見到妳，一定會很欣慰。想像一下，要是妳成為了妖精，能怎麼幫助她們？」

「別提到我的家人。」

「啊，但是我非提醒妳不可。妳真的願意丟下她們，連最後的解釋也沒給，更沒留下任何遺骸讓她們埋葬？妳親愛的阿姨好孤單，關於妳的回憶會永遠糾纏她。她會因為發生的一切而自責。相信我——我知道。」

「你故意折磨我。艾瑪絕對不會……她絕對不會……」

她絕對不會想要我做出這個抉擇。我癱軟在毛地黃的抓握之中，看著地上的烏鴉別針閃爍的冷光。幾乎近到能碰觸。這齣可怕的戲，每個痛苦的環節，都是賈弗萊精心策劃的。他知道就算費盡唇舌，我也永遠不可能喝綠意之井的水，而我受的折磨就是最精彩的奇觀。他手中掌握著我的命運，就像魔術師拿著關在籠裡的鴿子，準備把籠子捏扁，讓籠子裡的我粉身碎骨。可是……可是……能做出選擇的還是我，而且只有我。賈弗萊可能看清了森林裡的每一條路、每一處分岔——但是否有考慮過不可能的狀況？如果我離開小徑，盲目地衝進蠻荒的森林中，前往他的預知景象從沒看過的地方？

我想我知道毛地黃為什麼要把冠冕從我的髮辮上扯掉。希望我是對的，因為我就要進行畢生最大的賭注，而我這個人原本最討厭出其不意。

「我喝。」我小聲說，毛地黃的手指在我手腕上鬆開了些，無論是因為要讓我移動，又或者只是單純的驚訝，我不在意，我跪倒在地，盲目爬行前進，在痛苦和絕望之中笨拙地摸索，直到我的手肘攀上水井的石頭邊緣，在粗糙的表面上擦傷了手臂。我輕輕痛呼一聲，剛剛撞到那下移動了我脫臼的肩膀。賈弗萊動也不動看著我，眯起眼睛，我距離他看見的路徑偏移了多少？我絕對不會同意喝下井水，當然，我還沒放棄掙扎。

我往井裡伸出一隻完好的手，彎起手指。井水感覺就和其他普通的水一樣，不過想到那是什麼，讓我全身一陣冰冷的顫慄，我舉起那一掌清澈閃爍的井水，裡頭有細碎月光，我的鼻息顫抖著。這時，我忽然停下來，我的手臂忽然就那麼……停住了。

我的手指緊緊貼在一起，但水還是滴滴流走，我掌心的小水窪越來越淺。

如果光是碰到水，就足以讓我變成妖精怎麼辦？

風鴉在說我的名字。

我抬起害怕的視線，發現他在看，全身緊繃，好像準備好要往前衝，我看見他猶豫不決的痛苦。他不想要我做這個決定，知道這即將讓我生不如此，然而他也不想要我死。無論他說什麼，都會以某種方式背叛我。這時，我也想通了剛剛發生了什麼事。

「放開我。」我柔聲告訴他，「相信我。」

風鴉微微低下頭，咒術造成的麻痺褪去，我咬緊牙關，舉起掌中的井水，直到我的鼻息在水面拂出漣漪。

然後我直直望向賈弗萊，一反手，水又流淌回井中，我高高舉起另一隻手，雖然劇痛的肩膀尖叫抗議，雖然我幾乎感覺不到拳頭裡握著的那個染滿泥土和青草的金屬物品。

套句賈弗萊說過的話，我就要發現工藝是如何具有能夠毀滅妖精的力量，而且是我無法想像的。到此時此刻之前無法想像。

「去死吧。」我對他說，將烏鴉別針拋入綠意之井中。

19

妖精不約而同驚呼，在草坪的沉默中聽起來很詭異，像一群烏同時振翅飛走。幾名妖精伸出手撲向水井，雖然他們的速度異常迅速，卻都沒能即時在烏鴉別針墜落前抓住它。旋轉著發出閃光，掉進幽深的水井中。

一陣顫抖震撼了地面，所有人都出於自覺地往後退開，除了賈弗萊之外，他靜止不動，站在那裡眼睜睜看著。他看起來出奇蒼老而古怪，就像一尊雕像。也許他腦中正播放著在林間空地中對我說過的話，想起他在我腦中種下工藝品可以摧毀綠意之井這個念頭的時刻。

石頭顫抖，然後鬆脫開來，一顆顆往內崩塌。每一排石頭崩塌後，都有更多石頭升起來取代它們的位置，像永無止境的噴泉從井底湧出。哐啷哐啷的石頭撞擊聲淹沒了其他聲響，粉塵像滾滾噴出的煙霧。風鴉來到我身邊，空地上下起伏，妖精紛紛摔倒在地，我們一起踉踉蹌蹌往後退。我沒看見，但感覺得到石塊最後一次猛烈噴發。

其中一顆和馬車輪一樣大，滾過我們身邊，後方留下一堆壓扁的蕨類和斷裂的樹苗。

空氣平靜下來後，綠意之井原本的位置出現一個巨大石塚，還有一堆陰森的岩石，看起來已經在那裡堆放了幾千年。不管現在我們會發生什麼事，知道那可恨的東西已經毀了，我都感到心滿意足。不會再有凡人步上艾絲特的後塵。

賈弗萊剛才站的地方，被一堆亂石所掩埋，足以將一個人活埋十次。他不見了。

毛地黃是第一個反應過來的妖精。「**她毀了綠意之井！**」她哭嚎，四肢著地爬向我們。風鴉揮出前臂，正中她的臉，她飛到一邊，頭撞到石塚邊緣，發出一聲潮濕而空洞的巨響。青苔湧上來，覆蓋了半座石塚，接著一堆紫色野花從縫隙間雜亂冒出。毛地黃沒留下任何遺骸，什麼也不剩，她死了，我剛剛親眼目睹一名妖精死去。

另一名妖精趕來，這次是毒芹，她抓住我，將我拉起來站好。另外得用上四名妖精才能制住風鴉，他將他們一個個都拋開來，最後他們四個必須一湧而上才制伏他，一邊兩個妖精抓住他的手臂，回頭瞥著毛地黃死去的地方。

驚駭的呼喊和無言的痛哭中，有一個人發出大笑。我的感官因為疼痛而變得遲鈍，過了一段時間才認出是誰。艾絲特躺在地上，手一遍一遍撫過面前的青苔，彷彿遭到長久禁錮後第一次碰觸到。眼淚汩汩淌落她的雙頰，她一次又一次瘋狂大笑。我不解地盯著她，直到恍然大悟到底哪裡不同：她又變回人類了。

「凡人，妳真聰明。」毒芹往我耳裡說。她的嘴巴好靠近我，她張嘴說話時，我聽得到脣瓣分開的聲音。她的鼻息拂過我的臉龐，冷若冰霜，聞起來比我遇過的任何妖精更可怕，我腦中出現一片無盡的結冰松樹林，還有皚皚霜雪白頭的遠山，野狼在寒風中跳躍，鮮血浸濕牠們的下巴。她粗糙的樹皮盔甲摩擦我的背部，「還是說，其實根本並不聰明呢？有時候要分辨並不容易。別動。」

我以為她要當場格殺我，卻沒料到她抓住我脫臼的手臂，大力一扭，將錯位的骨頭推回去。我好驚訝，甚至沒大喊出聲。肩膀的劇痛逐漸消褪成陣陣鈍痛。

「好了。我實在沒辦法忍受人類哭哭啼啼的聲音。來吧，各位！別再哀嚎了。快站起來。」

空地周遭的樹木回應毒芹，開始扭動、拍動樹枝，樹葉沙沙作響。一隻瑟恩往前站，低下頭避開卡住牠犄角的樹枝，上一刻，牠還是隻英俊雄鹿，轉眼間，就化為一團糾纏的林中植物，外貌畸形，爬滿了昆蟲，雙眼是流出腐爛汁液的兩個黑暗節孔，牠轉身看著我時，我感覺到了別的東西，憤恨難平的古老事物，正透過牠的雙眼往外張望。

「這個凡人剛才為我們贏得了面見古木妖王的殊榮，」毒芹下了結論，我來得及消化她說的話之前，她就猛然將我轉過身，循著來路回去。妖精也陸續跟上，緊抓著凌亂的衣服，睜大眼四處張望，他們把艾絲特丟在身後，彷彿忘記了她曾經存在過。

一開始，我根本不知道毒芹要帶我們去哪裡，直到我遠遠瞧見那顆中間裂開的石頭，風鴉在附近倏地挺直身體，甩開兩名負責押送他的妖精，大概跑到我們倆中間的一半時，他們才重新將他制伏在地。其中一個妖精胸口中了一記肘擊，風鴉在他們下方扭動，吐出嘴裡的泥土，「別帶我們走這條路，」他對毒芹說，「妳知道凡人是不能走妖精小徑的。」

她低頭對他露出危險的微笑，「你是在提議讓妖王陛下繼續久候嗎？」

「獵人尋求的是乾淨利落的殺戮，會讓獵物死得痛快。」

她的笑容凍結，「那是從前。」她回答，聲音壓得很低，我幾乎聽不見。然後她不發一語地拖著我前進，其他人把掙扎反抗的風鴉從地上拉起來。

「伊索貝。」他喘氣道。

有毒芹抓著，我無法完全轉過身看到他，「會發生什麼事？」

「說不準。有些凡人會生病，有些會發瘋。千萬不要執著於妳看見的東西。如果可以的話，把眼睛閉起來。」

其他妖精多半都在我們之前已經走到突起的石塊了，他們閃身進入裂開的大圓石中間的縫隙，但並未從另一邊冒出，我拉長脖子想看見接下來即將面對的是什麼，但除了一顆普通的大石頭，我什麼也沒看到。

「行行好，把他看緊一點。」毒芹回頭對抓著風鴉的妖精說，「他仍舊是王子，依然擁有王子的力量，如果他在半路上企圖要什麼花樣，我會很生氣。把這放在他身上。」她拿出一團皺巴巴的手帕，丟給燕尾，他大喊出聲，差點把東西掉在地上。

「是鐵！」沒錯，在繡著賈弗萊姓名縮寫的帕巾中間，正是我的戒指。

「喔，別再鬼吼鬼叫了，你用不著碰到它，把東西套到風鴉手指上就對了。動作快。」

「可是——」

毒芹的微笑更燦爛，燕尾快步向前，抓住風鴉拿劍的慣用手，將他的小指頭擠進戒指裡，也只有那根指頭戴得下。風鴉作好準備，昂起下巴，一開始並沒有反應，仍舊怒目瞪視毒芹，仍舊滿身傲氣，雖然他的雙背在身後扭轉，幻術也褪去，他的雙頰凹陷，襯托得頭髮更狂野凌亂，我原本已經再度開始習慣他虛假的外貌了。正當我開始希望他能承受生鐵的觸碰時，他臉頰的一束肌肉動了一下。他的腳步動搖，像喝醉一樣往前撲跌，一聲哀嚎從他喉嚨中撕扯而出，低沉而赤裸，幾乎像動物的聲音。

我受不了看他這麼痛苦，奮力朝他前進，不過毒芹借力使力，將我拉到一邊，把我整個人推進突起石頭的縫隙中。

我連閉起眼睛的時間都沒有。

我睜著眼睛往上看，第一個映入眼簾的事物，是星星。滿天繁星，風車般轉動的星子，綻放冷冽眩目的光芒，在黑色虛空中旋轉個不停。我越是盯著看，就越覺得自己從前根本沒好好注意過夜空，也不瞭解自己和浩瀚銀河比起來有多渺小。星星之間的虛空並非如一開始所見那樣虛無，而是充滿了更多的星星，而這些星星之間的縫隙，又擠滿了更多星星，然後——

「別看。」咬牙切齒的痛苦話語在我耳邊響起，聽起來好扭曲，我一開始還沒注意到是風鴉說的。我像被救起的溺水之人浮出水面，朝他聲音的方向盲目伸手摸索，直到他抓住我的手。我低頭不看那怵目驚心的無盡夜空。但是我無法遵從他的話，我沒辦法不看接下來發生的事。

道路同時在我們身前與身後開展，妖精排成一列，在我們身旁踏著輕快的腳步，蒼白的身形宛如陰森鬼火，形成一支幽靈隊伍。小徑兩旁有森林聳立，卻不屬於我們之前所在的那個世界。樹幹和房屋一樣寬大，地面突出的樹根也很高大，就算我想爬，也爬不上去。妖精微微發著白光的身影，在樹皮投下輕舞的陰影。

我跌跌撞撞往前，歲月在我身旁飛逝。蘑菇從土壤裡爆出、枯萎、斷裂，接著又長出更多。樹葉在枝椏上叢叢冒出，然後凋零，新的花苞已經在原本的位置顫動、鼓脹。青苔像海浪的泡沫爬滿地面，不同色澤的綠色潮起潮落。一隻小鹿怯生生地在地上的植物間覓食，卻忽然一陣奇怪的痙攣，倒地死亡，屍體是一隻犄角已經長齊、嘴部四周毛皮發灰的雄鹿。我經過鹿屍時，牠的骸骨已經有一半沒入地面，樹葉波動著吞噬屍體，像一群大吃大嚼的蛆蟲。

過了幾年了？二十？三十？我陷入恐慌，看向自己握在風鴉手中的手掌，預期會看見乾縮枯皺的皮膚，因為年歲而布滿斑點。然而看起來並沒有什麼不同，真的嗎？光線很怪——我不能相信自己雙眼目睹的一切……

「就把它當作，」風鴉努力擠出聲音，「當作是幻覺。我們離開小徑時，實際上只過了幾秒鐘。妳不會有任何改變，至少肉體上不會有。」

他的手閃著陰森光芒，我幾乎覺得自己看見那道光穿透了我的手，描繪出骨骼的形狀，戒指則透過他的手指投下陰影。我緩緩抬頭往上看——

「不要。」他啞著嗓子說。

——看向他的臉。有如槁木死灰的容顏因為痛苦而扭曲。眼睛周圍出現半透明的陰影，讓他凹陷的雙頰更加深邃。直到我發現，就算他的嘴巴緊閉，我還是能隱約看見他的利牙，才恍然大悟那層光芒來自他體內灼燒的骨骼，他看起來幾乎不像自己了，比較像從土壤中爬出的亡魂，只因為迫切的飢餓感才有活著的感覺。

「我的戒指是不是快殺了你？」我問。

他微乎其微地搖搖頭，就連這個小動作都很費力，也許死不了，但是承受了難以言喻的痛苦，「我不想要妳看見我這個樣子。」

「我還是不怕你。」我小聲說，然後終於閉上眼睛。

「你找到的這個凡人好奇怪喔！」毒芹的聲音像一陣刺骨、呼嘯的狂風擊中我，「真可惜，我比較喜歡他們害怕的時候，他們渾身粉紅，每個都跟小不點一樣，比較適合害怕的樣子。」

我不確定這趟旅程持續了多久。儘管閉上眼睛看不見，還是能感覺到四周發生的事。枝椏嘎吱響，摩挲著樹葉，好像樹木活了過來。根莖在我腳底的土壤中蠕動。蘑菇、蕨類、青苔和花苞茂密生長，然後發出潮濕的噗吱聲，就此死去，好像有人在攪動一碗凝結的布丁。這些聲音中偶爾會夾雜妖精發出的殘酷笑聲，但隨著時間流逝，森林的聲音越來越嘈雜，我覺得我的耳鼓就要爆裂了。我注意到更詭異的噪音：某種低沉、顫抖的哀嚎，從土地深處傳來。還有某種水晶撞擊似的叮噹聲，一定是星星的聲音。

我幾乎忘了我是誰——我成為一隻盲目的動物，用踉蹌腳步遲鈍地往前走，臣服於無情而遼闊、往下擠壓著我的永恆宇宙。

直到忽然之間，一切都停止了。

我完全仰賴於毒芹支撐在我腋下的雙手，才有辦法站直。我的眼皮撲簌顫動，金色亮光透過我的睫毛灑落。一個渾厚的咆哮聲擊中我，那是成千上百個人同時說話的聲音，不過和時間流逝的交響曲相比，這個聲音比較安靜遙遠，因為隔著一層層布料而聽起來悶悶的。不管發生了什麼事，我都無心在乎了。土地旋轉得太快，在滿天繁星眼中，我早就死了。我能否活過今天、明天或下個月，一點都不重要。我的生命比森林裡的一片葉子還渺小。我記得一個金黃燦爛的午後，然後露出微笑，毫不在乎我現在看起來是什麼樣子。

我歪斜著頭，透過眼皮的縫隙，我看見我們正站在一個高起的平台上。多節樹根在我雙腳邊糾結，許久之前曾遭火燒或者閃電擊中，焦黑表面滲出一顆顆硬化成珠的晶瑩樹液。樹根往下降，形成不對稱的螺旋梯，下方一個擁擠的輝煌大廳正等著我們，似乎充滿夜晚的耀眼日光，但這怎麼可能，現在可是晚上。風鴉說只過了幾秒鐘，我相信他。一個思緒掙扎在我腦中掙扎浮現：那光芒是鏡子反射出來的。許多擠滿妖精的陽台後方擺設巨大的鏡子，一層層包圍我們，像座宏偉的劇院，也像法庭……不，那不是鏡子——而是往下傾瀉的層層水幕，水面光滑鏡亮，完美反射出鍍金大廳永無止境的金碧輝煌。

我試著專注在身旁那個彎腰駝背的身影，他正說著些什麼，但我無法理解。我抓緊很久以前關於我們倆的回憶，雙脣間吐出破碎的話語。「這就是為什麼你……說最好不要。」

「對。妳記得！快回來，伊索貝，回到我身邊。」

「噢，風鴉，別理她。沒關係啦，不管她有沒有瘋都沒差——如果她瘋了，繼續保持下去比較好，畢竟我才是需要抓住她的那個人。」

「伊索貝。」他再次說，雙脣貼著我的嘴。

那是個急促的吻，乾裂的嘴唇用力撞上我，毫無欲望，但是感覺像在地底窒息了很久之後吸入的第一口新鮮空氣。我迅速眨眼，四周模糊的色彩慢慢聚焦。噁心的感覺在我喉嚨中燒灼，所有閃爍的珠寶、柱子和妖精光暈都散發耀眼奪目的光環。但是我想起來了，我還有值得為之而活的人事物。如果我即將死去，也要記得我有多在乎風鴉、艾瑪，還有三月和五月，她們蜉蝣般的生命對我來說再重要不過了，我不屑一顧妖精小徑所透露的真相。

在旁觀看的妖精對我們瞠目結舌。大多數人都緊抓著欄杆，一邊伸長脖子，彷彿他們正在看一齣熟悉的戲，而忽然有演員不按劇本演出，從後門衝了進來。風鴉先前對我流露出情感時，我看見毛地黃是如何覺得噁心，也親眼看過他背負了多深重的羞恥感，我知道在整個夏季宮廷面前吻我，大概是他做過最有勇氣的事。

「你老是不聽我的良心建議，我覺得真的很討厭。」毒芹在我身後上方某處說，我沒在聽，我正凝望著風鴉，他也回望我，因為有兩名妖精按著他，被迫彎著身體，只有原本身高的一半。我差不多站直了身體，發現我們兩個視線高度差不多，幾乎大笑出來。

他正齜牙咧嘴喘氣，呼息攪動了垂在面前的一綹髮絲，「上次我們在夏季宮廷時，我答應妳一件事，我仍然打算實現我的承諾。」

「你是說你有計畫嗎？」我詢問，仍然覺得很不舒服，這也解釋了為什麼我會覺得現在的狀況很好笑，「如果有的話，是不是自大又不可行，而且最後會害死我們兩個人？」

「對，」他回答，在喘息之間對我露出半個微笑。「恐怕現在沒有時間讓妳想一個更好的主意了。」

「就這樣吧。我知道你有多愛炫耀。」

他的表情正經起來，「很不可思議，看來我愛妳還比愛炫耀更多一點。」他說。

他猶豫，鼓起全身力氣，隨著一個忽如其來、猛烈的扭轉動作，他的幻術湧回身上。在我理解他做了什麼事之前，他就甩開兩名抓住他的妖精，挺直身體，用響徹大廳每個角落的聲音怒吼：「**我挑戰古木妖王！我挑戰他對四季宮廷的統治權！**」

他截斷的手指，仍舊戴著我的戒指，蜷縮在突出的橡樹根之間。

20

包圍我們的妖精往後退了一步，我的膝蓋癱軟，風鴉在我摔倒前扶住我的手肘，手臂勾住我的臂彎。我納悶為什麼沒有妖精企圖阻止他，直到我看見他的臉。自從那晚他為了肖像的事質問我之後，我就再也沒看過他這個樣子了。他殺氣騰騰，散發白熾的怒火，就算幻術回來了，看起來卻更不像人類，清楚傳遞出一個訊息：如果有誰膽敢靠近，他會立刻當場斬殺他們。我猜這是他們古怪的妖精傳統所帶來的優勢——力量就是一切，掙脫生鐵之後，風鴉是在場最強大的妖精。除此之外，他已經一無所有了，就連毒芹看起來也一臉警戒。

「你的手。」我說。

「我想應該會流很多血。」他滿意地回答，「妳可以走路嗎？我得讓妳待在我身邊。」

對，計畫。那個風鴉扯斷自己的手指，顯然還挑戰遠古妖王來場生死決鬥的計畫，還有什麼能出錯呢？

我緊閉雙眼，在體內搜尋，評估自己的體力，「應該可以，但走不久了。」

「那我們就走吧。」

我們一起步下階梯，我的裙子在崎嶇的台階上留下一連串玫瑰花瓣，我們來到階梯底部，回頭望了一眼，我們從其中現身的那棵裂開橡樹長在突出的平台上，黑色樹根在平台邊緣糾結，枝幹有一半沒入牆壁中。古木妖王的寶座只能透過妖精小徑抵達。

我們手挽手前進，往房間中央延伸的筆直大道兩旁排列的巨大樑柱，和牆壁與陽台一樣是同樣閃亮、微微透明的石頭構成的。空氣異常凝滯沉重，我忽然警覺到，雖然這裡很亮，卻有可能是在地底。我們經過第一根柱子時，我看見它表面有樹皮的紋路，發現它們不是石筍或雕刻，而是在地底下保存許久的石化樹幹，久到有了水晶般的質地。我深吸一口氣，靠著風鴉，意識到這座大廳古老到我無法想像，還有從四面八方壓迫著我們、令人感到封閉窒息的重量。

走道盡頭消失在一團朦朧閃爍的光線中，無法用肉眼直視，古木妖王可能已經坐在那兒看著我們靠近，又或許他還沒抵達。我不知道。

這裡的聲音可以傳到很遠的地方，讓我想起有唱詩班正在合唱的大教堂，妖精都坐下後，竊竊私語平息，大家移動，翻過詩歌本的書頁，拱形天花板充斥著像是有數百隻鳥兒同時摩挲翅膀的聲音。風鴉堅硬的鞋跟敲出陣陣回音，我甚至能聽見魔法花瓣從我的裙子掉落的聲響，彷彿絲綢摩擦著光可鑑人的地面。有些字詞在一片模糊的聲音中特別響亮，有時聽不出是什麼，有時清楚的像是直接往我耳裡大吼。

「風鴉。」一個男低音說，我慌張了一會兒，才發現說話的妖精是在陽台與同伴對話，而不是直接對風鴉說。「你有沒有——」另一人喃喃說，接著是唇齒摩擦的刺耳噪音，「**吻**。」「伊索貝！」一個女孩的聲音大叫，我的心臟像受驚的馬匹猛烈撞擊肋骨。

「別理會他們。」風鴉說，直直往前看。「假裝只有我們兩個在走路，那些全都是風聲。」

我的視力時不時就會變得模糊，差點就能做到，「我從不知道風這麼愛嚼舌根。」「你們凡人啊，認知就是這麼粗淺。」雖然他沒轉頭，我感覺到他注意力轉向別處，嘴角還露出一個淺淺的微笑。「看好了。」

就連現在也要炫耀。我心想，但是不可否認的，我的血管流竄過興奮的微微電流，滿心期待屏住氣，想看他接下來要做的事。他臉上仍掛著微笑，漫不經心地一揮

受傷的手，鬆開餘下四隻手指握緊的拳頭。滴、滴、滴。他的血在地面滴出一條痕跡。有人驚呼，還有人害怕地大喊。妖精在欄杆後方互相推擠想看得更清楚，傳來一陣鞋子用力跺地和倉促移動的聲音。有個女人抓住另一個女人的長髮往後拉，清出一個位置。在這短暫的空檔，我注意到一名妖精垂著銀金色的頭顱經過，那個顏色在夏季宮廷的濃烈栗棕與紅褐色的襯托下，顯得特別醒目。賈弗萊？不，不可能……

最近的柱子爆裂成一團閃亮的水晶碎片，然後又爆了一根，又一根，再一根，就這樣持續到遠方。活生生的樹枝從它們裂開的外殼往外開展，燃燒著猩紅色的葉片，樹根突地竄出，隆起的力道讓石頭裂成兩半，鋸齒狀裂縫往四面八方延伸。其中一座陽台的石塊被削落，嚇得妖精驚聲尖叫，裂開的土石崩落，淹蓋了水晶灑落的細碎叮噹聲。

我在四分五裂的地板上搖搖晃晃往前撲倒，但風鴉穩住我，扶我跨過一根還在生長的樹枝，它一邊蠕動一邊鼓脹，像隻蟲般爬過地面，分岔出四根鬚根。他沒停下來治療他受傷的手，他沒有時間也沒有體力這麼做。

風鴉的秋天樹木緊貼著天花板擴張，枝葉遮蓋大廳原本耀眼的光芒，黯淡成彩色玻璃寶礦。直到現在我才第一次看見等著我們的是什麼。

古木妖王，他坐在和最高的平台同高的王座上，身體彎腰駝背往前傾，錯綜複雜的藤蔓將他和牆壁纏在一起，像顆困在動脈之網間的心臟。他的臉龐、鬍鬚、長袍、王座，甚至是那些藤蔓，都呈現同一種粉粉的灰色，宛如大理石般了無生氣，彷彿他也成了這座大廳的一部分。他沉睡的容顏讓我驚駭不已，不知為何，我就是知道他實際上沒有外表看起來這麼死氣沉沉。我感覺到他遲緩的意識轉向我們，卻和在黑暗中巡繞的燈塔光束一樣再確定不過。噢，我真的很不想看到他醒過來。

風鴉抓住我的手臂，他踏出的下一步遲了半秒，靴子才著地。他也感覺到了。不像我，他不能展現出恐懼——不能展現出弱點。我瞥著他的臉，發現他的雙眼定定凝視著古木妖王，表情自大又帶著些許厭惡的期待，好像對方只是他這名王子預計要在羽毛球比賽中擊敗的對手罷了。不過他的自信全是假的。不過幾分鐘之前，我才目睹他拖著殘破的身軀在綠意之井邊哀求。事到如今，我已經見過好多次他把自己的碎片勉力拼湊回去的模樣，瞬間就能認出來。

我希望至少有那麼一次，我能告訴他我愛他，而不會變成我們兩人的詛咒。

大廳陷入靜默，妖精一個個像小孩子般抬頭看著秋日落葉。斷垣殘壁上已經覆蓋了一層柔軟的葉子，好像是很久以前坍塌的。在重回的這片靜默之中，黃色的常春藤纏繞陽台，沿著樹幹蜿蜒往上爬，一陣清爽夜風襲來，我的裙子在腿邊輕輕拍打。風鴉的樹枝越來越接近古木妖王靜止不動的軀體，一邊綻放血紅的花朵。

妖王的一根手指微微抽搐。

他的鹿角王冠滾落粉塵，一開始只是涓涓細流，他抬起頭時就變成瀑布崩落。我們現在已經很靠近他，足以看見覆蓋住他鬍鬚那層粉粉的質地。他眨眨眼，睜開覆蓋著一層薄膜的淡色雙眼，眼神像老人一樣游移不定。

「你們為什麼叫醒我？」他的嗓音是乾枯的耳語，雖然音量很低，他的抱怨之詞仍舊像狂風掃過枯葉，傳遍每個角落。一陣熱浪接踵而至，聞起來有腐爛的味道。我的手掌冒出汗珠。「我在作夢……夢到成熟的葡萄，水面上倒映的夕陽……我只願……」他疑惑地看著身上長出的藤蔓，將他和王座禁錮在一起。

「古木妖王，我是來挑戰你的。」風鴉清亮的聲音說，發出陣陣回音，「你的無盡夏日已經墮落腐敗，大家都看得出來。無主的妖獸在森林裡遊蕩，你放任領土在你昏睡時腐爛，而今晚，」他說得更大聲，身體轉向陽台，仍舊高舉著受傷的那隻手，青苔從他衣袖往下爬，「一個凡人更毀了綠意之井。」

他說的話引起一陣大喊，「不！」「所以是真的！」「綠意之井！」「現在要如何讓凡人愛我們?」陽台上爆發混亂，幾個妖精跪下來，用誇張的崩潰姿態抓著欄杆。但是古木妖王一個動作就讓他們安靜下來，一陣塵埃簾幕在空氣中瀰漫。

「不。你說的……不可能。綠意之井是永恆的事物。」

不知為何，我找回了我的聲音。「妖精無法說謊。」我提醒妖王，半是害怕，半是對他感到一陣奇怪的憐憫。

他瞇起眼睛，更多塵土從交錯的皺紋間滾落，露出一片片白紙般的皮膚。他低頭看我，暑熱沸沸揚揚，我碰觸到身上衣裙的每吋肌膚都癢得難受，我顱骨中的壓力陡然增加，不存在的蟋蟀嗡嗡作響。我對他來說微不足道，無論我做了什麼，充其量也只是在他王座腳邊爬來爬去的一隻昆蟲。他想用他那沉重凝視的力量就殺了我。倘若不是風鴉的咒術干涉，應該就能成功。

他一發現我對他的魔法無動於衷，以及其中緣故後，混濁雙眼深處出現警戒與遲疑的閃光。「她仍然擁有自己的意志。」

風鴉露出一個毫無笑意的微笑，齜牙咧嘴，看起來徹底瘋狂，我都忘了呼吸，「對，現在，快滾下來跟我打一場，如果你還有那個能耐的話。」

一陣吸氣聲。然後王座廳爆炸了。

尖叫的烏鴉從四面八方湧入，數量多到遮蔽了天空，大廳陷入午夜般的黑暗中。牠們拍翅的聲音如震耳欲聾的雷鳴，掩蓋了古木妖王抗議的怒吼，更吞噬了妖精異口同聲的驚呼。鳥喙刺痛我的臉，漫天飛舞的細羽讓我咳個不停，只有風鴉手臂的暖意讓我確定他還在我身邊。在揮動的翅翼間，我看見四周混亂的零碎片段。陽台上一個女人耙抓著頭髮，因為有隻烏鴉卡在她繁複的帽子裡掙扎。還有妖精一次被十幾隻烏鴉痛啄，從陽台上滾落。妖精擠上台階，想逃過無情的攻擊，卻徒勞無功，他們踐踏到彼此的鞋子和禮服，雙雙扭打起來。一名金髮女孩——是**雲雀**嗎？——踢中一個男子的下巴，然後轉頭看我，想尋求讚美。

妖精的鮮血四處飛濺，夏日天藍繡球花的香氣黏膩甜蜜，聞得我頭暈腦脹，世界在一陣羽毛漩渦旋轉，我掙扎著想保持平衡。

一個巍峨的身影在黑暗中拔地而起，犄角在烏鴉群間撕扯出一條空隙，把殘破的軀體甩到地上。風鴉轉身保護我免得被瑟恩的腳蹄給踩死。此時，一雙冰冷的手抓住我的手臂，把我從風鴉身邊拉開，拖到最近的一棵樹邊，緊貼著樹幹。

「別再掙扎了。」雲雀往我耳朵裡說，「我們有些人是來幫妳的。」

我用力抓住雲雀的手腕，「風鴉沒有劍！」

「劍？」她咧嘴笑，「他為什麼需要劍？」

結果，他還真的不需要。風鴉在瑟恩下方低身旋轉，像跳舞一般，左手往上戳入牠的胸膛，牠僵在原地，全身顫抖。秋天藤蔓先從牠的鼻孔爆出來，然後是嘴巴和眼睛，迅速往牠全身蔓延，直到瑟恩看起來像是個巨大的造型灌木。風鴉抽出手，已經捏碎了那個古老的棕色頭顱，隨手一丟。他的外套一揮，已經躲到一旁，避開灑落的樹皮。他瞥瞥我和雲雀，上下打量了一下。烏鴉現在繞著我們三人旋轉，如同無法看穿的一堵黑牆，鑲嵌著亮晶晶的眼珠，彷彿我們就站在暴風雨的正中央。另一隻瑟恩穿林而來時，風鴉又轉過身去。

我對他大喊，不過他已經察覺了，隨著一個流暢的動作，他雙膝跪地，手掌拍向地面，和竄起的那陣羽毛狂風融為一體。瑟恩的犄角咻地劃過空氣，錯過了那隻有著紫色眼珠的巨大烏鴉。風鴉消失在暴風中央，成為眾多黑鳥中無法分辨的一隻。然後他在接近天花板的地方脫離鳥群，往下俯衝，伸出彎曲的鳥爪，像正要抓捕獵物的老鷹般飛撲向瑟恩。他再度消失，我竭力搜尋他接下來會在哪裡出現的徵兆，用不了多久，瑟恩就先歪向一邊，然後又斜向另一邊，跌跌撞撞的腳蹄踩過牠同伴的腐爛殘骸，然後在驚天動地的巨響中墜落，瓦解成一堆植被，四散在地。

風鴉以人形踏步離開那堆遺骸，拍掉衣袖上的灰塵。

「他真的把手指砍斷了嗎？」雲雀的聲音帶著看熱鬧的興奮感，「是真的，對不對！我之前沒聽說過其他人這樣做。我以前從沒聽過有人這樣做，那是永久的，妳懂吧——他的幻術藏不住，他的力量也維持不久了。」

我吞了口口水，「他……他打得過古木妖王嗎？」

號角聲晃動了地面，穿透鞋子震撼我全身，時間停止了，或至少一開始看起來像是這樣，但是風鴉往後一站，我慢慢舉起發麻的雙手，只為了想看看自己是否還能動彈。圍繞我們的烏鴉停滯在半空中，飛到一半就凍結了，雙眼眨也不眨，羽毛文風不動。號角再度吹響。烏鴉像脆弱的玻璃紛紛炸裂，化為黑曜石瀑傾瀉在我們腳邊。

古木妖王站在王座平台上，藤蔓從他身上滑開，越過王座後方往四面八方爬開。他往下踏了一步，又一步，每個步伐帶來的震動都讓他身上灑落一堆塵土，他走下階梯時，一邊抖落好幾個世紀的重量。一件翡翠綠的長袍一吋一吋慢慢露出來，滾邊是古老的暗金色。他摻雜幾絲灰白的濃密鬍子有幾處編成辮子，用金色扣環固定，像古老的戰士國王，手指上有個圖章戒指熠熠生輝。又粗又濃的眉毛遮住了他的眼睛，只露出堅毅的鼻子和一道無情的薄脣，我記得在夏境的雕刻上看過。他幻術的破綻是什麼？一點破綻也沒有。

我們四周的妖精倏地停下打鬥的動作，靜止在鬧劇演員會擺出的各種鬧劇姿勢。我有點驚訝除了想趕跑烏鴉之外，竟然還有這麼多妖精在互相扭打。到底這場群架是因為有妖精站在我們這邊，又或者純粹是因為鞋子被踩的不滿所引起，我猜不透。他們有的動也不動蹲在地上，有的手掐在另一個妖精的脖子上，妖精飛濺的鮮血滋養出的開花藤蔓和青苔覆蓋過他們的身體。

風鴉沒移動，他的背挺得筆直，表情無法解讀。我的一顆心懸在喉嚨裡，冒險看了風鴉一眼，不喜歡世界模糊失焦的模樣——這不是像故事書裡的少女一樣昏倒的好時機。雲雀也僵立在地，大而無神的雙眼盯著古木妖王，好像被催眠了。

妖王又步下一階，聳立在我視野邊緣，這時我才想通。他的體型。他的體型就是他的瑕疵，他的身高把其他妖精都比了下去，尺寸異常龐大，甚至還比風鴉高出一個頭。

終於，雲雀回答了我的問題，「打不過。」她咬牙切齒說，從肺裡竭力擠出幾乎聽不見的字，經過她靜止不動的嘴脣時已經氣若游絲，「誰都打不過。」

「我想起來為什麼會坐在王座上好幾個世紀都沒起來了。」古木妖王的嗓音像地平線上轟隆作響的雷鳴一樣傳遍大廳。空氣越來越凝滯，因為蟄伏的力量而發出劈啪聲，直到我手背上的寒毛全豎起來，「我厭倦了你們的紛紛擾擾。你們那微不足道的生活讓我好累。葡萄酒……刺繡……小東西……為的是什麼？你們為了一口塵土，就能把鄰居的雙眼給挖出來。但你們四周的全都是塵土，全世界都是塵土做的，也終將歸於塵土。除此之外沒有別的了。」

之前他眼中的恐懼，我一定是錯看了。這個生物並不知恐懼為何物。他什麼也感覺不到，我心想，努力想抬起下巴。黑點像蚊子在我眼前晃動。

「既然良法已破，你們又無法給予懲罰。這傢伙……還有那傢伙……為什麼還活著？這個凡人做了什麼不重要。我不想，」他說，「看到他們兩人的臉。」

他幾乎快走到階梯底端，我吞下苦澀的臭氧味，尋找我與風鴉之間的連結，我在我們倆共享的沉默中對他尖叫。

他晃動了一下，好像有人把他腳底下的地毯抽走了。然後他搖搖頭，我不悅地看見他竟然對古木妖王露出一個歪扭的微笑，那個笑容太野蠻，無法稱之為迷人，「真是個幸運的巧合，」風鴉宣布，「我承認，我們兩個也都不想見到你的臉。有鑑於目前的狀況，我們還是趕快離開吧。」他彎起一隻手臂，撫胸鞠躬，「祝你有愉快的一天。」

古木妖王不得不彎腰回禮，也被迫中斷了他那越來越黑暗的凝視。

「快點，過來。」風鴉說，轉身對我伸出沒受傷的那隻手，一波樹葉覆蓋過他，雲雀扶起我，把我抬上一匹正在跺腳的馬兒，拉著我的手臂圈住他的脖子。我們在差點震碎我骨頭的晃動中起步飛奔。我的臉頰貼著一束束有力的肌肉。一張張臉飛逝而過，發出驚訝的呼喊，紛紛退縮躲開馬蹄濺起的石礫，它們也刺到了我自己的腳，只是冰涼針刺般的小小壓力，不算真的疼痛，我想知道有沒有扎出血來。

我們喀噠喀噠奔上階梯，在窄小的梯級上移動時，風鴉的肩膀劇烈起伏。鏡面般的水幕越來越近，映照出奮力往前衝的駿馬還有跨坐在馬背上的我太過蒼白的容顏。他即將躍過水幕，我盡力作好準備。

「這就是你的計畫？天啊，風鴉。」我已失去一半意識，往他溫暖粗糙的鬃毛裡咕噥，他的所作所為是大家絕對料想不到他會做的事，「你打算逃跑。」

21

我們逃離夏季宮廷的過程一團模糊。水流打在我頭髮上的衝擊力，還有往背部流淌的感覺，讓我維持足夠的知覺，可以緊抓著風鴉的鬃毛。我的思緒在恍惚之間游動，我的心智掙扎著保持清醒。

剛才原本有段時間，毒芹冷酷的聲音追逐我們穿過一處昏暗谷地，兩旁都是垂死的松樹，它們頹喪的身影令我膽寒，光溜溜的低矮樹枝往內彎向溪床，好像故意想將我從風鴉的肩胛骨之間打下來。

「噢，拜託回來！」她呼喚，「我們可以試著一起打倒他。你和我聯手。我們可以試試看的。你知道，他要抓的是你。想想這場戰鬥會多精彩！」

號角再度吹響，在黑夜中聽起來空洞卻威嚴。獵犬在遠處嚎叫。風鴉馬蹄下壓碎的松針散發出松樹脂的刺鼻香氣，他的步伐一刻也不停。

「拜託！」毒芹大喊，「我沒完成他的要求，他讓狗來攻擊我。拜託——拜

託——拜託——」

她的尖叫聲陪伴我一起墜入黑暗的漩渦中。

等待我再次完全清醒過來，發現艾瑪站在我家走廊上，高舉著一把煎鍋，指關節泛白，準備朝風鴉的頭敲下去。

「我不在乎你是誰，還有為什麼會在這裡！」她大喊，「你**立刻**把她給放下來，然後**離開**。」

「女士，我——」

「你知道我這輩子有多少次把男人的腸子塞回他們肚子裡嗎？不管是不是妖精，我想我都可以駕輕就熟。」

我試著想說話，但是我的喉嚨太乾了，鎖得死緊，只能發出某種乾嘔的聲音。

「伊索貝！」風鴉和艾瑪異口同聲大喊。

我咳嗽，唾液充滿我的嘴巴，然後是一陣作嘔，「沒關係。不要打他。他——」另一陣快把五臟六腑給嘔出來的咳嗽，「他在幫我。」

艾瑪滿臉陰沉，雙唇緊抿，但總算放下了煎鍋，「帶她進來放在躺椅上，然後拜託把事情講清楚，就從你剛剛為什麼是一隻馬開始解釋。」

風鴉抱我穿越廚房時，牆壁劇烈傾斜，我們穿越走廊到達客廳，空氣瀰漫亞麻仁油的味道，就算是在黑暗中，作畫道具的輪廓對我來說仍舊熟悉。家。我回家了。我胸腔裡有一顆疼痛的球越脹越大。我沒想過還能回到這個地方——我以為我會有去無回，死在森林裡。他把我放在躺椅上時，滾燙的熱淚灑出我眼眶，我有更重要的其他事情要說，但是我那痛苦的放鬆之情操控了整個大腦，我只能擠出壓抑的哀鳴：「艾瑪。」

她把風鴉推到一邊，他很識相地退到躺椅一角，像挨罵的學步小孩一樣在那裡晃來晃去。艾瑪的手臂滑到我的背和躺椅靠枕中間，把我拉向她。我虛弱地攀著她，往她肩窩裡啜泣。

「噢，小貝，妳的**衣服**呢？妳為什麼穿著一件會到處亂灑玫瑰花瓣的禮服？妳有哪裡受傷了嗎？他們有沒有傷害妳？」

「我沒事。」我靠著她的睡衣放聲痛哭，不確定是不是真的，但是我希望是真的。

終於，我稍微平靜了點，轉為劇烈的抽噎和打嗝。她把我放回去，我很感謝在黑暗中看不見我在她肩頭留下的那一大片淚痕，「我去拿點水和燈籠來。你，」她說，惡狠狠瞪了風鴉一點，「給我乖乖待著。」

「呃，好，女士。」他說。

艾瑪一離開房間，他就一個箭步來到我身邊，把我濕搭搭的手指握在雙掌中，卻痛得嘶了一聲，縮回左手，摸索出一條手帕來蓋住傷口。我觸碰著他的臉頰，他靜下來，陰影中雙眼裡有一點亮光，凝視著我的臉。我驚嘆於他的肌膚摸起來有多燙，這表示我應該全身冰冷。

「伊索貝，」他問，「妳還好嗎？千真萬確？」

我思索這個問題。雖然我動也不動躺著，全身肌肉卻因為疲累而抽搐。我的心跳微微晃動著我，倚著靠枕的耳朵與布料摩擦時發出有節奏的沙沙聲，我彷彿油盡燈枯，只剩下和紙一樣脆弱的軀殼。

「我不知道。你還好嗎？」我輕聲說。

他開始點頭，然後又停下來，無法完成那個動作。我們兩個這樣問對方真是太蠢了，明明心知再也不可能好起來。不過在黑暗與疲累交織成的繭中，躺在躺椅幾乎不太舒服的針織錦緞上，我萌生了一種詭異至極的感覺，覺得我們經歷的這一切都不是真的。秋境、墳塚領主、春季宮廷、古木妖王──這些全都不可能發生，與家中真切的現實相比之下，全只是發燒時栩栩如生的夢境。

「你答應過要帶我回來。」我說。

「要是能早點做到就好了。我——」

我仍然捧著他的臉，用大拇指刷過他的嘴唇，他安靜下來。

「別自責了。」我說，「那個選擇是我們一起決定的。但是我們不能留在這裡。古木妖王就要來了，對不對？艾瑪和雙胞胎有危險。如果她們出事的話……我們必須盡快離開這裡。」

「伊索貝！」艾瑪拿著走廊上的燈籠照亮了她震驚的表情，不僅對我說的話震驚，也對我們兩人的姿勢震驚。「妳不准再離開這間屋子，無論如何都不行，聽見沒有？」

她轉身面向風鴉，他在燈光中疲倦狼狽的樣貌讓她停了一下。她瞇起眼，心存懷疑，她懷疑的事，我直到一陣子前也會這樣想，妖精會以這個樣子出現在我們面前，只有一個原因，那就是欺騙我們。她怎麼樣也想不到風鴉是在努力保留剩下的每一滴魔力。

「給我解釋。」她說，音調嚴厲，「仔細點。」

我驚訝地看見他站起身，挺直肩膀，向艾瑪解釋一切。有些部分他輕描淡寫帶過，我為此默默感激他，不過重要的事都全盤托出。他繼續說下去時，我作夢般的恍惚狀態逐漸退去，隨著他說出的每個字，回憶也漸漸湧回，輪廓銳利、異常清晰，在將我與昨晚駭人事件隔開的單薄紗幕上割出一個個破洞。艾瑪的臉色越來越慘白，最後帶著石化般的表情坐下。

恥辱以一波波冷熱交替的浪潮刺痛我的肌膚，與我胸口那顆堅決反抗的死結交戰，一想到接下來艾瑪看我時，會在她臉上看見批評——或者，更糟，看見失望的表情，我就想整個人蜷縮起來，再也不想見到這個世界。我沒辦法證明我和風鴉對彼此的感情是真的，就算再蠢、再絕望，我們也都值得擁有。而我已經累了，好累，不想再扛著它的重量，彷彿它是一場失敗，是一樁罪行。

等待艾瑪反應的那幾分鐘，是我這輩子最漫長的時刻。她靜靜聆聽，沒有出言打斷，風鴉快說完時，她的眼神飄向他的左手，雙眉間出現一條小皺紋，她從沒見過受傷的妖精。風鴉在她的審視下坐立不安，這是自從他開始講故事之後唯一看得出緊張的徵兆，儘管他是妖境的王子，那瞬間他看起來異常年輕，有點像是一名人類的追求者第一次與心儀女孩的家人見面。

但是，通常，追求者不會帶來自己和愛人即將雙雙慘死的消息。

「這就是為什麼我會以馬的樣子出現。」他說完最後一句，「也是為什麼我們必須趕快離開。」

艾瑪轉身面對我，我作好準備，相信我已經準備好面對最糟糕的事了，但其實我沒準備好，我無法承受她憔悴枯槁的驚駭神情。

「這座房子的幻咒有用嗎？」她問。

「艾瑪，他是古木妖王。」我說，「對不起，真的很對不起。」

她看向風鴉。

他垂下頭，「恐怕伊索貝說得沒錯，誰都擋不住古木妖王。」

有幾秒鐘的時間，我們沒人說話，艾瑪用掌側來回摩擦著大腿外側，好像想紓解肌肉抽筋。她的表情沒透露什麼，不過那緊繃又重複的動作是因為束手無策的絕望而造成的，我也感覺到了——一種噁心的加速感，越來越快滑落俯衝的感覺，就像有人用馬車載著我越過丘陵的邊緣，再也無法回頭了。只剩下墜落，以及到達底部時無法躲過的毀滅。

「風鴉，謝謝你帶她回家。」她終於開口說，「伊索貝，我想要妳知道，我很以妳為榮。拜託先不要走。妳有什麼能去的地方嗎？」

風鴉和我交換了一個眼神，「我們可以去彼岸世界。」他說，小心翼翼措辭，這只是對艾瑪的仁慈罷了，我們逃不了那麼遠的。

樓梯那裡傳來一陣鬼鬼祟祟的動靜，然後兩雙光腳往階梯末端一踩。

噢，天啊。雙胞胎肯定把一切都聽得清清楚楚了。說不定從我和風鴉一進門，她們就開始偷聽了。我看見她們圓睜的雙眼，在轉角探頭探腦，胃就不禁緊揪成一團。三月在走廊處猶豫，手裡扭著腿邊睡衣長袍的衣襬。五月手臂下夾著某個四方形的物品。她們看見我半死不活癱在躺椅上，身穿一件魔法禮服，都在原地瞠目結舌。

五月先回過神來，滿臉怒容，踱步走到風鴉身邊，把手裡拿的東西塞進他懷裡。然後她清清喉嚨，命令整個房間的人都注意聽她說話。

「我們在外面玩的時候，一個很怪的陌生人給我們的。」（「**什麼？**」艾瑪驚呼，倏地站起來。）「他告訴我們把東西藏好，不要打開，因為是給你和伊索貝的禮物。我們還是有打開看看啦。」她補了一句，瞇起雙眼，「可是蓋子卡住了。」

那是個修長的盒子，大概和一個男子的前臂差不多長，長得像拿來收藏帽子緞帶用的盒子，但就算不看風鴉那副戰戰兢兢彷彿盒子隨時會爆炸的模樣，我也知道那不只是帽帶盒。我的五臟六腑不適地翻滾了一圈。

五月瞄了我一眼，假裝不在乎，然後鼓起勇氣大聲說：「我討厭妳。」

「五月——」

她的小手握成拳頭，「別說妳很抱歉，因為我不會改變心意的。」

我知道她沒這個意思，她困惑又害怕，覺得我背叛了她，對我發脾氣是她唯一能應付這種狀況的方法。但是眼見她猛一轉身踱步走去廚房，三月緊張兮兮看了我一眼，就快步去找妹妹了。艾瑪給我們一個意味深長的掙扎眼神——意思很清楚，**待在這裡**——然後快步去追雙胞胎。

這一切發生時，風鴉臉上都掛著疏離的疑惑表情，像隻貓看著最喜愛的傢俱未經允許就被人移了位置。

他的困惑對我來說是最後一根稻草，我沒有精力將這其中的人性翻譯給他聽。悲傷像隻隨意衝撞的公羊撞破我最後一道防線。我發出壓抑的啜泣，累到無法分辨乾澀疼痛的雙眼是因為疲倦還是流淚所導致。

風鴉往躺椅末端一坐，他猶豫，然後脫下外套蓋在我身上。外套很溫暖，聞起來有他的味道，看見他溫柔的舉動，我又毫不掩飾地低泣起來。他警戒地往後退，顯然是覺得自己火上澆油。

「呃，」他說，拍拍我距離他最近的身體部位，也就是我的腳掌，「那個……我很抱歉。希望妳別哭了。」他補了一句，就連這絕望的小請求都有點王子下令的口氣。沒有用。這時，一個沒頭沒腦的念頭讓我更加難受。「噢，我毀了你的烏鴉別針！」我哽咽大喊，「真的很對不起。」

「嗯，我覺得我已經不需要它了。」

因為他愛的是我。我用雙手捂住臉。

「伊索貝，我好像……要不要我離開房間？」

「不，不是因為你。」我的聲音被手指蒙住，聽起來悶悶的，嗓音聽起來有可悲的哭腔。「我只是，我只是正在展現非常人類的一面，好嗎？給我十秒鐘。」

我顫巍巍深吸一口氣，數到十。數完後，我就不哭了。幾乎。然後我又顫抖地把氣吐出來，拿袖子擦擦臉，這是個餿主意，蕾絲像砂紙一樣刮著我的眼皮。我伸手讓風鴉扶著我，縮在躺椅角落坐好，因為我不確定能不能在沒有任何倚靠的狀況下自己坐直，我堅決假裝自己沒有滿臉通紅，也沒有滿鼻子鼻涕。

夠好了。「可以了，我們來把盒子打開吧。」

他的手指緊抓住盒子邊緣，盒身亮漆在燈籠的光芒中閃爍。五月說是禮物，我猜那是個殘酷的笑話，是對我們的惡作劇，因為我們打破了良法。不過這沒什麼道理，對不對？不會有人浪費心力對將死之人開玩笑。本來就沒人預期我們會活過這個晚上，更不用說回來……回到我家裡，除非……

賈弗萊。

一陣寒顫從我雙腿如漣漪般網上擴散，延伸到雙臂，然後爬上頭皮。

發生了什麼我不知道的事情。我忽然很確定，那件事，就跟其餘我不知情的事情一樣，絕對不會是什麼好事。房間彷彿縮小了，我熟悉的那些大大小小的東西融成一團不祥的模糊色彩。

風鴉的手撫過上鎖的扣環，我強迫自己不要避開不看他小指的殘肢，他已經用幻術讓傷口看起來好像癒合了，為了他的自尊，我不打算拿這件事為難他。那傷口一定疼痛難耐，不過他除了先前痛呼了那一聲之外，就沒再表露什麼。

他一彈手指，蓋子彈開，裡頭鋪著黑色絲絨軟枕，上面躺著一把新鑄成的匕首，刀尖亮晶晶，和針一樣尖。

儘管我覺得用不著多問，卻還是開口說：「這是鐵嗎？」

「對。」他說。

不管這是咒術，又或者單純只是在彼此陪伴時漸漸有了默契，我知道我們倆心中浮現了相同的念頭。綠意之井邊，賈弗萊站著俯視我們倆，描述我們是如何違反了良法，以及只有少少幾個方法能讓我們逃過懲罰。我想起風鴉求賈弗萊結束他性命，然後放我一條生路，他就連現在都還在跟我們玩遊戲。

風鴉不發一語，把盒子遞過來，我不想拿，他就放在我旁邊的靠枕上。我們互相對視，進行一場沉默卻激烈的爭吵。他吸了口氣打破僵局時，我搖搖頭加以強調。

「不行，」我說，「別說了。」

他從座位上跳起來，跪在我旁邊的地板上。他從盒子裡拿出匕首，轉向自己，它在風鴉的抓握中劇烈搖晃，過不了多久就掉到地上。我全身發冷，但放鬆下來，確定他如果沒有別人的幫助無法自己使用。然而他的幻術流走時，我卻沒準備好要看見他真正的模樣。他的膚色是不健康的慘白，過大的古怪雙眼籠罩著疲累和痛苦的陰影。汗水在他臉上留下一條條污漬。

「聽我說，」他啞著嗓子告訴我，「今晚我們用不著一起喪命，伊索貝，妳一個人是打破不了良法的。如果妖精感覺到我已經死——」

我從他手裡抓過匕首，不知道之後該怎麼處置這東西，我舉起壓在身體下的靠枕，往下方一塞，然後用身體壓住。「別這麼誇張！我才不要在**家裡客廳**裡**殺**了你！」

他不敢置信地盯著我，「妳是把它拿去墊屁股了嗎？」

「是啊。」我挑釁地說。

「可是沒有別的辦法了。」

我臉上的表情一定變得很兇惡，因為他往後退了一點，「你想過我殺了你之後，接下來必須過怎麼樣的生活嗎？你想想，我們交換過來會怎麼樣！」

他停下來，看起來快吐了。

「沒錯！」

「不——對——妳說得沒錯。我不應該要求妳做這件事。」他的視線飄到走廊上。艾瑪。一個鐵鉗將我肺裡的空氣全擠壓出來。如果風鴉要求艾瑪，她肯定會殺了他，省得我掙扎，就像她如果有那個力氣的話，當初肯定會為了救姊姊而殺掉妖獸。她絕對不會再讓家人因為妖精而死。

我的脈搏在耳裡轟然作響。我再也感覺不到躺椅的抱枕，或是臉上乾涸的淚痕。故事裡，少女聽到王子死亡後，要不吞下毒藥，要不就是從高塔往下跳。但我不是她們，我還想活下去，事實上，我在遇到風鴉之前，還不是過了十七年功能正常的生活。我有愛我、需要我的家人。我不能要艾瑪和雙胞胎因為我痛失所愛，就跟著受苦受難。如果這是唯一的選擇……如果這是我們必須做的……但是我實在無法接受，想到他不在了，我就心痛，一片遼闊虛無的苦痛，我害怕面對，唯恐溺死在其中。

他的手指摸摸一綹我繞在耳後的頭髮，「我不會像凡人那樣死去的，」他說，「妳見過，我不會留下屍體，可能會有棵樹，會比妳廚房外面那棵小到誇張的橡樹還大喔！」

我忍不住，被爆出來的一聲大笑嗆到，「愛炫耀。」

「對，」他對我露出半個微笑。「始終如一。」

我扭動身體，把匕首從靠枕下抽出來，閉起眼睛，緊緊捏著刀鋒，手都快滲出血了。我在心中想像約莫一兩年後的自己，爬上丘陵回到家，仍然悲傷，但是每天都好一些。在我心中，三月和五月從廚房後門跑出來，一把摟住我的腿——不對，是我的腰，她們那時肯定長高了。一株雄偉的樹終年飄落樹葉，將一半的屋頂都染成腥紅色，驕傲蔑視著我們屋頂的排水槽。雲朵掠過湛藍天空，夏日的熱氣蒸騰，蚱蜢發出永不停歇、讓人心智麻痺的嗡嗡合奏。

那幅景象讓我退縮。不，我不能接受那樣的世界，我們輸了，而古木妖王贏了的那個世界，而他勝利的證據日復一日包圍著我。

我的手掌一陣刺痛，我眨眨眼，眼神聚焦在匕首上，在我鮮紅裙襬的襯托下顯得銀閃閃的，水波般的光芒在表面閃爍。我這才真正瞭解自己拿到了什麼，還有它能做什麼。又或者說，它**即將**做些什麼。因為我恍然大悟的同時，也做了一個決定。

這把匕首會殺死一名妖精。

只是並非賈弗萊心中想的那個。

22

「給我朱紅，還有靛藍色，拜託。五月，我知道妳現在不想跟我說話，但幫忙拿個東西總行吧？艾瑪，可以幫我找個東西讓我在工作時墊高手臂嗎？風鴉，那不是顏料盤，是餐盤。噢——算了，拿過來。我想這個也可以。」

我的客廳颳起一陣忙碌的旋風，我試著要站起來時，就翻倒在地，所以他們在躺椅上幫我堆起一個王座，用十幾個枕頭墊高，大家都忙著照料我的手和腳，倘若這些不是我寧願自己做的工作，感覺還真不錯。值得嘉許的是，他們沒試著跟我吵，說服我不要進行這個聽起來天馬行空的計畫。艾瑪和風鴉看了我眼中的光芒，就互相瞥瞥，忽然間開始分工合作，去幫我拿筆刷。

我從來沒畫過這樣的作品，我也沒時間打草稿了。曙光已經開始灑入房間裡，照亮了我裝亞麻仁油的罐子，還在壁紙上投下一個粉紅色的長方形。決定不要回頭去看，因為我只要一開始看，就停不下來，但是艾瑪三不五時就往窗外瞧，過不了多久，她就倒抽一口氣，弄掉了手中的枕頭。

「妳看到了什麼？」我問。

「沒什麼。」她快步走來，把枕頭塞到我手肘下方，「我只是太緊張了。」一個明目張膽的謊言——就算有人在她耳邊敲鑼打鼓，艾瑪還是能氣定神閒地調配致命的藥物。

五月踮起腳尖看，「有東西在田野裡面亂跑。」她用佯裝氣定神閒的聲音說，她轉過身來，誇張地聳聳肩，表示她不害怕，雖然我從房間這頭都能看見她在發抖。

「我敢打賭是古木妖王，他要來殺妳了，因為妳很笨。」

艾瑪直起身體，「五月，妳不能這樣對妳姊姊說話！」

「可是，我是說真的啊！」

「古木妖王還沒到。」風鴉向我保證，「只是獵犬而已。牠進不了妳們家，跟來的其他妖獸和妖精也都進不來。」

我控制好我的呼吸，強迫自己放鬆下來，筆刷在我緊握的指頭上留下不見血的凹洞，「為什麼？」我低聲問，希望家人不要聽見，「幻咒沒辦法阻擋任何人進來。」

他的眼睛閃爍了一下，「因為我不會讓他們進來。」他又短暫看了窗外一眼，然後旋身步向走廊。

「風鴉，」我叫住他，「謝謝你。小心點。」

我不只是為了他即將做的事而道謝，也是在謝謝他信任我——相信我。要把匕首放到一邊，對他來說也並不容易。

他離開前僵硬地點點頭，廚房門在他身後關上，就不見他蹤影。我努力無視啃噬著內心的恐懼，沉浸在刷過畫布紋理濕亮的顏料中，還有刷子在每個筆畫末端發出乾燥的摩擦聲。背景的角落是燒過的深色赭土混合出來的，慢慢變幻至畫面中央燦爛耀眼的金色，即將用日冕般的輪廓勾勒出主角的形體。所有事情都繫於這幅肖像了，這必須是我有史以來最好的作品，只有一個早晨可以完成，而且是用我最生疏的畫法——濕畫技法——因為我沒時間等油彩乾了。我的眼睛因為長時間不睡而灼痛，筆刷拿起來好像重達二十磅。隨著一筆一畫，肖像逐漸鮮活起來。

很快我就在畫作裡陷得太深，無法注意身旁發生了些什麼事。這個世界只剩下我的工藝。就像一名老水手的世界地圖，在帆布扁平的邊緣之外就不存在其他事物。直到外頭傳來一個巨大的斷裂聲，撼動了我畫架邊的玻璃杯罐，猛地將我拉回真實生活裡的光線、聲音和混亂之中。

我轉頭，呆滯地眨眼，發現艾瑪和雙胞胎緊貼在窗邊，艾瑪守在房間那頭面南的窗邊，我沒注意到三月和五月吵吵鬧鬧爬上躺椅，一人一邊包圍我。

「他把那東西撕成兩半！」五月樂呼呼地說。

三月跪著上下彈動。

我轉頭看了一眼，一團蠕動的巨大荊棘藤蔓包圍我們家，每一條都比橡樹高、也比橡樹粗，將我們後院籠罩在深邃陰影中。我看的時候，其中一條藤蔓抓住一個白色的形體——一隻獵犬——然後把牠丟回麥田裡，遠到我看不清楚牠掉在什麼地方。一隻比獵犬巨大許多的妖獸屍骸四散在我們沒長草的養雞場地上，解釋了為什麼剛才會有地震。我在混亂之中尋找風鴉的蹤影，上次他變出這麼巨大的荊棘時，是受到墳塚領主重傷，他到底把自己傷得多重，才弄出這麼不計後果的奇觀？我到處都找不到他。我已經不只是懷疑了，而是非常確定他抱著想死的決心在打鬥。我的肩膀和雙臂竄過一陣顫抖，然後消退成蔓延全身的顫慄。我的皮膚感覺很緊繃，腦袋中有白噪音響個不停，將所有其他念頭都擠了出去。

另一隻獵犬飛過田野，三月樂此不疲地咩咩叫，雙胞胎的反應至少讓我對一件事感到欣慰：如果我們安然無恙度過今天，我一定可以順順利利讓她們喜歡風鴉。

我們不該讓她們目睹這些吧？我問艾瑪，眼神狂亂。

艾瑪也回給我一個狂亂的眼神，表示：噢，相信我，我試過了。

外頭傳來一個吱吱嘎嘎的哀鳴聲，我的注意力回到窗外，荊棘藤蔓由根部往上凍結在原地，布滿粗針的藤蔓呈現鋸齒狀的銳利角度，形成無法穿透的濃密樹叢。我胃中一陣翻攪，放棄在院子裡尋找，把注意力集中在腦中，專注於我們倆之間由咒術形成的聯繫上。如果風鴉發生了什麼事，我一定能感覺到他的反應。藤蔓沒死，只是靜止不動而已。不管外頭發生了什麼事，這都是他刻意為之的結果——對吧？

廚房後門碰的一聲打開，靴子重重踩過走廊，無疑是風鴉寬闊的步伐。我把眼睛閉起來一會兒，等著淹沒全身的那陣放鬆的暈眩感消退，但是我沒機會沉浸在這個感覺中。

「他要來了。」風鴉一進到房裡就說，「我們時間不多了。」

他的胸膛像風箱般劇烈起伏，頭髮凌亂得像剛站在一場暴風雨裡似的。他一邊袖子捲起來，一條從我們家廚房拿的抹布雜亂無章綁在前臂上。我試著不多想這代表著什麼涵意——他從來用不著這樣包紮傷口。也許是不想讓鮮血把我們家裡弄得一團亂。

艾瑪和我隔著房間，沉著臉視線交會。

「妳能帶雙胞胎到地窖去嗎？」我問。

這可能是我們最後一次活著看見彼此了，想到這個，我看她的眼睛就好像直視烈日。她發過誓要撫養我長大並保護我安全無虞，但現在卻即將要失去我，而奪走我性命的又是那股曾經粉碎我們生活的力量。忽然之間，有個再清楚不過的可怕念頭：如果她失去我，她不知道自己有沒有力氣再振作起來。那瞬間，我心裡出現兩個艾瑪——撫養我長大的艾瑪，還有她瞞著不讓我看見的艾瑪，一個我先前幾乎不認識的艾瑪。那隱藏的一面，我可能已經沒機會隨著年齡增長去瞭解了。

我回過神來。

「妳們聽見姊姊說的話了。」艾瑪輕快地說，但聽起來十分疲累。她走過來抱起三月，五月從躺椅上滑下去。雙胞胎不確定地看著我，我不能現在開始哭，不是時候。「我愛妳們，我會在吃午餐前把事情結束。」我用我最完美的「完美主義者伊索貝正在忙工作」的音調說，五月張開嘴時我打斷她，「五月，我知道妳不討厭我。」如果我給她機會讓她自己說出口，我可能就無法維持冷靜了。「趕快去吧。」

她們離開前，艾瑪親了我頭頂一下，我繃緊下巴，仰著臉朝向天花板，等到聽見她們的腳步聲碰碰走下台階時，才讓淚水滴落。我奮力吸鼻子，用手腕把眼淚擦乾，把筆刷戳入朱紅和鉛錫黃的漩渦中，繼續工作。現在只剩下最後幾筆就能完工。畫布上有好幾個顯眼的瑕疵——一片陰影還需要更多紫色光暈反射其上、皇冠的一個區塊需要打光強調來營造立體感——不管我沒時間細修這些地方了。我告訴自己，最重要的部分已經完成了。

一陣布料摩擦的聲音，風鴉來到我身邊。他將我的創作盡收眼底時，全身靜得出奇。停頓了一下後，我便放下手中筆刷。自信在我心中油然而生，和漲起的潮水一樣穩定而冷靜，填補每個懷疑的洞窟。

我的工藝就是真相。

號角聲響起，震得窗框裡的玻璃哐噹響，低沉號角聲迴響著厭惡。隨著屋外傳來水晶碎裂的聲音，日光刺入屋內——古木妖王摧毀了荊棘叢。一陣雀躍的篤定感讓我覺得飄飄然，和美酒一樣醉人。我抬頭看風鴉，露出微笑。

他把視線從肖像上扯開，仍然瞠目結舌。不知從什麼時候開始，他的幻術悄悄消失，髮絲像個凌亂的陷阱，框在令人不安的臉龐周圍。他用非人的雙眼細細審視我，那雙殘酷的眼眸生來就不是用來表達善意、溫柔或愛，但是仍然清楚訴說著，他覺得我的行為很奇怪，就算是以凡人的標準來說，就算是以我的標準來說，也很奇怪。

「你的魔法用完了。」我輕聲說，摸摸他的手腕，琥珀色的血浸潤了他手上的臨時繃帶。

他瑟縮，表情封閉起來。他舉起手前後翻看，檢視那蛛腳般詭異多節的修長手指，好像這個樣子不僅讓凡人不適，也讓他自己感到不適。

「咒術仰賴我的力量，」他說，「我沒辦法繼續保護妳不受他影響了。」

「你也不需要這麼做了。」我回答。

地板顫動，雖然我沒感覺到其他動靜。整棟屋子發出哀嚎，好像被一股蠻力從地基硬拔起了幾吋。它隨著一聲餘音繞樑的悶響逐漸平息時，所有的櫥櫃和牆壁上的灰泥都開始搖晃，從天花板滾落。風鴉四處張望，看見了什麼我沒看見的東西。我不必開口問，就知道保護家裡的幻術已經打破了。古木妖王來這裡終究只有一個理由——殺了我們兩人。而且他不打算再浪費時間了。

我推開靠枕站起來，膝蓋在二十四小時內第三度發軟，風鴉再次扶住我，撐著我站立，好像我一點重量也沒有。我伸手去拿肖像。

「伊索貝，」他說，我的手停了下來，「我對……告白什麼的很不在行。」他猶豫了一下繼續說，然後又繼續猶豫，低頭看我，看盡眼前的景象，似乎忘記他剛剛沒講的心裡話。

「我知道。」我憐愛地向他保證，「我似乎記得你第一次侮辱過我的短腿，還有一些其他事。」

他將身體挺直了些，「我得為自己辯護，妳那兩條腿的確是很短沒錯，而且我又說不了謊。」

「所以你是想說，撇去短腿還有其他事，你還是愛我？」

「對。可是也不對。伊索貝，我愛妳的全部。我永遠愛妳。我愛妳之深，連我自己都害怕。我害怕我無法在沒有妳的世界活下去。我可以連續千萬年每天早晨都看著妳的臉醒來，然後還期待明天早晨也看到妳的臉。」

「我覺得我們太低估你了。」我輕聲說，「剛剛的告白非常出色。」

我抓住他的衣領，將他拉下來親吻，不顧他餓鬼般的容顏，忽略他被我堵住的抗議聲，不過他很快就放棄抵抗。他的牙齒很尖銳，吻我的時候卻非常溫柔細心，所以一點也沒關係。我身體裡好像綻放了一朵花，那是朵柔弱稀有的花，渴望陽光與風與觸碰。在另一個世界，這也許會是我們最後一個吻。但是在這個世界，我絕不會允許。

一道陰影橫在窗戶上，我們分開來，風鴉不情願地放開我，我搖搖晃晃往前，兩腿像新生小鹿般虛弱。我拿起肖像，像舉著一面盾牌，然後轉過身。

我的門正在發生怪事。發亮的黑點在門板上散播，像潑出的墨水被書頁吸收，也像蠟燭火焰從紙張下方燒黑紙張。直到甜膩的腐臭味衝擊我的鼻腔，一層毛毛的白色黴菌覆蓋門板，我發現門在腐爛，從鉸鏈處開始鬆脫，木材都變形了，門板一條條剝落，墜落時分解成一團團海綿狀團塊。黃銅門把鏗鏘一聲落地，滾到角落去。古木妖王低頭進屋，彎著腰、寬闊的肩膀轉成側邊，好鑽入那個已經空蕩蕩的門洞中，背後的亮光將他映成剪影，暑熱席捲過房屋。

我家客廳裡曾經出現過許多妖精，但沒有過像他一樣的。他直立起來時，來自另一個年代的陽光在他鬍鬚裡燃燒，也在他翡翠綠的外袍投下光暈。襯托他的光影角度和強烈的存在感，是房間窗戶的光線不可能達到的。他來自另一個不屬於我們的時代，他肩頭擔著歲月的重量，像披著一件披風。我注意到自己站在他面前，是多麼的嬌小，簡直跟小孩沒兩樣。我往前一步，他沒看我，就像他根本沒看見我一樣，粗黑的眉毛下，他的雙眼透過永恆的年月搜索，尋找此時此刻，尋找一個小時或一天，猶如在數千顆空氣裡懸浮的塵埃中尋找特定的一顆。

我的自信動搖，我的計畫有一個漏洞——如果他不往下看，是沒有用的，所以我清清喉嚨開口。

「陛下，我們曾經崇拜過你，對不對？我看過森林裡的木雕，是人類之手雕刻出來的。」

他歪頭，好像正在聆聽遠處氣若游絲的鳥兒歌唱。

「我聽過的故事或讀過的書，裡頭的幻息鎮全是夏天。」我繼續說，「在你懲罰我們之前，可以告訴我，你統治了多久嗎？」

他的聲音像活生生的樹林一樣發出吱嘎聲，「我統治了一個紀元，我在凡人創造了『國王』這個詞之前就已經是國王了。他們先是崇敬我，後來變成害怕。現在，他們遺忘了我。真奇怪。我不記得自己睡著或是醒來過，也不記得睡睡醒醒之間，有什麼不同。」他的眼神往下降，因為理解而銳利起來，而我的肌肉緊鎖，抗拒著想逃跑的衝動，像野兔想逃離俯衝的獵鷹，「有天，我來懲罰一個叫做伊索貝的女孩，還有一個叫風鴉的王子，因為他們違反了良法。」

「對，」我回答，喉嚨和枯骨一樣乾，「那天就是今天，陛下，但我得先給你看一個禮物，就跟很久以前的凡人獻禮給你一樣。」

我舉起肖像，他的眼神落在畫作上，逗留著。我心中充滿驚懼。他打量著我的畫，卻認不出畫裡的是誰，就好像我舉起的是風鴉或賈弗萊的畫像，甚至是一幅白色畫布。然後他呼出一口悠長緩慢的氣息，彷彿將死之人嚥下粗嘎的最後一口氣，讓我的客廳灌滿微風。那不真實的陽光滑過他的肩膀，在雲朵後方黯淡，讓他的五官籠罩在陰影中。他又一次成為王座廳裡的那個老人，臉龐仍覆蓋著塵土。涼蔭中，也看見他的鹿角皇冠其中一個分岔間垂著一張蜘蛛網，「這是什麼？」他用低沉沙啞的嗓音問。

「陛下，是你啊。」

他看著自己，看著那張彷彿不是自己的臉，不過，那的確是他：一名在王座上坐了好幾千年的統治者，感覺到大大小小的每個失落，承受了永無止境生命中的每個負擔。這個生物曾經愛過，可能也曾經有人愛過他。他的嘴巴顫抖，一顆眼淚滑落他的臉頰，在塵土間留下一條閃亮的路徑。

「你說你在作夢，陛下，你說你有願望，你想要什麼？」我調整抓著畫布後方的手。金屬溫暖著我的身體，在我手掌下方移動。

他的臉扭曲，「妳怎麼敢……妳怎麼敢讓我看這個？」他越說越大聲，直到用暴雨撕扯樹林般的破碎聲音嚎叫。牆壁搖動，外頭的樹枝啪啪打著屋子，「我不作夢，我不在乎這些小東西，你們稱之為工藝的塵埃。」他舉起手，準備要一掌拍死我，然而他的眼睛卻離不開肖像。

就是現在。我往前衝，古木妖王不覺得一個朝他衝過去的凡人女孩能有什麼威脅，手中的武器只有畫布和水彩。他沒見到自己即將一敗塗地，我用全身的重量壓上去，鐵匕首貫穿畫作，從他的肋骨之間戳入，刺穿了他的心臟。

古木妖王跪下來時，我跳回風鴉等待的臂彎中，肖像破了，掉到一旁——我這輩子最出色的作品四散在地上一堆扭曲畫框中，畫布破破爛爛，油彩染髒了地板。我的脈搏像敲著鐵砧的鎚子，我想像他把匕首從胸口拔出來，毫髮無傷地站起來，不過他只用手去摸外袍染上的黃色顏料，好像比看見自己的鮮血還驚訝。他的幻術開始斑駁脫落，看見露出來的模樣，我發出一個窒息的聲音。

古木妖王的身高仍維持不變，卻變得宛如屍體般憔悴枯槁，蟲蛀的外袍包裹已被疾病蠶食鯨吞的強壯軀體。他的雙眼凹陷成深邃空洞，蒼白皮膚柔軟又飽經磨損，像爛掉的乳酪紗布。鹿角皇冠出現黑色污漬，因為歲月而斷裂的地方出現醜陋的尖刺，邊緣陷入了他前額的血肉。他渾身散發一股中人欲嘔的臭味。他摔倒在地，一隻食腐甲蟲從他耳裡鑽出來，消失在鬍鬚中。

他的雙唇移動了，「我害怕。」他輕聲說，聲音裡有逐漸清晰的驚愕之情，「我感到——」

他的眼皮低垂闔上，青苔從地毯上冒出來吞沒他。*他會毀了我家地板。*我心想，怪異而實際的擔憂，*我們得把他的屍體搬走。*但是我一冒出這個念頭，風鴉就拉著我避到一邊，用他的背和雙臂護著我。世界上下起伏。一根酒桶粗的樹根從我下方的地面突出來，像斧頭般撕裂木板。花朵淹沒地毯、畫架、躺椅，還有我和風鴉，像一波巨浪撞上另一端的牆壁。玻璃碎裂，樹枝刮擦著天花板。釘子吱吱叫，無法抵抗巨大的壓力，然後整座房子劇烈搖晃，鬆動的石礫紛紛落在我們四周。光線穿透過斷垣殘壁，耀眼眩目。

似乎就這樣結束了。風鴉在我身上多趴了一會兒，然後才轉頭查看，一片片灰泥從他髮間落下，滾到一旁。他扶我在客廳的廢墟中站起來。現在看起來比較像森林而非客廳了：一株巍峨檟木從房間中央長出來，突破了半面屋頂，擠垮了南邊的牆。粼粼日光穿過樹葉，灑在地面的青苔、蕨類和花朵，除了幾個形狀怪異的凸起之外，看不出傢俱的蹤影。我們贏了，不過這時我全身麻木，站在客廳中央，瞭望風鴉的荊棘屏障後方的麥田，感覺很怪異。遠處，有生物正逃回森林，移動得比人類更快，有些四肢著地狂奔。

一陣狂風席捲過我們，風鴉移動，一顆礫石在他靴子下方摩擦著地面。然後他腳步踉蹌跌了一跤，我一陣驚慌失挫，想像有木刺在他企圖用身軀保護我的時候貫穿他背部。我往他身邊一跪，抓住他臂膀，想知道如果沒有魔法，他是否能撐過嚴重的傷勢。

他看起來是驚愕多過於受傷，但我還是用手摸過他身體，尋找任何受傷的跡象，他的幻術湧回，握住我的手，「妳看。」他說，不過是他臉上的表情，讓我轉過身。

風吹過原野，將麥穗壓成閃亮的波浪，往外擴散時，顏色也改變了，樹上的葉子變成金黃、猩紅和焰橘色。很快的，整座森林就彷彿在熊熊燃燒，延伸到遠方，唯一殘留的綠意是分隔一塊塊麥田的青草邊界，以及鶴立樹海中的幾株孤單高大的松樹。我哈哈大笑，想像幻息鎮的人民會有多困惑。芙絲夫人從她的店裡匆匆跑出來，目瞪口呆；菲尼亞斯注視著掛在門邊的風鴉畫像，一片紅葉從廚房的橡樹飄下。

「好安靜。」我驚嘆，微風吹亂的我的裙襬，渴望已久的甜美涼意讓我手臂起了雞皮疙瘩。鳥兒在樹梢發出悅耳的啁啾聲。森林邊緣，蟋蟀奏出流暢的旋律。但蚱蜢全都安靜了下來。

一個身影從院子裡的殘骸之間現身，小心翼翼避開地面散布的荊棘，金髮在陽光中染成銀白，穿的衣服也和我上次看見他時不一樣，他身穿知更鳥蛋藍的背心，以及一絲不苟、重新綁好的領巾。

我的五臟六腑都緊縮起來。想起來我還有一把鐵匕首埋在客廳某處。

賈弗萊以溫和愉快的聲音呼喚我們，「夏季宮廷的統治結束了，秋天來到了幻息鎮，我很遺憾，距離春天還很遠，不過世界就是這樣運作的，我相信總有一天季節會更替。午安，風鴉，伊索貝。」他在幾碼外停下腳步，鞠躬行禮。

風鴉蹙眉回禮，我則是不必履行這個義務，於是怒目瞪視。

「真是個快樂的歡迎，」賈弗萊說，「我只想恭喜你們兩個，做得好。」他的目光移到我一個人身上，然後微笑，那溫暖有禮的笑容讓他的眼角出現皺紋，卻什麼也沒透露，「妳做了所有正確的決定，太出色，太奇特了。妳殺了古木妖王那瞬間，也摧毀了他訂立的所有規範。妳和風鴉可以過你們想過的生活，不用受到良法拘束了。妖精宮廷再也不一樣了。」

不知為何，我找到了自己的聲音。「但是你——你想要……」

他想要什麼？忽然之間，一切都說得通了。

早在許多年前，我和他談成第一樁生意前，或許甚至在我出生之前，他就已經開始籌謀了。他在我家施了一個強大的幻咒，好博取我的信任，並確定他的計畫啟動之前，我不會受到任何傷害。安排風鴉的肖像、帶我們到綠意之井、放置鐵匕首，那把武器從頭到尾都不是要用來對付風鴉的，一直都是要用在古木妖王身上的。更糟的是——他知道該說什麼，才能把古木妖王變成我的死敵，並讓我在森林裡橫衝直撞，遠離注定好的路徑，往不可思議的方向前進去摧毀古木妖王。同等強烈的驚詫與憤怒淹過我全身。我的聲音變得生硬，因為滿腔情緒而卡卡的。「大人，我不喜歡在你的遊戲裡當棋子。」

他沉默不語，凝視我良久，「啊，就算是棋子，妳也不是兵卒，一直以來都是皇后呢。」

我吸氣，他的抑揚頓挫蘊藏著不為人知的涵意，我沒耐心細細解讀，「而且你詭計多端，我永遠不會忘記你是怎麼一手策畫，害我們受了那些苦，不管最後結果是什麼都一樣。」

「容我這麼說，妳說話的樣子，不愧是名真正的君主啊。」他再次微笑，不過面容掠過一道陰影，這次，他的眼角並沒有出現皺紋。他的肖像室忽然浮現在我腦中。

好幾個世紀以來，耐心收藏著肖像——不是因為他想要，而是因為他在等我，等我的工藝，一張巨大蛛網中央的蜘蛛，那張網，是他花了幾百年的孤獨時光所織就。

「長遠來說，這是最好的結果了。」他繼續說，專注看著我，「這一輩子，相信一名妖精，已經夠愚蠢了。凡人最好還是不要忘了我們是誰，不要忘了我們只會為自己著想。」

「賈弗萊。」風鴉說，語調暗示春季宮廷的王子在這裡待太久了。

「讓我說最後一件事。」賈弗萊拍掉衣袖上不存在的灰塵，對風鴉揚起眉毛，「我想，你應該知道，你還沒拿到國王的頭銜吧？有件事你必須——」

「對，我知道啦！」風鴉惱怒地打斷。

我好奇地看了他一眼，發現他正緊張避開我的視線，當試探的腳步聲嘎吱踩過屋內，省了他對我解釋「那件事」，他看起來鬆了口氣，那瞬間，我很高興能夠將一切拋諸腦後。

「艾瑪！」我呼喚，「我們沒事！我們在……客廳裡。」

「我看得出來。」艾瑪冷靜地說，繞過障礙物來到房裡，雙胞胎一人一邊抓著她的手，「牆壁上有洞。三月，不管妳剛撿了什麼，不要吃。」

「太遲了。」五月說。

艾瑪搖搖頭，她掃視客廳，然後是庭院，看見了賈弗萊，瞇起雙眼打量他，「現在，誰來把這一團亂收拾乾淨？」

「噢，天啊，」賈弗萊說，「我恐怕得走了。」

尾聲

我用繃帶整整齊齊包紮好風鴉受傷的手，很開心發現他這次沒有痛得瑟縮。過了兩週，他的手指已經幾乎痊癒了。我們坐在廚房桌子邊，他的妖精光暈投下水晶紫色的光暈，儘管他今天已經付出二十幾個幻咒，給幫我們重建客廳的工人當酬勞，光暈還是非常明亮。我也注意到他一直沒提起要回森林去的事，所以他開始在座位上坐立難安時，我心裡有數，大概知道他努力想說出口的是什麼事。

「曾經有一次，」他說，「我向妳提過，妖精的繼承順序如何運作，下一任王子是怎麼取代上一任王子的。或至少，從前是這樣進行的——律法現在應該不同了。」

「對，你說過，太糟糕了。」我由衷說道，「互相殘殺真是……哎。」

風鴉沒有心理準備我會自己想通。他臉色發白，趕快說：「所以，理論上來說，**妳**是打敗古木妖王的人，所以妳現在——呃——是妖精宮廷的皇后了。而我……」

眼見他臉色一片鐵青，我心生憐憫，「風鴉，我很樂意跟你結婚，讓你當國王，但首先，我有一個要求，至關重要的要求。」

我看不出他是大鬆了一口氣，還是更加害怕，「親愛的，什麼事？」

「我想再聽一次告白。拜託。」

「伊索貝，」他忽地跪下，吻我的手，抬起頭全心全意看我。「我愛妳勝過我愛夜空的星星，我愛妳勝過雲雀愛裙子。」

我被自己爆出來的大笑聲嚇了一跳。

「我愛妳勝過賈弗萊愛鏡中的自己。」他繼續說。

「這個不行！」

我們的笑聲越過漸暗的院子，經過擠滿沉睡母雞的雞舍、紅葉橡樹，還有在田野裡窸窣輕語的秋日麥子，因為收成的關係，已經矮了一半。狂野的風將我們的聲音一路捲向森林，蟋蟀在那裡對月牙唱著新的歌。某處，有妖精正在舉行盛宴，還有其他妖精在舞會中旋轉，也有些妖精仍舊用手描繪著樹皮邊緣，靜默沉思。一名纖瘦的凡人女子正在打包整理她的書本，有個牙齒很尖的女孩和銀金頭髮的男子幫忙她。然而不管在做什麼，森林裡的所有生物都屏息以待，等著嚐嚐秋天的滋味，改變的滋味，初次聽見一對國王與皇后的消息，是這個世界前所未聞的。

我們不會過著幸福快樂的日子，因為我不相信這種荒謬言論，但是我們倆會有一段漫長而大膽的冒險，最後，還有很多很多可以期待的。

謝詞

如果沒有相信我的家人，我不會有勇氣追求出版這本書。媽和爸，謝謝你們從不動搖的鼓勵和支持。當全世界——包括我自己——質疑我的夢想是否可行時，你們就已經對我有信心。對了，我愛你們，永永遠遠。

Sara Megibow，我的經紀人，她是超級英雄。如果沒有她，我無法想像這趟旅程會是什麼模樣，因為沒有她，這趟旅程多半不會存在。感激二字已經不足以表達，Sara，妳值得一枚八千美元的戒指，用十幾顆法貝熱珠寶小蛋打造成的，還有一座私人島嶼。我會努力。

我的編輯，Karen Wojtyla，和她一起工作不僅開心，她還非常瞭解我的作品，時常讓我又驚又喜。Karen，和妳共事真是太開心了，就算妳要我把伊索貝的芙絲和梅斯特禮服的口袋都刪了（一如往常，妳絕對是對的）。謝謝妳相信這本書。

我也想謝謝Simon & Schuster的各位，包括Annie Nybo、Bridget Madsen, Sonia

Chaghatzbanian、Elizabeth Blake-Linn和Barbara Perris，感謝你們的幫忙與辛勞。

謝謝我的兄弟姊妹，Jon Rogerson和Kate Frasca，你們讓我總有一個地方可以住，把我餵飽，還買最舒服的運動褲給我。

如果沒有我的朋友Rachel Boughton和Jessica Stoops，我不會是今天這個樣子。我永遠感激妳們，一封訊息隨傳隨到，比任何人都還瞭解我，謝謝妳們多年來忍受我筆下那些值得懷疑的東西。我不配妳們幫這麼多忙。趕快去寫妳們的書。

Kristi Rudie，謝謝妳把我從我家拖出去看電視馬拉松。這比妳想像中的更有幫助。

謝謝Swanky Seventeens這個社群，在我邁向出版的旅程上，提供了寶貴的協助，並讓我和Katherine Arden與Heather Fawcett成為朋友。妳們兩個都是無盡靈感與鼓勵的來源，敬未來更多、更長得不得了的電子郵件。

Nicole Stamper、Liz Fiacco、Jessica Kernan、Jamie Brinkman、Katy Kania和Desiree Wilson，謝謝你們當我的共犯。

Jessica Cluess，謝謝妳的忠告，雖然我是狂熱的迷妹。

Allison，謝謝妳形容這本書為「濕潤」。妳懂的。

最後，特別感謝Charlie Bowater，妳出色的畫作讓這本書的封面栩栩如生。

Q小說

烏鴉幻咒

An Enchantment of Ravens

作　　者	瑪格莉特・羅傑森 Margaret Rogerson
譯　　者	林欣璇
書封設計	蕭旭芳
責任編輯	林欣璇、廖培穎
行銷企畫	陳彩玉、藍偉貞
業　　務	陳紫晴、林佩瑜
出　　版	臉譜出版
發 行 人	凃玉雲
總 經 理	陳逸瑛
編輯總監	劉麗真 城邦文化事業股份有限公司 台北市民生東路二段141號5樓 電話：886-2-25007696　傳真：886-2-25001952
發　　行	英屬蓋曼群島商家庭傳媒股份有限公司城邦分公司 台北市中山區民生東路141號11樓 客服專線：02-25007718；25007719 24小時傳真專線：02-25001990；25001991 服務時間：週一至週五上午09:30-12:00；下午13:30-17:00 劃撥帳號：19863813　戶名：書虫股份有限公司 讀者服務信箱：service@readingclub.com.tw 城邦網址：http://www.cite.com.tw
香港發行所	城邦（香港）出版集團有限公司 香港灣仔駱克道193號東超商業中心1/F 電話：852-2508 6231　傳真：852-2578 9337
新馬發行所	城邦（馬新）出版集團 Cite (M) Sdn Bhd. 41-3, Jalan Radin Anum, Bandar Baru Sri Petaling, 57000 Kuala Lumpur, Malaysia. 電話：603-9056 3833　傳真：603-9057 6622 讀者服務信箱：services@cite.my
初版一刷	2019年7月25日 版權所有・翻印必究（Printed in Taiwan）
I S B N	978-986-235-768-2 定價380元 （本書如有缺頁、破損、倒裝，請寄回本社更換）

城邦讀書花園
www.cite.com.tw

國家圖書館出版品預行編目（CIP）資料

烏鴉幻咒／瑪格莉特・羅傑森（Margaret Rogerson）著；林欣璇譯. -- 初版. -- 台北市：臉譜出版：家庭傳媒城邦分公司發行, 2019.07
面；　公分. --（Q小說）
譯自：An Enchantment of Ravens
ISBN 978-986-235-768-2（平裝）

874.57　　108011489